国家科学技术学术著作出版基金资助出版

技术联盟与创新绩效

——理论分析与实证检验

Technological Alliance and Innovation Performance：
Theory and Evidence

周 青 著

浙江省科协育才工程资助项目

科学出版社

北 京

内 容 简 介

本书通过分析技术联盟的主要方式与创新绩效之间的关联，揭示协作研发、专利联盟和技术标准联盟等技术联盟基本模式对创新绩效的主要影响要素与作用方式，探索提升创新绩效的基本路径与模式。首先，分析协作研发、专利联盟、技术标准联盟这三种技术联盟基本模式的互动发展基础和协同关系。其次，通过数理模型群分析协作研发的博弈过程，揭示动态环境下协作研发的演化路径，并运用标杆测试模型对协作研发网络进行测试分析。再次，利用系统动力学分析专利联盟影响自主创新能力的内在机理，实证检验浙江民营科技企业专利联盟对自主创新能力的作用方式。最后，研究技术标准联盟的管理特征及其影响创新绩效的主要因素，实证检验技术标准联盟的伙伴选择、伙伴关系对创新绩效的作用方式与影响程度。

本书可供研究技术创新的学者、研究生研读参考，同时也可作为实际工作者的参考用书。

图书在版编目 (CIP) 数据

技术联盟与创新绩效：理论分析与实证检验/周青著．—北京：科学出版社，2012

ISBN 978-7-03-033881-5

Ⅰ.①技… Ⅱ.①周… Ⅲ.①企业管理-技术合作-研究 Ⅳ.F273.7

中国版本图书馆 CIP 数据核字 (2011) 第 047133 号

责任编辑：马 跃／责任校对：宋玲玲
责任印制：张克忠／封面设计：蓝正设计

科 学 出 版 社 出版
北京东黄城根北街 16 号
邮政编码：100717
http://www.sciencep.com

源海印刷有限责任公司 印刷
科学出版社发行 各地新华书店经销

＊

2012 年 3 月第 一 版 开本：720×1000 1/16
2012 年 3 月第一次印刷 印张：12 3/4
字数：250 000
定价：52.00
（如有印装质量问题，我社负责调换）

前　言

随着新经济环境的不断完善和消费者需求的日趋多样化,创新者的创新行为面临着巨大的挑战,创新方式的选择直接影响着创新主体创新绩效的优劣及其自主创新能力的提升程度。目前,许多产业的创新范式正在发生着变化,由传统封闭式向现代开放式转变,单纯的技术创新和一味的技术购买等方式已经被视为制约产业发展的瓶颈,越来越多的创新主体强调在不断丰富和有效利用内部知识的同时,加强创新主体间的技术合作,增强自主创新能力。作为技术合作的重要组织模式,技术联盟在理论研究与实践应用过程中得到了众多研究者的关注与推崇。2009 年 7 月,科学技术部、财政部、教育部等六部门联合发布《国家技术创新工程总体实施方案》,推动了产业技术创新战略联盟的构建和发展。2010 年 1 月,科学技术部正式公布了首批 36 家产业技术创新战略联盟试点单位。技术联盟是产业技术创新战略联盟的理论研究形式,作为传统产学研合作创新的延续和发展,技术联盟已成为推动产业结构转型和升级、提高创新绩效、提升自主创新能力的重要手段。

本书主要研究技术联盟与创新绩效的内在关联,通过理论分析、模型构建和实证检验揭示技术联盟创新的内在机理,研究技术联盟的三种基本模式(即协作研发、专利联盟和技术标准联盟)对创新绩效的影响方式、作用路径与提升对策。首先,分析技术联盟的三种基本模式及其互动关系。运用交叉学科的理论方法,从研发、专利和技术标准战略的视角,阐述协作研发、专利联盟、技术标准联盟互动发展的基础和协同关系。其次,研究协作研发及其网络的形成、发展与均衡。详细分析协作研发网络形成的动因、条件与路径、竞争优势与组织模式,通过构建数理模型群分析协作研发的博弈过程,揭示在动态环境下协作研发的演化路径与机理。运用标杆测试模型对协作研发网络进行标杆测试,提出协作研发网络的决策建议。再次,分析专利联盟决策及其对自主创新能力的影响。在探讨专利联盟内涵和作用的基础上,利用系统动力学模型分析专利联盟影响自主创新能力的内在机理,构建多阶段专利联盟决策的动态规划模型,揭示专利联盟的最优决策。实证研究浙江民营科技企业专利联盟对自主创新能力的影响,检验专利联盟对自主创新能力的作用方式。最后,研究技术标准联盟的管理特征及其影响创新绩效的主要因素。分析技术标准联盟的参与主体与合作要素,探讨技术标准联盟形成与发展的障碍与管理对策。阐述技术标准联盟创新绩效的螺旋要素及其结构，实证检验技术标准联盟的伙伴选择、技术标准联盟伙伴关系对创新绩效的作用方式与影响程度，提出加强技术标准联盟管理的具体对策。

　　本书通过建立技术联盟基本模式提高创新绩效的研究框架，丰富和发展技术联盟创新的理论研究成果，揭示不同技术联盟模式对创新绩效的作用路径、方式等内在机理。通过探讨技术联盟方式提升创新绩效的动态关联，分析不同技术联盟模式对创新绩效的作用方式和基本流程，为推动技术联盟在自主创新能力提升过程中的应用提供实践指导，使其成为加快经济发展方式转变的重要举措。

　　本书是国家自然科学基金项目《技术联盟提升自主创新能力的动态关联研究》（项目编号：70903020）、浙江省社科规划之江青年课题《技术标准联盟提升我省企业自主创新能力的作用方式与路径研究》（项目编号：11ZJQN001YB）和浙江省高校人文社科重点研究基地"决策科学与创新管理"课题《技术联盟提升浙江制造企业自主创新能力的路径研究》（项目编号：RWSKZD02－2011ZB）的研究成果。本书在写作和出版过程中得到了许多人的帮助和支持，笔者在此向他们表示衷心的感谢。特别感谢国家自然科学基金委员会杨列勋研究员、杭州电子科技大学陈畴镛教授、湖南大学曾德明教授、浙江大学陈劲教授等在笔者学习、研究和工作过程中给予的关心、爱护和帮助。感谢湖南大学孙耀吾教授、杭州电子科技大学杜伟锦教授等提供其研究成果，从而使本书相关研究更加充实和完善。同时也要感谢笔者指导和协助指导的研究生韩文慧、胡枭峰、王静、侯琳和毛森兵等对本书写作所做的工作和付出的劳动。还要感谢科学出版社特别是陈亮分社长、马跃编辑等对本书出版给予的支持。最后，本书的出版也得到了杭州电子科技大学学术专著资助经费的资助，在此表示感谢！

周　青

2011 年 11 月

目　录

第 1 章　绪　　论

1.1　研究背景

随着新经济环境的不断完善和消费者需求的日趋多样化，创新者的创新行为面临着巨大的挑战，创新方式的选择直接影响着创新主体创新绩效的优劣及其自主创新能力的提升程度。从创新资源获取的方式看，创新方式可分为三大类：一是依靠自身的技术资源，通过不断开展创新，积累知识、经验和能力，增强自主创新能力；二是通过技术转让、购买等方式获得专利使用权和创新技术，增强自身的技术创新能力；三是通过产业间的合作，在对内部知识和外部资源进行有效地吸收和整合的基础上，增强自主创新能力。目前，许多产业的创新范式正在发生着变化，由传统封闭式向现代开放式转变（Chesbrough，2003；陈劲等，2006；徐亮等，2008），单纯的技术创新和一味的技术购买等方式已经被视为制约产业发展的瓶颈，越来越多的创新主体强调在不断丰富和有效利用内部知识的同时，加强创新主体间的技术合作。许多创新主体积极寻求和组建产业技术创新战略联盟，以实现自身核心技术的培养和提升，增强自主创新能力。

当前，产业技术创新战略联盟已经成为中央和地方推动产业转型升级、加快经济发展方式转变的重要举措（李新男，2009）。2008 年 12 月，科学技术部、财政部、教育部等 6 部门发布了《关于推动产业技术创新战略联盟构建的指导意见》；2009 年 7 月，6 部门又发布《国家技术创新工程总体实施方案》，推动了产业技术创新战略联盟的构建和发展；2010 年 1 月，科学技术部正式公布了首批 36 家产业技术创新战略联盟试点单位。科学技术部党组书记、副部长李学勇认为，产业技术创新战略联盟是以企业为主体，通过产学研联盟成员的优势互补和协同创新形成的一种长效、稳定的利益共同体，并通过契约关系建立共同投入、联合开发、利益共享、风险共担的机制。产业技术创新战略联盟在于改变过去产学研之间短期、分散的合作模式，使合作各方形成一种长期的、紧密的和稳固的合作关系。

技术联盟是产业技术创新战略联盟的理论研究形式，作为传统产学研合作创新的延续和发展，技术联盟已成为推动产业结构转型和升级、提高创新绩效、提升自主创新能力的重要手段。当前，有关技术联盟和创新绩效关联的相关理论研究成果非常丰富，许多研究成果着重讨论了不同技术联盟方式对提高创新绩效的作用方式、技术联盟和自主创新能力的互动关系等，但是对于技术联盟如何提高创新绩效的内在机理等问题则缺乏相应的关注。为此，本书主要分析技术联盟与创新绩效的内在关系，通过理论分析、模型构建和实证研究揭示技术联盟创新的内在机理。

1.2　研究对象与主要内容

本书研究的主要对象为技术联盟及其影响创新绩效的内在机理。技术联盟突出强调通过合作来实现技术的突破，并将科技成果商品化和产业化，其实质是通过联盟合作者发挥各自在技术创新过程中的比较优势，以推动联盟合作者自主创新能力的提升（原长弘等，2006；王安宇等，2008）。Hamel（1991）指出，通过联盟进行知识和能力的积累已经成为实现组织创新最重要的途径之一。Lambert 等（1997）论述了联盟对企业技术创新能力的影响，认为通过联盟企业可以获取合作伙伴的优势能力，提高自身技术创新的成功率。Kim 等（2007）调查显示，通过联盟创造新技术有助于其在确保吸收能力的基础上发挥积极影响，避免消极影响。Antoncic 等（2008）通过建立模型检验联盟驱动的企业技术创新对组织业绩的影响，结果表明，参与战略联盟对于企业技术创新存在着明显的价值，并由此增长了业绩。

Bierly 等（2004）认为联盟创新是企业技术进步的最佳选择，也是后发企业进行赶超的最优路径选择。Verspagen 等（2004）研究发现，联盟创新是未来企业技术进步的基本趋势，特别是在化工、食品和电信方面的技术联盟应该是主流，是这些行业进行赶超的最佳途径。生延超（2010）通过拓展的 A-J 模型，比较了联盟创新与自主创新两种赶超方式的绩效。研究发现，当企业的要素素质比较低、企业的技术能力也比较低时，企业应该采取联盟创新进行赶超；当企业的要素素质得到改善、技术能力得到提升时，企业应该选择自主创新进行赶超。沈灏等（2010）认为，许多战略联盟企业的核心目的就是要通过战略联盟获取创新所需的知识信息，为企业开展创新活动提供丰富的稀缺知识资源，以形成持续增长的创新绩效。从联盟伙伴关系的视角出发，对 127 家德国联盟企业的调查分析结果表明，联盟成员间的依赖关系对企业创新绩效有着倒 U 形的影响关系；联盟依赖与联盟冲突间的交互作用负向影响企业创新绩效。

王飞绒等（2010a）从技术联盟的概念由来出发，对技术联盟与创新关系的理论、方法和实证研究的情况进行了述评，分析了技术联盟对提高创新绩效的作用和意义，主要集中于以下几点。

第一，企业参与技术联盟的动机主要是减少创新过程的风险与不确定性。成功的技术联盟是跨公司边界的中间型治理结构，是生产成本和交易成本总和最小化的产物。技术创新是一种具有探索性、创造性的技术经济活动。在技术创新过程中，不可避免地要遇到各种风险。随着市场竞争的日趋激烈，技术创新风险已经成为阻碍技术创新的重要因素之一。技术联盟推动了企业在技术、产品和市场上的新发展，进而增强了其创造性和适应竞争变化的能力（Volberda，1996）。Shachar 等（1990）认为，通过企业技术联盟获取的研发能力、生产技能、技术、组织能力、市场知识等无形的知识资本可以降低企业的运行成本、风险以及与生产技术相关的不确定性，从而决定企业的成长潜力。

　　第二，技术联盟是企业积极利用外部创新源，采取合作创新的重要选择。由客户、供应商、竞争对手及其他非市场主体所组成的网络和联盟是创新的关键来源（Hippel，1988）。Hagedoorn（2002）在研究创新能力的外部来源时指出，外部网络联系对内生能力而言是一种创新补充，有助于企业通过共享资源来掌握复杂技术，由此提升学习能力和创新能力。罗荣桂等（2004）指出，技术创新能力除了可由企业内部积累之外，还可以通过企业之间的技术合作得到提高，在高新技术产业中，企业间的技术合作对合作双方的技术创新能力能起到一定的正强化作用。

　　第三，技术联盟形成的网络关系扩充了企业的社会资本，为企业创新提供了更广阔的空间。技术联盟作为网络组织，在推动企业创新上具有独特的优势，表现为：知识外溢、学习共享机制有助于创新传播；资源整合、规模经济机制有利于降低创新成本；有效地配合“内部化”交易有利于降低创新风险；有效地提高创新速度和创新成功率。通过资源整合，网络成员可以从伙伴那里获得超越自身的新资源，这些新资源可能是有形资源，也可能是知识、发明等无形资源。这些新资源作为新的生产要素，被投入企业的生产系统中，促进企业向社会提供新的产品或服务。通过网络组织整合资源的能力越强，企业的创新能力也就越强。相对于非网络成员来说，拥有网络关系这一生产要素的企业可以快速有效地将自己的内部资源、能力与外部环境进行整合，提供新产品和服务。相对于公开市场操作“内部化”的特点，拥有网络关系这一生产要素的企业还可以降低整合成本。因此，网络关系是企业的一项重要的无形生产要素，并且这一生产要素可通过调节其他生产要素为企业创新提供更广阔的空间。

　　本书的主要研究内容在于通过分析技术联盟的主要方式与创新绩效之间的关联，揭示协作研发、专利联盟和技术标准联盟等对创新绩效的主要影响要素与作用方式等，探索提升创新绩效的基本路径与模式。

　　通过建立技术联盟基本模式提高创新绩效的研究框架，丰富和发展技术联盟创新的理论研究成果。本书力求建立相对完善的技术联盟创新的研究框架，探索不同技术联盟模式对创新绩效和创新能力的作用路径、方式与结果。研究成果一方面可以丰富和发展技术联盟的相关理论研究成果，另一方面也可以为推动技术联盟模式在创新能力提升过程中的应用提供理论依据。

　　另外，通过深入探讨技术联盟模式提高创新绩效的关联方式，推动企业、产业等自主创新能力提升路径的优化。作为一种新型的技术合作方式，技术联盟已经越来越多地被创新主体选择，但由于不知如何选择有效的技术联盟方式来提升自身的自主创新能力，许多创新者在技术联盟过程中收效甚微。本书主要分析不同技术联盟方式提高创新绩效的作用方式和基本流程，为推动技术联盟在自主创新能力提升过程中的应用提供实践指导，从而进一步优化企业、产业等自主创新能力的提升路径。

1.3　研究方法与章节安排

1.3.1　研究方法

　　（1）文献研究。检索国内外近年来有关技术联盟创新方面的最新研究成果，寻求和选择更加科学合理的研究方法体系，搭建相对完善的、研究不同技术联盟的方式以提高创新绩效的分析框架。

　　（2）模型构建和理论推演。运用博弈论等方法分析不同技术联盟方式提高创新绩效的关联模型；运用结构模型等分析不同技术联盟方式对创新绩效影响的路径与作用机理。

　　（3）实证研究。通过大样本的实证调查，结合结构性访谈等调查方法，获取技术联盟提高创新绩效的实证数据。借助 AMOS、SPSS 等分析软件，运用相关因子、信度和方差等统计分析方法，验证不同技术联盟方式对创新绩效的影响程度。

　　（4）对策建议。在理论研究和实证分析的基础上，结合有关专家学者、企业界人士、政府产业部门等的意见，从不同层面提出技术联盟推动创新绩效提升的对策和建议。

1.3.2　研究框架与章节安排

　　本书将通过模型推演、理论分析、实证研究相结合的方式来完成。本书的研究框架与章节安排如下（图 1.1）。

　　第 1 章是绪论，主要提出本书的研究背景和研究意义，对技术联盟进行研究综述，归纳和总结本书的研究方法与研究内容。

　　第 2 章是技术联盟的基本模式及其互动关系分析，在提出本书研究的技术联盟模式的基础上，全面分析协作研发与专利联盟的协同机理、协作研发与技术标准联盟的协同机理，以及专利联盟与技术标准联盟的协同机理等内容。

　　第 3 章是协作研发网络的形成、发展与均衡研究，包括协作研发的博弈分析，基于环境动态性的协作研发及其效用分析，协作研发网络形成的动因、条件与路径，协作研发网络的竞争优势与组织模式，协作研发网络的动态博弈模型群

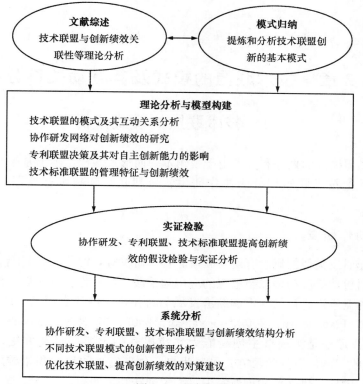

图 1.1 研究框架

等研究内容。

第 4 章是协作研发网络标杆测试及其对创新绩效影响的实证研究，运用标杆测试模型对协作 R&D 网络进行标杆测试，并提出协作研发网络的决策建议。

第 5 章是专利联盟决策及其对自主创新能力的影响，在分析专利联盟的内涵与作用的基础上，构建基于动态规划的专利联盟的决策模型，分析专利联盟影响自主创新的机理模型。

第 6 章是专利联盟对自主创新能力提升的实证研究，在分析基于专利联盟的自主创新类型与路径的基础上，通过实证研究浙江民营科技企业专利联盟对自主创新能力的影响，检验专利联盟对自主创新能力的作用。

第 7 章是技术标准联盟的管理特征与创新绩效，包括提出技术标准联盟的参与主体与合作要素，分析技术标准联盟的障碍与冲突管理，以及技术标准联盟创新绩效的螺旋模型等内容。

第 8 章是技术标准联盟对创新绩效影响的实证研究。实证检验技术标准联盟伙伴选择、技术标准联盟伙伴关系等对创新绩效的作用，并思考技术标准联盟管理对策。

第 2 章　技术联盟的模式及其互动关系分析

2.1　技术联盟的模式分析

技术联盟模式的划分和分类由于视角不一而形式多样，本书基于技术形态的演变过程，把技术联盟划分为协作研发、专利联盟和技术标准联盟三种基本模式。

2.1.1　协作研发

与协作研发类似的概念有研发联盟、合作研发等，协作研发是指企业、大专院校、科研机构等参与，以新思想的应用为手段，以协作各方获取经济效益为前提，以提高竞争力为目的，促进经济发展与科技进步的研发活动（D'Aspremont et al. 1988；Hagedoorn，2002；Goyal 等，2003；刘学等，2006；王安宇等，2007）。研发联盟是实现自主创新能力快速提升的重要途径和方法，研发联盟"合作—吸收—利用"的学习方式可以为自主创新能力的培育积累雄厚的技术资本，为自主创新提供必要的创新知识，扩大创新知识的来源，从而节省创新知识的获取成本，提高技术创新的速度（魏江，2006；党兴华等，2007）。

协作研发是以现代化的信息技术为技术平台，以企业之间的知识与技术共享为作用基础，以共同提高技术开发的速度与质量为目标组建的跨时间、空间和地域的组织模式。企业间的协作研发可以看成协作研发网络中的一部分或者一个节点，协作研发网络最大的特点是信息交流方式发生了实质性的变化，原来的面对面的交流方式被信息技术、网络平台所代替，因此其所涉及的地域和空间范围明显扩大。

作为一种创新型的组织模式，协作研发的形成源于其竞争优势。协作研发内各要素的互动与相互依存，使整个协作网络实现价值的最大化，从整体上看具有规模经济与协同效应，同时这种效应是一种群体效应。协作企业在协作时依然保持着较强的独立性，在协作内部依然存在着有效的市场竞争与多变关系，因而很难产生某种垄断势力，从而保证了企业市场竞争优势的来源。协作研发不仅具有获取互补资源、共享研发资源、分担与降低研发风险及成本、进入协作成员的市场、增加市场份额等竞争优势，还具有其更独特的优势，主要有：

（1）协作研发响应创新的时间效应。市场的竞争从某种程度来讲就是时间的竞争，谁最先创造出新技术谁就会获得全部的竞争优势，协作研发在技术开发上可以有效地缩短技术开发的周期，从而获得技术与产品市场竞争的时间优势。

（2）协作研发可以有效地节省交易成本，提高技术开发的效率。同时，协作的疏松性保证了组织的灵活性，使协作企业能够较好的适应技术市场快速变化的需求。成员可以通过选择最合适的协作伙伴来开展技术合作，这样可以尽量地减少摩擦和竞争而提高工作效率。

（3）协作研发的成员不再局限在一个地区或国家，协作成员可以来自世界各地，因此可以有效地减少成员间在产品细分市场的竞争，从而有效地减少和防范由于知识溢出所带来的产品市场恶性竞争的风险。同时，众多成员参与的 R&D 组织也可以有效地减弱由某个成员的退出而导致技术创新进程受损的程度。

2.1.2　专利联盟

专利联盟是指多个专利拥有者，为了能够彼此之间分享专利技术或者统一对外进行专利许可而形成的一个正式或者非正式的联盟组织（Shapiro，2001；李玉剑等，2004；Ted et al. 2005；Goldstein et al. 2005；朱振中等，2007）。专利联盟，又称专利池、专利联合许可或专利联营，最初产生于美国，后来随着实践的发展，被世界各国所采用。近年来，专利联盟已成为发达国家对我国发动标准和专利战的主角。随着 6C（日立、松下、三菱电机、时代华纳、东芝、JVC）和 3C（索尼、先锋和飞利浦公司）等专利联盟对我国 DVD 行业收取巨额专利使用费，专利联盟这一经济实体已引起了学者们的关注。为弥补单个专利专有权有限性的缺陷、应对"专利丛林现象"、避免侵权诉讼、确保专利设计自由，越来越多的企业将关注的焦点从单个专利转移到专利群上，积极实施专利组合战略和专利联盟战略（刘林青等，2006）。例如，在诺基亚通信业务的增长及其国际化战略中，专利联盟发挥了重要作用。通过分析专利引用的数据，发现诺基亚在专利联盟中积极学习技术领先者的知识，因此其在移动通信技术领域的能力得到综合提升和快速发展。这一点值得面临技术快速变化环境的企业学习（任声策等，2006）。

专利联盟作为一种企业竞争战略，能够有效提升我国企业的竞争力（顾保国等，2007）。由于得到许可，专利联盟内的企业可以自由地（或较低成本地）使用制造产品所需的牵制性专利和互补性专利（刘林青等，2006）。这不仅可以在一定程度上降低累积创新专利所带来的协调成本、机会主义成本和诉讼成本等交易成本，而且可以提高专利的使用效率（任声策等，2006）。

2.1.3　技术标准联盟

技术标准是指一种或一系列具有一定强制性要求或指导性功能、内容含有细节性技术要求和有关技术方案的文件，其目的是让相关的产品或服务达到一定的安全要求或进入市场的要求。根据标准的形成过程可以将标准分为事实标准和正式标准。事实标准是指占据优势的企业通过市场竞争获得的标准，正式标准则是指由相关的机构通过一定的方式制定，并要求所有相关企业都必须遵守的标准。为了形成产业技术标准而组建的战略联盟提高了劳动生产率、推动了创新、刺激了新型市场或业务的出现、加速了整个经济的健康发展和社会组织的不断进步（Porter，1998；Kraatz，1998）。Keil（2002）认为，当前的趋势就是由独立竞争战略转变为标准联盟战略，也就是市场上几个企业结成联盟，形成标准制定机构或者可以对标准的制定产生巨大影响，作为正式标准的制定者，即结成技术标准联盟。Katz 等（1985）、Farrell 等（1986）认为，只有实力相当强的公司才有可能利用自身的市场实力独立创立一个可以通用的技术标准，否则就会选择以显性或隐性的方式参与技术标准联盟。Farrell 等（1988）认为，在一个隐性技术标准联盟中，技术标准发起公司为了吸引其他公司采用自己的技术标准，会以低使用费或者零使用费发给它们专门的技术特许使用权。Saloner（1990）认为，为了发起和确立技术标准，许多公司越来越热衷于加入一个或多个技术标准战略联盟。谭静（2000）认为，标准联盟是现代企业参与激烈的产业标准竞争的重要形式。樊增强（2003）提出了技术标准联盟形成的几个原因：获取与企业核心技术相关的上下游技术和新技术、适应技术创新环境的不确定性变化、网络竞争。李再杨等（2003）分析了全球移动通信系统（global system of mobile communication，GSM）成功地成为在全世界占主导地位的移动通信标准的原因及对我国电信行业的启示。他们认为 GSM 的成功有两个方面的原因：欧盟的统一标准化政策；技术标准扩散过程中技术标准化联盟的形成。夏先良（2004）认为，大企业的战略动机是建立技术标准联盟，并在联盟内部共享技术，形成在市场上占优势的技术标准。

本书研究的技术联盟将立足于协作研发、专利联盟和技术标准联盟三种基本模式，在分析协作研发、专利联盟和技术标准联盟创新的理论、模型基础上，探讨技术联盟与创新绩效的内在关联。

2.2　协作研发与专利联盟的协同关系

2.2.1　基于协作研发的专利联盟形成条件

基于协作研发的专利联盟是在网络经济兴起、全球经济一体化、国际市场竞争加剧及专利技术与研发能力成为核心竞争力的背景下产生的，它的形成与联盟成员的协作意识、战略导向、竞争力等紧密相关，具体表现在以下几个方面。

1. 激发潜在联盟成员的协作意识

协作意识是开展协作研发的基础，也是形成专利联盟的必要前提。在我国，由于某些历史方面的原因，科研组织，特别是竞争意识大于协作意识的企业，在市场竞争中，更注重竞争而忽视协作。但是随着全球经济一体化的到来，特别是我国加入 WTO 后，我们面临的不再是本地或本国的科研组织和企业竞争，而是来自国际科研组织和企业的挑战。如果不能处理好协作与竞争之间的关系，国内企业在以后的市场竞争中就随时面临被淘汰的风险，因此在技术开发过程中，应该树立协作意识，为开发领先的科研成果、创建专利而协同作战。

识别共同的利益是激发协作意识的关键，要识别共同利益和潜在相关联系，就要搭建信息网络和联盟成员相互交流、依赖的技术共享平台。这就需要政府、行业、科研机构和企业等的共同努力。

2. 建立信任和共同的认知基础

在基于协作研发的专利联盟组建过程中，应该连续投入时间和资本，并将利得信息传达给潜在的协作成员，使它们抱有积极期望。而形成积极期望的前提是联盟成员之间的信任，因此构建良好的信任机制是组建协作研发组织和专利联盟的重要条件。同时，对市场、竞争环境适应的意愿、政策的连续性和工作任务的优先权安排也是传达诚信的重要标志。同时，潜在的联盟成员需要互相学习，了解对方的世界观、信念和态度、价值、商业战略和运作方法；通过密集和开放性的讨论，逐渐建立起信任，形成共同的认知基础。

3. 建立共同目标和战略

共同的愿景和战略在高度专业化和自主化的联盟中是重要的协调机制。实际上，这些协调机制不会自动出现，而需要联盟成员之间的共同协商才能产生。因此，基于协作研发的专利联盟在组建的初期，需要根据行业、市场上的现实情况进行目标的设计与战略的规划。

当然，共同目标和战略更是建立在联盟成员之间的共同利益的基础之上，也许短期的协作不能创造出更多的研发成果，在较短的时间内协作研发的成果不足以掌握行业的核心技术。但是，必须让联盟成员构筑起通过自己的努力最终会实现目标的战略愿景。

4. 联盟成员具备一定的技术基础和技术保护能力

专利建立在一定技术基础之上，技术的创新程度是影响专利创建的主要因素之一。一般来讲，水平越高的创新技术，其创建优势专利技术的可能性越大，因此提高创新技术的水平是协作研发最终走向专利联盟的重要条件。协作研发成员的技术水平是影响技术创新程度的主要因素，因此在协作研发中，联盟成员应该具备一定的技术基础，这样才会使创新成果的水平得到有效保证。

另外，新技术的产生在带来更多的市场机会的同时，也会受到其他一些组织或企业的侵害，这就需要联盟能够抓住时机对新技术进行专利化，申请国家甚至国际的专利保护。因此，联盟应当具有一定的技术专利化能力，掌控最佳的专利申请时机、申请地点与方式，使新技术不受侵害或少受侵害。

5. 创新技术在产业化的过程中能够获得充分的市场份额

专利的创建不仅仅反映在技术的创新程度上，还受到创新技术产业化后其在产品市场中的地位、所占的市场份额等方面的影响。只有获得市场认同的技术才有可能提升专利的价值，只谈技术不谈市场的专利是没有任何市场价值和意义的。因此，先进有效的专利的创新技术必须在创新技术的产业化过程中获得充分的市场份额，在市场竞争中处于优势地位。

6. 建立适应技术创新环境变化的机制

技术创新必然会受到市场环境的影响。不能根据市场环境变化情况进行调整的协作研发活动和专利联盟必然会在市场竞争中处于不利的地位。在变化的技术市场环境中，进行适当的战略调整是创建专利必须考虑的问题。例如，在第七届深圳高新技术成果交易会上，国内三大信息产业标准组织：①信息设备资源共享协同服务（Intelligent Grouping and Resource Sharing，IGRS）；②地面数字多媒体电视广播传输协议（Terrestrial Digital Multimedia-Television Broadcasting，DMB-T）；③增强型多媒体盘片系统（Enhanced Versatile Disk，EVD）。它们分别与数字音视频编解码专利工作组签署合作协议，正式结成战略合作伙伴。

基于协作研发的专利联盟，在形成前应该建立适应技术创新环境变化的相关机制，以提升联盟的竞争力。这些机制包括技术创新的风险防范机制、联盟管理运行和沟通机制，以及适应结构升级的资源配置机制和建立有效的激励机制等。

2.2.2　基于协作研发的专利联盟形成路径

基于协作研发的专利联盟的形成是一个系统的过程，遵循"协作研发—成果专利化和产业化—专利联盟—技术标准联盟"的路径，具体如图2.1所示。

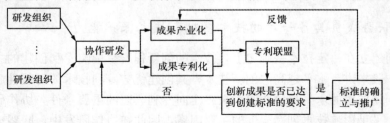

图 2.1　基于协作研发的专利联盟形成路径

从图 2.1 中，我们可以看到基于协作研发的专利联盟在形成过程中会依次经历以下几个阶段。

第一阶段：建立协作研发组织。

每一项新技术的产生必然离不开研究与开发的过程。当发现一项新技术的研发由单独一个研发组织难以完成的时候，许多研发组织或企业就会选择开展协作，协作研发组织因此成为当今技术开发过程中的重要组织形式。基于协作研发的专利联盟起源于协作研发活动，多个研发组织参与的研究与开发活动在给它们带来共享的技术成果的同时，也为创新成果的产业化和专利联盟的组建打下了坚实的技术基础。

第二阶段：创新成果专利化和产业化。

专利是由一组专利技术组成，或者就是将专利技术打包形成的，因此对创新成果进行专利化是创建专利的重要程序。同时，创新成果专利化也可以对技术创新成果进行有效保护。

创新成果产业化主要是指创新技术由试验到产品，由产品到产业的发展过程。对于研发活动来讲，新技术的产生是一笔宝贵的无形资产，只有对创新成果产业化才能使这笔无形资产转化为财富。同时，创新成果要想获得市场价值和地位，就必须得到产品市场的接受和认可，专利不能仅仅停留在技术层面，它还涉及技术在产品市场中的应用与推广情况等。创新成果产业化是实现专利价值的必要途径。

第三阶段：建立专利联盟。

当创新成果产业化获得了产品市场的认同和接受后，原来的协作研发成员就有可能考虑技术成果市场化，由此而建立专利联盟。联盟目的就在于让一些相关的产品或者服务达到申请专利或者进入市场的要求，以此来提升该项创新成果的市场影响力，同时增加专利联盟成员从该项技术中获取的收益。

专利联盟还有一项重要的工作，即对创新成果是否能够上升到行业核心专利的高度作出科学合理的判别，也就是在成果产业化后通过一个判别函数来判断创新成果是否已达到影响行业核心技术的标准。当分析得出该项技术足以影响行业核心技术时，就应该选择合适的时机和地点等来确立专利并对专利技术进行推广；当该项技术不足以影响行业核心技术时，联盟成员需要就不能推广专利的原因进行分析并作出合理的决策。

第四阶段：组建反馈系统。

该阶段的反馈系统主要是针对两个方面的信息：一方面，当专利联盟认为创新技术不足以影响行业核心技术时，需要把创新技术不足以影响行业核心技术的原因反馈到协作研发或成果产业化的过程中，为下一阶段的研发活动或者成果产业化过程提供理论指导；另一方面，当确立了专利以后，专利技术的进一步发展等相关实施细节应该及时地反馈到产业化过程中，以便有效地指导生产活动。

2.2.3 基于协作研发的专利联盟的基本特征

基于协作研发的专利联盟是专利联盟形成的重要途径之一，与其他形成方式相比，具有以下基本特征：

（1）联盟成员对专利的控制。联盟成员由于参与了技术研发、技术产业化以及专利建立的全过程，对技术以及应用的相关细则有着比较好的理解与掌控，这增强了联盟成员对专利的控制能力。

（2）专利在联盟成员生产活动中的兼容性。专利的确立与联盟成员的生产活动紧密相关，因此，联盟成员能够相对容易地使用专利技术，这提高了专利在联盟成员生产活动中的兼容性，从而促进产业增值、降低风险、节约交易成本。

（3）专利技术的应用范围突破地域限制。基于协作研发的专利联盟中的成员来源广泛，来自不同地域的成员会使专利技术融入不同地域的消费和需求特征，因此由此而获得的专利技术能够更好地为这些地域的消费者所接受，从而可以有效地突破地域限制。

（4）适用于中小企业确立专利。中小企业的研发水平不高，技术能力不强，从而使企业通过自主创新来创造高新技术和设立专利的可能性不大，一般是被动地接受某些专利。而通过参与基于协作研发的专利联盟则能够增加中小企业参与主动获得核心专利技术的可能性。

（5）有利于我国自主创新能力的提升。由协作研发到专利设立的过程，有利于我国企业创造出一系列的创新技术和成果，制定出符合中国特色的专利，以此来推动我国自主创新能力的提升。

专利化是科研组织和企业开展研发活动追求的最高目标，通过专利化可以使创新技术获得最大的认同，更会增强专利技术拥有者的核心竞争力。世界上许多著名的大公司进行市场竞争的方式都是由原来的技术竞争提升到专利竞争。例如，微软、Intel 等公司就在积极地发展核心专利技术来增强竞争优势。而基于协作研发的专利联盟是我国科研组织和企业，特别是中小企业，参与获取核心专利技术的重要途径，能够有效地提升我国科研组织和企业的核心竞争力。

2.3　协作研发与技术标准联盟的协同关系

随着网络经济的兴起、全球经济一体化及国际市场竞争的加剧，公司所拥有的专利技术与研发能力已经成为公司最为重要的核心竞争能力之一。这就要求许多公司在寻求竞争力的要素时，必须从生产和市场向技术研发和技术标准领域延伸，表现为技术研发和技术标准的合作化。技术与研发战略联盟这种组织形式因其特有的竞争力内涵而成为很多大公司技术研发国际化的首选战略模式。组建协作研发有助于企业在动态竞争中获取与整合技术资源、建立标准优势、分担固定费用与风险，以及进入他国市场等。与此同时，形成技术标准联盟是实现产业化、组建合理高效的产业链的重要环节，联盟聚集了业内各个环节的厂家，产品研发、生产制造、宣传推广、营销策划等整个链条都能实现最佳组合。对企业而言，在市场力的驱动下，协作研发和技术标准联盟之间相互促进和协调发展，不仅有利于提升企业的核心竞争力，而且有助于企业价值的提升。

因此，从协作研发网络和技术标准战略的视角来看，运用交叉学科的理论方法，针对协作研发与技术标准联盟的互动机制展开研究，具有十分重要的理论与现实意义，对于其他类型的企业而言，也具有广泛的借鉴意义和应用价值。

2.3.1 协作研发与技术标准联盟的互动关系

技术标准是当今行业标准争夺最为激烈的领域，也是我国最有希望实现跨越发展的领域。在大多数传统工业领域，国内企业必须依照现行的国际标准来生产。而高技术产业的兴起，则给我们提供了许多努力的空间。在高技术产业领域，尚有许多标准还是空白，并且在某些高技术产业领域，我们已具备与国外企业竞争的实力。因此，我们必须抓住机遇，通过研发等活动，建立起有中国特色、和国际接轨的技术标准。

如果说一项专利影响的只是一个企业，那么一个技术标准影响的则是整个产业。企业研发的最高目标就在于形成自己的技术标准，并在推广企业标准的过程中，尽可能地把专利或专有知识纳入行业标准、国家标准和国际标准中，最后以标准为基础来赢得持久的市场竞争优势。但是，在全球一体化的市场中，单个企业若要建立统一的行业技术标准越来越困难。因为除了技术领先这一要素外，还有市场占有率等方面的问题。与潜在的强大竞争对手建立协作研发、技术联盟等，有助于企业推广其技术标准；或通过协调建立一个共同遵循的技术标准，获取某种程度上的技术垄断优势，扩大市场占有率，共同对付其他竞争对手。面对专利标准化、标准垄断化的趋势，以及强大的跨国公司，高技术行业应当共同努力，形成属于自己行业的技术标准。

组建标准联盟可采用两种方式。其一是积极加入国外大公司发起的标准联盟，尤其是技术和标准共同开发的联盟。这不仅可以保证我国企业自己开发的技术与随后产生的国际标准相容，而且也有利于我国企业学习国外的先进技术和成熟的商业运作模式。其二是国内行业中的几家领导企业共同组建标准联盟，围绕核心技术进行联合投资、合作开发，充分利用我国丰富的市场资源，积累大规模的"安装基地"，推动标准化的形成。这不仅有利于改善我国企业的竞争结构，也有利于阻止国外大公司进入我国市场。因此，在政府的积极引导和支持下，各相关企业也应通过建立研发联盟来争取共同打破专利标准壁垒，谋求产业的发展壮大。总之，提高民族工业的竞争力，促进民族工业的发展与壮大，企业间的技术联盟，特别是通过协作研发活动来组建的技术标准联盟是一条重要途径。当然协作研发和技术标准联盟之间也存在着内在的互动关系。

（1）协作研发和技术标准联盟是技术合作的两种不同方式。协作成员首先的目标是通过现代化的通信工具来组建协作研发，通过网络成员之间的共同努力来保证协作的高效性，当协作研发取得了一定的成果时，网络成员就会通过各种措施来保证成果的专有性，这样申请专利保护就成为企业获得市场竞争优势的重要手段之一；当网络成员有更高的协作目标时，在专利技术的基础上制定技术标准就会成为网络发展的必然选择，在这种背景下，技术标准联盟就会应运而生，从而可以把协作研发和技术标准联盟看做企业在 R&D 市场和产品市场合作的相互衔接的过程。

（2）协作研发和技术标准联盟相互促进发展与进步。技术标准联盟和协作研发具有循环关系：一方面，协作研发发展的状况会影响技术标准联盟的发展；另一方面，技术标准联盟的失效又会造成协作研发活动的瓦解。因此，建立技术标准联盟可以促进协作研发的健康成长，同时协作研发的高效性，也会推动技术标准联盟的形成与发展。

2.3.2　协作研发与技术标准联盟的互动机制

协作研发与技术标准联盟的这种互动关系是在一定的互动机制的基础上体现出来的，互动机制主要表现在三个力的作用，即核心竞争力、市场力和价值力，具体描述见图 2.2。

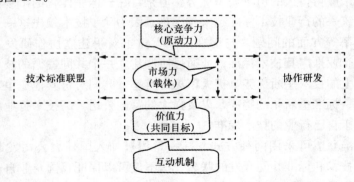

图 2.2　协作研发与技术标准联盟的互动机制

1. 提高核心竞争力是协作研发和技术标准联盟形成的原动力

技术更新速度快、知识融和能力强和组织自身的发展规模相对小等因素，使要完全依靠单个组织自身的研发能力来获得足够的核心竞争力的目标难以达到，因此企业一般会采取组织间的联合来达到共同提高核心竞争力的目标。协作研发和技术标准联盟就是企业实现这一目标的重要途径，通过这两种途径可以实现技术的提升和产业的升级。

2. 市场是协作研发和技术标准联盟互动的载体

市场力是协作研发和技术标准联盟互动的基础，从两者的互动关系中，我们可以知道，它们可以被看做企业技术合作过程中两个衔接的环节，而这个过程以市场为主要的载体。协作研发主要是以 R&D 市场为主要的载体，技术标准联盟则是以产品市场为主要的载体，R&D 市场和产品市场的共同作用为协作研发和技术标准联盟的互动提供了新的动力和契机。

3. 创造价值是协作研发和技术标准联盟的共同目标

协作研发和技术标准联盟的共同目标在于为企业和社会创造新的价值。协作研发主要是通过技术市场上企业之间的共同研发来寻求技术上的进步与突破，从而满足社会对新产品的需求和提高企业产品的竞争力，这就为社会创造出新的财富，也为企业提供新的价值增长点。技术标准联盟主要是在产品或技术市场制定出一套相关企业共同遵循的产业规则，一般来讲，只有具有较强实力的企业才有能力去制定技术标准，但是通过技术标准联盟，规模相对较小的企业也完全有能力去参与技术标准的制定。当然制定技术标准，对企业最大的价值在于它可以为企业带来丰厚的回报，而对社会来讲技术标准联盟有利于规范技术市场的秩序。

以上分析也为研发合作提供了一些有益的启示。首先，组织之间的研发协作可以通过更加有效的途径来实现技术的提高与进步，即组建协作研发可以通过网络来获得充足的创新知识。其次，组织间的技术合作的目标应该是从 R&D 市场的合作向技术标准联盟发展，通过制定相关的技术或产业标准实现技术市场价值的最大化。最后，协作研发和技术标准联盟虽然是两个不同的合作方式，但是在实际合作过程中它们之间既可能相互衔接，又可能交叉进行（这主要取决于合作研发成果的产生时间与创新程度），因此在合作过程中，合作成员要妥善处理两者之间的关系，以实现合作收益最大化的目标。

2.4　专利联盟与技术标准联盟的协同关系

随着网络经济的兴起，专利化能力和标准化能力已经成为技术市场上最为重要的核心竞争能力。这就要求在自主创新能力培育过程中，企业必须从产品市场向技术市场和技术标准领域延伸，表现为技术创新和技术标准的合作化，专利联盟和技术标准联盟是此合作化趋势的重要组织形式。在市场力驱动下，专利联盟和技术标准联盟之间相互促进和协调发展，这不仅有利于增强我国的核心竞争力，更有助于自主创新能力的培育和提升。本节将从专利联盟和技术标准联盟协调发展的作用基础、专利联盟和技术标准联盟的协调发展关系、专利联盟和技术标准联盟的协调发展模式等方面来探讨专利联盟和技术标准联盟的协调发展机制。

2.4.1　专利联盟和技术标准联盟相互作用的基础

　　为了分析专利联盟和技术标准联盟相互作用的基础，本书构建了专利联盟和技术标准联盟协调发展的五力模型。该五力模型主要包括促进专利联盟和技术标准联盟协调发展的核心竞争力、市场力、协作力、博弈能力和自主创新能力，具体见图 2.3。

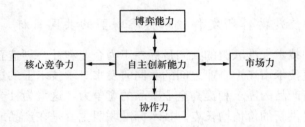

图 2.3　专利联盟和技术标准联盟协调发展的五力模型

1. 提升自主创新能力是专利联盟和技术标准联盟的共同目标

　　专利联盟和技术标准联盟的共同目标在于为社会创造价值，提升自主创新能力。专利联盟主要是通过在技术市场上的共同研发来寻求技术上的进步与突破，从而满足社会对新产品的需求和提高企业产品的竞争力，既为社会创造出新的财富，同时又提升协作成员的自主创新能力。技术标准联盟主要是在产品或技术市场制定出一套相关企业共同遵循的产业规则。一般来讲，只有具有较强实力的组织才有能力去制定技术标准，而通过技术标准联盟，一些规模相对较小、自主创新能力相对较弱的组织也完全有能力去参与技术标准的制定。当然制定技术标准，对标准制定者最大的价值在于其可以促进标准联盟内部创新知识的传播和融合，从而达到提升联盟成员自主创新能力的目标。

2. 提高核心竞争力是专利联盟和技术标准联盟形成的原动力

　　当今技术市场快速发展的特征，包括技术更新速度快、知识融和能力强和技术可替代性强等，使完全依靠单个组织自身的研发能力来获得核心竞争力的难度逐渐增加。因此，为了在市场竞争中处于相对有利的地位，同时实现技术的提升和产业的升级，技术和产品市场的竞争主体一般都会采取相互的联合的方式来实现共同提高核心竞争力的目的。正是在这种推动力的作用下，专利联盟和技术标准联盟成为竞争主体开展合作的重要表现形式。

3. 市场是专利联盟和技术标准联盟互动的载体

市场力是专利联盟和技术标准联盟互动的根本。从专利联盟和技术标准联盟的演进路径看，可以把专利联盟和技术标准联盟看成技术和产品市场合作过程中的两个衔接环节。从专利联盟和技术标准联盟的形成与发展过程看，专利联盟是以 R&D 市场为主要载体，技术标准联盟则是以产品市场为主要载体，R&D 市场和产品市场的共同作用就为专利联盟和技术标准联盟的协调发展提供了新的动力和契机。

4. 专利联盟和技术标准联盟的发展是合作成员博弈的结果

当把专利联盟和技术标准联盟看成具有支付函数的决策时，它们就具有与战略博弈相似的特征。首先，参与合作的个体通常是企业或组织，并且专利联盟和技术标准联盟通常是涉及两个或多个企业或组织；其次，在专利联盟和技术标准联盟的决策中，每个个体均会有两种决策方案，即参与合作或不参与合作，这是两个完全不同的决策方式，符合战略博弈由一系列相互排它的战略组成的条件；最后，合作主体参加专利联盟和技术标准联盟所获得的期望支付函数和成员自身的知识存量相关，参与或不参与合作的主要依据是是否产生更高的支付函数。这与战略博弈中假设所有参与人均是理性的，每个人的战略选择均是为了产生更高的支付函数相一致。基于此，我们认为专利联盟和技术标准联盟的形成与发展是合作参与主体在市场经济条件下相互博弈的结果。

5. 成员间的协作力是专利联盟和技术标准联盟持续健康发展的重要保证

协作力是合作成员促成和保证专利联盟和技术标准联盟形成和发展的基本能力。专利联盟和技术标准联盟的形成与发展是在全球经济一体化及国际市场竞争加剧、专利技术与创新能力成为核心竞争力的背景下产生的。但是如何在这种背景下使专利联盟和技术标准联盟持续健康发展，取决于合作成员的战略导向，潜在联盟成员的协作意识、信任和共同的认知基础、共同目标和战略，联盟成员的技术基础和技术保护能力、产业化能力以及合作成员适应创新环境变化的机制等。同时这些决定因素也直接反映出合作成员的协作能力。

2.4.2　专利联盟和技术标准联盟的协调发展关系

从专利联盟的发展过程看，协作成员首要的目标是通过现代化的通信工具来开展专利联盟活动，通过协作成员之间的共同努力来保证协作的高效性。当专利联盟取得了一定的成果，协作成员就会通过申请专利保护来保证成果的专有性，而在专利技术的基础上制定技术标准就会成为协作成员实现更高目标的必然选择。此时，技术标准联盟应运而生。因此，从这一点来看可以把专利联盟和技术标准联盟看成是技术和产品市场相互衔接的两个重要环节。同时，技术标准联盟和专利联盟的形成与发展也存在着明显的互动关系：一方面，专利联盟的发展状况会影响技术标准联盟的发展，技术标准联盟的失效又可能会造成专利联盟活动的瓦解；另一方面，技术标准联盟可以促进专利联盟的持续健康成长，而专利联盟的高效性也推动着技术标准联盟的形成与发展。因此技术标准联盟和专利联盟是技术创新过程中两个相互促进、共同发展的重要环节。具体来讲，专利联盟和技术标准联盟的协调发展的内在联系表现在以下几个方面。

1. 基于专利联盟的技术标准联盟的形成与发展

技术标准联盟的形成主要有以下途径：由几个核心联盟成员依靠市场力量来主导标准的发展（Keil，2002）；通过市场力量先形成核心联盟，再不断接收更多的接受标准的成员；通过政治的力量融合资源，形成具有很强政治背景的联盟（代义华等，2005）。在市场经济条件下，依靠政治背景的技术标准联盟会越来越少，依靠科研组织或企业的技术实力形成的技术标准联盟将成为技术标准化的主要方式。我国大多数科研组织和企业缺乏足够的技术实力，通过一个或几个核心联盟成员来形成技术标准联盟的可能性较小，因此通过选择"专利联盟—技术标准联盟—标准推广与应用"的方式实现技术标准联盟的健康成长和持续发展就成为标准制定者寻求的有效途径。

2. 基于技术标准联盟的专利联盟的形成与发展

相对于专利联盟活动来讲，技术标准联盟是一种更高层次的合作形式，可以把两者看成合作过程中"下游"和"上游"的关系。当然在"下游"和"上游"的互动发展中，技术标准联盟会对专利联盟活动的形成和发展起着有益的触发和推动作用。技术标准联盟的发展顺利和发展受限均会推动专利联盟活动的产生。在技术标准联盟发展顺利时，对标准更高的要求会进一步深化在技术研发领域的合作，从而衍生出新的专利联盟活动；在技术标准联盟发展受限时，深化技术研发领域的协作便是合作参与主体实现创建标准目标的重要途径，也是合作参与主体延续技术合作关系的重要选择。

3. 专利联盟与技术标准联盟协调发展的自协调机制

专利联盟与技术标准联盟在形成与发展过程中具有自协调效应，主要表现在三个方面：一是选择性，合作参与主体可以根据自身的技术能力和产品市场情况进行合作方式的选择，当合作参与主体在协作过程中的创新技术达到一定程度并且在创新技术的市场转化获得成功时，就可能把研发领域的协作延伸到标准市场的合作；二是逆转性，所谓逆转性就是指处于"上游"的技术标准联盟对处于"下游"的专利联盟具有指导作用和触发作用，在技术标准联盟的基础上可能会激发出新的研发合作组织和标准联盟；三是延续性，专利联盟与技术标准联盟的参与主体的合作关系并不是随着合作项目的结束而终止。在一定条件和时机的触发下，合作参与主体会更易于继续开展联合与协作，表现出合作关系的延续性。

2.4.3　专利联盟和技术标准联盟协调发展模式

按专利联盟和技术标准联盟协调发展的主导方式划分，可以把专利联盟和技术标准联盟协调发展模式划分为三类：专利联盟主导型、技术标准联盟主导型、专利联盟和技术标准联盟相互触发型。

专利联盟主导型：参与主体在技术领域实现联合，结成专利联盟，其目标在于提升成员的技术创新能力。当实现技术的创新和突破时，在专利化和产业化等途径的基础之上，合作参与主体继续深化合作，利用现有的技术和产业优势制定行业标准、国家乃至国际标准以获取技术上的垄断地位。

技术标准联盟主导型：在专利联盟和技术标准联盟协调发展过程中，技术标准联盟占据着主导地位。在技术标准联盟化过程中由于某种需要、技术衍生等而产生专利联盟活动，这些专利联盟项目可能是原技术标准联盟技术合作的延续，也可能是原联盟成员专利联盟新的技术项目，或者是引入新的合作参与主体等。

专利联盟和技术标准联盟相互触发型：专利联盟和技术标准联盟各自形成与发展，并在实际运作的过程中相互协调和相互影响，以实现两者成长与发展的高效性和延续性。

当然，这三种模式有其自身的特点和优势，它们的比较分析可以通过表 2.1得出。

表 2.1　专利联盟和技术标准联盟协调发展模式的比较

关键因素	模式		
	专利联盟主导型	技术标准联盟主导型	专利联盟和技术标准联盟相互触发型
主要形成动因	保持和获取核心竞争力	寻求新的技术突破点	优势互补
参与主体的技术能力	中	高	中/高

关键因素	模式		
	专利联盟主导型	技术标准联盟主导型	专利联盟和技术标准联盟相互触发型
一体化方式	前向一体化	后向一体化	混合一体化
灵活性	中/低	高	高
参与主体的承诺	高	中	中/低
环境氛围	紧密/和谐	竞争/合作	开放/互利
参与主体间的行为选择	依赖	独立/依赖	独立
对技术的影响程度	高	高/中	中/低

　　专利联盟和技术标准联盟是技术创新过程中重要的路径和环节，也是自主创新能力培育的重要变量。通过分析专利联盟和技术标准联盟的协调发展，可以实现自主创新能力培育链上关键环节的有效连接，构筑专利联盟、技术标准联盟和自主创新能力的全新研究界面。在对专利联盟和技术标准联盟协调发展的作用基础的分析上，对专利联盟和技术标准联盟的协调发展关系和模式进行理论探讨，以此来揭示专利联盟和技术标准联盟协调发展的基础。当然深入的研究将围绕专利联盟和技术标准联盟协调发展过程中如何连接、管理，以及协调等方面展开。

第 3 章　协作研发网络的形成、发展与均衡研究

3.1　协作研发的博弈分析

本节理论部分采用 D'Aspremont 等模型的一些基本构思，同时参考 Ulrich Kaiser 的三阶段库诺特研发博弈模型，并且对其进行拓展进而深入探讨协作研发的一系列决策问题。企业的研发投入水平、研发决策和它们在产品市场的竞争构成了三阶段博弈模型。第一个阶段，公司决策是否进行协作研发；第二个阶段，决定研发费用水平；第三个阶段，在产品市场上进行竞争。

3.1.1　市场需求

为了使模型易理解和处理，所建立的模型仅考虑过程创新，以 Kamien 等 (1992) 的相关研究为基础，分析不同研发战略的绩效。

模型中有 n 个企业进行产品的生产，用 $N = \{1, 2, \cdots, n\}$ 表示。分别以 Q_i 和 p_i 表示第 i 个企业生产的产量及其实现价格，假设企业 i 产品需求反函数呈对称的线性形式，即

$$p_i = a - Q_i - \gamma \sum_{j \neq i} Q_j \tag{3.1}$$

式中，a 是需求函数的截距。$\gamma \in [0,1]$ 表示产品的替代系数，$\gamma = 1$ 意味着所有企业生产的产品可以完全替代，而 $\gamma = 0$ 则表示每一个企业都是垄断生产者。为了研究的方便，假设产品的生产过程中固定成本为零，即若生产量为 Q_i，则总成本为 $C(Q_i) = cQ_i$。其中 c 是单位生产成本，为了生产的营利性，假设 $a > c$。

3.1.2　研发生产函数

在生产技术、研发溢出和研发生产函数方面，我们主要作出如下的假设。生产条件由成本函数 c_i 来决定。通过开展研发，企业可以减少边际费用。定义 R_i 为有效的研发水平——自身研发加上从其他企业吸纳的研发。对于企业 i，单位成本函数可以假定为

$$c_i = c - f(R_i) \tag{3.2}$$

式中，$f(R_i)$ 表示的是过程研发中的研发生产函数，即研发单位成本降低额。式 (3.2) 表示通过货币测度的单位生产成本，同时需要满足下列条件：

$$f(0) = 0, f(R_i) < c, f'(R_i) > 0, f''(R_i) < 0$$

$$\lim_{R_i \to \infty} f'(R_i) \to 0, (1 - c_i)f''(R_i) + f'(R_i) < 0 \tag{3.3}$$

这些假设保证了在企业自身没有研发投入的条件下不能获得过程创新、生产成本为正、研发生产函数是递增的，并且以有效研发为横轴的曲线是凹形的、当有效研发接近无限大时研发边际生产力为零、研发成本比研发成果表现出更加陡峭的增加，这就避免了企业无限地投入研发。

依据 Kamien 等（2000）的观点，企业 i 的有效研发 R_i 依靠于企业的自身研发 x_i 和从其他企业吸纳的溢出，企业的有效和自主研发可以通过货币单位来衡量。假定有效研发为

$$R_i = x_i + \sum_{j \neq i}[(1 - \delta)\beta x_i^{\delta} x_j^{1-\delta}] \tag{3.4}$$

式中，$\beta \in [0, 1]$。式（3.4）表明如果企业 i 根本没有投资研发，那么就不能从其他企业处获得溢出。参数 β 表示的是研发溢出参数，是解释专利保护程度的一个参数。当 $\beta = 0$ 时，专利完全保护研发成果；$\beta = 1$ 时，专利完全不能保护研发成果；β 反映的是专利可能保护研发成果的程度。

参数 δ 表示的是企业 i 的研发路径。一个极端是当 $\delta = 0$ 时，企业是其他企业研发投入的接受者，同时也是贡献者（一般研发路径）。此时企业 i 的有效研发函数可以简化为有效研发的标准形式，对于信息完全有共享市场（$\delta = 0$）:$R_i = x_i + \beta \sum_{j \neq i} x_j$

另一个极端是当 $\delta = 1$ 时，有效研发就等于自主研发。企业既不能使其他企业的知识内部化，也不能对其他公司的有效研发作贡献（特殊研发路径）。当 δ 处于这两个极端情况之间时，有效研发 R_i 和自身研发 x_i 的自由度同为 1。同时，参数 δ 还表示企业所开展的研发是应用性研发还是基础性研发，当 δ 取值较大时，研发项目集中于基础性研发；当 δ 取值较小时，项目集中于应用性研发。

3.1.3 研发博弈过程

该过程可分为三个阶段，下面将从第三个阶段开始论述。

第三阶段：给定研发费用下的产品市场竞争。

研发博弈通过反推法来处理。根据网络形成理论，我们知道形成合作网络的最终目标是实现企业的"多赢"，因此，在考虑了从协作中获得的效益最优时，企业才会有动机开展协作活动。在协作研发的第三阶段，企业在给定的研发费用下选择最优的产出水平。这里排除了所有企业间有关产出水平共谋协议的可能性。企业最大化利益 Π，并且独立的选择最优化产出水平 Q_i 为

$$\max_{Q_i} \prod_i = (p_i - c_i)Q_i - x_i \tag{3.5}$$

最优化产出通过最大化的一阶条件得出，有

$$Q_i^* = \frac{a - c + f(R_i) - \dfrac{\gamma}{2 - \gamma}\sum_{j \neq i}[f(R_j) - f(R_i)]}{2 + \gamma(n - 1)} \tag{3.6}$$

这表明了替代程度的增加会导致均衡产量的减少，也就是说，在投入一定的情况下，产品的替代系数越大，最优化产出水平就会越低；产品的替代系数越小，最优化产出水平就会越高。

第二阶段：研发费用水平的确定。

企业 i 的销售净利润为

$$G_i(Q) = Q_i\left(a - Q_i - \gamma\sum_{j \neq i}Q_j - c_i\right), \qquad i \in N \tag{3.7}$$

博弈第二阶段的均衡为求解以下最大化问题：

$$\max_{Q_i} G_i(Q), \forall i \in N$$

假设 $Q_i \geqslant 0$，则以上最大化问题的一阶条件为

$$a - Q_i - \gamma\sum_{j \neq i}Q_j - c_i - Q_i = 0$$

即 $(\gamma - 2)Q_i - c_i = \gamma\sum_{j \in N}Q_j - a = $ 常数，$\forall i \in N$

从而有 $(\gamma - 2)Q_j - c_j = (\gamma - 2)Q_i - c_i \Rightarrow Q_i = \dfrac{c_j - c_i}{2 - \gamma} + Q_j$，$\forall i, j \in N$

由此可以求出 $Q_i = \dfrac{a - c_i + \dfrac{\gamma}{2 - \gamma}\sum_{j \neq i}(c_j - c_i)}{2 + \gamma(n - 1)}$

以 $c_i = c - f(R_i)$ 代入上式，从而有

$$Q_i = \frac{a - c + f(R_i) - \dfrac{\gamma}{2 - \gamma}\sum_{j \neq i}[f(R_j) - f(R_i)]}{2 + \gamma(n - 1)} \tag{3.8}$$

用式（3.8）推出的 Q_i 代入式（3.7），有

$$G_i(Q) = Q_i\left(a - Q_i - \gamma\sum_{j \neq i}Q_j - c_i\right) = Q_i^2$$

在这个阶段，企业选择最优的研发投入水平以实现利润最大化。如果企业在第一阶段决定不进行协作，则企业 i 的利润函数为

$$\max_{x_i}\prod\nolimits_i = (Q_i^c)^2 - x_i \tag{3.9}$$

在对称均衡里，最优化研发投入服从一阶条件：

$$\psi^c = \frac{2Q_i}{[2 + \gamma(n - 1)](2 - \gamma)}$$
$$\times [(2 - 2\gamma + \gamma n)f'(R_i^c) - \beta\gamma\sum_{j \neq i}f'(R_j^c)] - 1 = 0 \tag{3.10}$$

式中，R_i^c 表示的是在竞争情况下利润最大化条件下的有效研发投入，$\beta\gamma\sum_{j \neq i}f'(R_j^c)$ 项体现了企业研发负的外部性，即企业研发成果的溢出使其竞争对手也降低了生

产成本，竞争优势发生了变化，从而给该企业的利润造成负面影响。显然，当 $\gamma=0$ 时，每一个企业在产品市场上都是唯一供应者，不直接竞争。

如果企业在第一阶段决定开展协作研发，则它们就会通过最大化协作利润来引导研发投入。Kamien 等（1992）的最优化研发等式的获得是通过设定 $\delta=0$，忽略吸收能力的内部化。在协作研发组织（RJV）条件下，假设信息都是共享的（$\beta=1$），协作利润 $\prod$：

$$\max \prod = (Q_i^{\mathrm{RJV}})^2 - x_i + \sum_{j \neq i} \left[(Q_j^{\mathrm{RJV}})^2 - x_j \right] \tag{3.11}$$

在对称均衡里，最优化研发投入服从一阶条件：

$$\psi^{\mathrm{RJV}} = \frac{2[a - c + f(R_i^{\mathrm{RJV}})]}{[2 + \gamma(n-1)]^2(2-\gamma)} \times$$
$$f'(R_i^{\mathrm{RJV}})[2-\gamma] - 1 = 0 \tag{3.12}$$

式中，R_i^{RJV} 表示的是在协作利润最大化条件下的有效研发投入。

第一阶段：协作研发。

通过比较协作与不协作两种情况下的利润水平可以很明显地看出企业开展协作的动机。在下列条件下将形成 RJV：

$$\prod_i^{\mathrm{RJV}} - \prod_i^c = (Q_i^{\mathrm{RJV}})^2 - x_i^{\mathrm{RJV}} - (Q_i)^2 + x_i^c > 0 \tag{3.13}$$

只要条件（3.3）成立，利润函数对 R_i 都是凹形的。形成 RJV 的动机随着利润差额的增长而增长。如果 $\varepsilon_{x^c,\beta} > f'[R^c]\varepsilon_{x^c,\beta}$，协作研发动机则随着溢出参数 β 的增加而增加，$\varepsilon_{x^c,\beta}$ 表示研发投入对溢出变化的弹性。研发生产力的增长也会形成开展协作研发的动机。如果研发路径一般性、市场需求和产品替代性发生变化所带来的直接影响大于经由研发投入所带来的间接影响，则：①研发路径一般性增加；②产品替代性增加；③市场需求的增加导致形成 RJV 动机增加。

3.1.4　模型总结

本模型主要是通过比较研发费用和研发收益的大小来确定企业是否要开展协作研发。多个企业参与竞争，当协作收益大于竞争收益时，企业会选择研发协作，否则企业就会选择自主研发。在这个模型中，我们考虑了更加复杂的市场需求函数与研发收益函数。考虑到多个企业参加研发博弈，我们排除了企业间合谋的情况，在进一步的研究中可以考虑企业间的一些合谋的行为对研发协作的影响。

从理论模型中得到的假设可以总结为：研发生产力的增长、企业研发路径一般性的增加、市场需求的增加对 RJV 的形成产生积极的影响；如果研发溢出足够大，在 RJV 中的研发投入就比研发竞争中的要大；如果研发路径足够的一般化，在研发竞争模式下企业研发路径一般性的增加就会导致研发投入的增加。

3.2　基于环境动态性的协作研发及其绩效研究

3.2.1　研发绩效与环境动态性

1. 研发绩效

1952 年，John Kenneth Galbraith 指出廉价的创新时期已经过去，组织低成本获得研发成果的时代已经结束，这迫使组织必须通过共享研发努力以达到科技进步和获得与维持组织市场竞争力的目的。而共享研发努力最重要的途径就是协作研发。协作研发指的是企业之间以及企业与科研机构之间进行跨组织的联合创新，具体来讲就是指企业、大学院校、科研院所共同参与，以新思想（包括新技术、新工艺、新制度、新市场等）的应用为手段，以协作各方获取经济效益为前提，以此提高竞争力，促进经济发展与科技进步的研发活动。

从世界范围内看，协作研发的变动趋势：20 世纪六七十年代，世界范围内企业的协作研发呈缓慢平稳增长的状态，自 70 年代末以来，协作研发开始呈加速增长的态势，尽管在 20 世纪 90 年代初期和后期出现了剧烈的波动，但从总的趋势上看，自 20 世纪 80 年代以来新建立的协作研发数量呈明显的上升趋势。

研发绩效综合考虑财务和非财务、内部和外部、有形和无形等各方面的因素，反映研发活动的效率与效果，对研发行为起到约束、规范和导向的作用。研发绩效既体现了当前研发活动的客观实际，又展示了研发未来发展的潜力；既测度研发的业绩状况，又为研发的未来发展提供方向和动力。

对于研发绩效，国内外学者作了比较多的研究。他们普遍认为，传统的财务指标体系已经不能完全反映现代组织的研发绩效，并且还可能会得出令人比较沮丧的结果。Kaplan 等（1992）创建平衡记分卡测评法，用涉及顾客满意度、内部程序及组织学习能力三套绩效测度指标来弥补传统财务指标的不足之处，而这三个方面的活动又推动着未来的财务绩效。在此基础之上，Kerssens-van Drongelen 等（1999）设计了一套针对研发绩效评价的指标体系，从财务视角、顾客视角、学习和成长视角，以及内部业务等过程视角来考察研发绩效。

2. 环境动态性

战略管理学最显著的特征是充分强调组织的竞争环境（Child，1972；Porter，1980）。组织要生存和发展，就必须使其内部管理制度和外部竞争环境相匹配（Venkatraman，1990）。合适的管理制度和组织结构是组织所面临的多种环境权变因素作用的产物（Drazin et al. 1985）。组织与组织之间的管理体制总体来看是存在许多差异的，而在一个给定的环境条件下，有效的管理体制设计又是有限的（Hambrick et al.，1984）。从行业来看，某一环境特征可能以相同的方式影响行业中的所有组织；对组织来说，其成功依赖于建立有效的环境变化适应机制。

影响组织研发绩效的环境特征复杂多样，其中最为相关的是环境动态性——环境变化的速率和不稳定性（Child，1972；Dess et al.，1984）。环境动态性是多个力同时作用的结果，具体包括政府政策、组织规模的变化、行业中同类企业的数量、科技变化及技术传播、技术专有和引进，以及市场风险等。

3.2.2　动态环境下协作研发与研发绩效的关系分析

用环境波动率 P 作为环境动态性的衡量指标，并把环境的变化看做从稳定到动态的持续性变化过程。环境波动有正负两个方面，正时表示环境向有利于组织研发发展的方向改变，负时表示环境向不利于组织研发发展的方向改变。组织通过环境测评系统来调整自身的研发战略，即当 $P \in [b\%, a\%]$ 时，组织的研发战略不会改变；当 $P > a\%$ 时，组织会采用积极的研发战略，如增加研发投入、提高协作研发水平等；当 $P < b\%$ 时，组织会采用消极的研发战略，如减少研发投入、降低协作研发水平等。据此可得到图 3.1，图中横轴表示组织开展的研发时间 t，纵轴表示环境波动率 P。

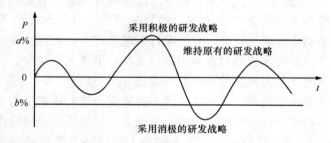

图 3.1　基于环境动态性组织研发战略的选择

在知识和网络经济条件下，协作研发是组织开展研发战略的重要手段。开展协作研发能让组织获得更多的外部知识，并且能对外部知识进行快速整合以使其融入组织当中，从而扩大组织的竞争优势和增强其核心竞争力。在书中我们将协作研发参与度作为衡量组织协作研发水平的关键性指标。

1. 基于环境动态性的协作研发绩效简单回归模型

图 3.2 表示的是不同程度的动态环境下协作研发参与度和研发绩效之间的简单回归模型，模型可以说明研发绩效（π）与协作研发参与程度（δ）之间的动态关系。从图 3.2 中可得到三种动态环境下协作研发参与程度对研发绩效的影响：当组织外部环境相对稳定（低动态性）时，协作研发参与程度与研发绩效正

相关；当组织环境相对动态或高动态时，协作研发参与程度和研发绩效负相关。

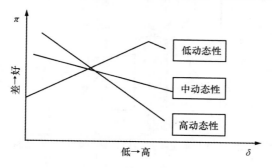

图 3.2　简单回归模型

对于这个简单的回归模型，可以解释如下：

第一，在低动态性环境下，即 $P \in [b\%, a\%]$ 时，研发管理者可以精确估算现在和未来的环境状况，这就会增强管理者经营决策和投资决策的高效性，即在低动态性环境中，管理者能够很好地掌握决策所需要的关键信息，从而增强组织与其利益相关者间相互的可预测性。此时，组织在开展协作研发上会有比较好的前景预测和分析，增加协作研发的参与程度会让组织获得更多的外部知识，从而增强竞争优势，提高研发绩效；当然，协作研发参与达到一定的程度时会降低研发绩效，这是因为研发溢出增加和技术透明度增大会使超额利润消失。

第二，在中高动态性环境下，即 $P > a\%$ 或 $P < b\%$ 时，管理者对未来的环境状况难以估计，同时环境的高度不确定会影响协作研发团队的稳定性和持续性，因此协作动机会受到损害，协作工作效率得不到保障，从而造成研发资源浪费，出现产出与预期相矛盾的后果。另外，组织参与协作研发的程度越高，组织对协作研发的依赖程度和期望值也会越高，从而导致协作动荡对组织研发绩效的影响也会越大。

2. 低动态性环境下协作研发与研发绩效的效用函数

根据以上分析，我们可以构建低动态性环境下协作研发参与度和研发绩效之间的简单关系模型，如下：

目标函数：$\max U(\pi, \delta)$，其中 $\partial U / \partial \pi > 0$，$\partial U / \partial \delta > 0$

约束条件：$\pi = f(\delta)$，$\partial \pi / \partial \delta > 0$ 或 $\partial \pi / \partial \delta < 0$

其中，U 表示的是效用函数；f 是描述协作研发参与度和研发绩效之间相关关系的函数；π 为研发竞争条件下的研发绩效量。从而作出低动态性环境下协作研发参与度和研发绩效之间的关系曲线，如图 3.3 所示。

低动态性环境下研发绩效与协作研发参与度关系曲线的绘制是基于以下三点假设。

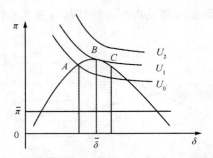

图 3.3　低动态性环境下研发绩效与协作研发参与度关系曲线（LPCR）

　　第一，假定在组织原来协作研发参与度很低的情况下，组织协作研发参与度的上升（但小于 $\bar{\delta}$）会提高组织的研发绩效。组织没有参与协作研发就有可能很难获得外部知识，从长期来看较难维持原有核心优势。实际上，一些实证研究也表明，组织长期的研发绩效与组织开展协作研发是正相关关系。Spencer 等（1993）认为，研发联盟是 SEMATECH 公司成为美国半导体行业领袖的重要原因。Jorde 等（1990）把德国机械工程产品在 20 世纪七八十年代的成功归功于行业的协作研发机构。

　　第二，假设边际效用随组织参与协作研发程度的上升而下降，这符合边际效用递减规律。这是因为参与程度越高，信息的透明度就会越大，知识共享程度和溢出水平也会越高，从而导致组织维持核心竞争力的难度增加，获取的边际利润下降。

　　第三，假设没有考虑技术本身的不确定性对技术创新的影响，也就是说开展协作研发对技术创新存在着必然的促进作用。譬如，某项高新技术现行的技术门槛很高，组织想要进入就需要投入很高的研究与开发成本，而协作研发可以减少研发成本和降低研发风险。在图中，只有在一定的协作点（如图 3.3 中的 B 点），协作研发绩效才有可能达到最大化。

　　组织的最优选择点为 B 点，可以解释为：首先，B 点左边的协作水平能够使组织进行生产经营，但是其绩效水平不是最大，这意味着组织提高参与协作研发的程度是组织提高绩效水平的有利选择，假定组织根据利润最大化的目标作出决策，则 B 点就是组织的最优选择；其次，如果组织的目标是协作水平最大化，它们将把协作水平提高到相应的点，在该点，组织的研发绩效可以确保组织维持正常的生产经营，但研发绩效不是最优，如图 3.3 的 C 点；最后，若组织在协作水平达到最优后继续提升，则知识溢出增大，那么组织的竞争优势就会削弱，所获得的利润就会相应地下降。而在实际生产中，我们还要考虑许多影响因素，包括社会责任、利益相关者的利益等，因此曲线上的最优点会有所改变。同时我们在图上描绘出三条效用曲线：反映低水平的效用曲线 U_0、中等水平的效用曲线 U_1

和高水平的效用曲线 U_2。U_2 是不可能达到的，因为它不能与 LPCR 曲线相交。U_0 是可以达到的，但不是最优的，因为在两个相交点之间的点会产生更高的效用。最高效用的点是 U_1 与 LPCR 曲线相切的点，即图 3.3 中的 B 点。

3. 中高动态性环境下协作研发与研发绩效的效用函数

中高动态性环境下协作研发参与程度和研发绩效的关系曲线是由低动态性环境下研发绩效的变动情况所决定。由于组织决策惯性和研发长期性的影响，中高动态性环境条件下的研发绩效在某一时点上仍然表现出组织原有决策下的绩效，因此低动态性环境下研发绩效最优点的组合构成了中高动态性环境下研发绩效（π）与协作研发参与程度（δ）关系曲线，如图 3.4 所示。

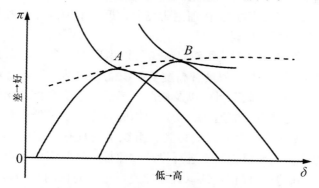

图 3.4　中高动态性环境下研发绩效与协作研发参与度关系曲线（HPCR）

当然，中高动态性环境下协作研发参与程度和研发绩效关系曲线有其自身的特征：

其一，由于中高动态性环境下协作研发参与程度和研发绩效关系曲线是低动态性环境下研发绩效最优点的组合，因此，中高动态性环境下研发绩效最优点是不确定的，从而导致最大化效用也不确定。

其二，中高动态性环境下潜在协作成员之间不是简单的协作关系，成员之间协作行为复杂化的概率增强，竞争意识大于合作意识。从长期来讲，中高动态性环境的组织协作效用更多地表现为某一时段的效用。

其三，由于存在着不稳定性，参与协作的成员之间出现诸如搭便车等博弈行为。因此从长期来讲，中高动态性环境下的协作研发不利于组织研发绩效的改善。

3.2.3　基本结论

通过外部协作获取外部知识是组织获取竞争优势、提高核心竞争力的重要途径，而外部环境的不确定性是影响协作研发绩效的重要因素。基于环境动态性来研究协作研发与研发绩效的关系，结果表明：在低动态性环境下，当协作研发参与度达到一定的程度时，组织的研发绩效会达到最大；而在中高动态性环境下，协作研发不利于组织研发绩效的改善。

3.3　协作研发网络形成的动因、条件与路径

网络概念的含义很广，在最一般意义上，网络是指通过一系列链路直接或间接地连接起来的一组节点（Economides，1996）。

而本书所指的网络（或称网络组织）主要是两个或多个创新主体之间以技术协作为基础所形成的组织模式。在理论研究上，近年来国内外学者从各个角度对网络的内涵进行了分析与探讨。

Butera（2000）认为，网络组织是一个可以识别的、多重联系和多重结构的系统，在组织内部，"节点"和具有高度自组织能力的网络组织（或者说是有机组织）在"共享"和"协调"目标以及松散、灵活的组织文化理念的支持下共同处理组织的事务，维持组织的运转，实现组织的合作（为了处理各种类型的有效交易）。网络组织的文化理念可以概括为：组织系统具有一定的活力，它由一个或者多个焦点组织（战略机构）来进行设计和监控，这些组织可以在一段时间之后按照组织程序的需要实现相互继承（领导关系建立的机动性和多元性）。Baker（1992）认为，网络组织可以灵活地为每一个项目构建一套特定的内外联系系统，而不像层次组织那样在处理问题时遵循固定的准则。此外，网络组织模式本身就是针对问题的需要而形成的，并不是为了适应高层管理的需要，网络组织旨在实现问题、人员、资源的相互作用与协调。从战略角度来看，网络组织成员能够自主地在一起工作。总而言之，网络组织是一个社会网络，它渗透了正式组织的边界，消除了正式群体或部门的限制因素，形成了不同类型的人际关系。Miles 等（1992）将网络组织定义为在价值链的各个点上作出贡献的若干个企业集体资源的组合。Graves 等（1994）认为，网络组织是独立的组织为实现共同的目标而在相互往来的组织之间建立的垂直联系，也是在现实存在的和潜在的竞争者之间联立的水平关系，柔性和适应性是网络组织的关键。Podonly 等（1998）从跨组织的角度来界定网络组织，他们认为，网络组织是组织之间以相互依赖为纽带，紧密联系在一起以提高组织的可信赖程度和满足大规模的生产需要（当组织基础相对较小的时候）。林润辉等（2000）认为，网络组织是由活性节点的网络联结构成的有机组织系统，信息流动驱动组织的运作，网络组织协议保证网络组织的有效运转，以网络组织重组来适应外部环境，通过网络组织成员的合作创新来实现组织目标。朱玲等（2004）认为，网络组织是介于传统组织与市场组织之间的

新型组织，它是以组织之间和组织内部活性节点纵横交错的多维网络联结为其结构特点，以节点之间的"融合共享"和"相互依存"为作用基础，以信息技术为运转支撑的动态组织管理模式。

目前关于网络组织的一个普遍接受的定义为：网络组织是多个独立的个人、部门和企业为了共同的任务而组成的联合体，它的运行不靠传统的层次控制，而是在定义成员角色和各自任务的基础上通过密集的多边联系、互利和交互式的合作来实现共同追求的目标。网络的基本构成要素是众多的节点和节点间的相互关系，在网络组织中，节点可以由个人、企业内的部门、企业或是它们的混合组成，每个节点之间都以平等身份保持着互动式联系。如果某一项使命需要若干节点的共同参与，那么它们之间的联系会有针对性地加强。密集的多边联系和充分的合作是网络组织最主要的特点，而这正是其与传统组织形式的最大区别。

协作研发网络则是以创新主体之间的知识与技术共享为作用基础，以共同提高技术开发的速度与质量为目标组建的组织模式。它是网络经济的发展、市场与技术竞争的产物。以下笔者将从内外两个角度分析协作研发网络形成的动因，研究其形成的条件与路径。

3.3.1　协作研发网络形成的外在动因

1. 科学技术发展的要求

技术发展的融通性与知识分散性之间的矛盾。随着高技术的发展，越来越多的创新主体不得不处理多个学科相互交织、多种技术相互融合的复杂技术问题。实际上，技术的发展有其自身规律，随着技术的不断进步，特定技术轨道的发展空间将变得越来越小，在同一技术轨道上的进一步创新将会变得越来越困难，甚至无法实现。然而，不同领域技术的相互融合会产生新的技术机会，在实践中创新主体可以从不同的知识源获得技术的协同效应，产业内上下游创新主体之间或者不同产业间都存在技术融合的潜在来源。过去 20 多年，通过不同产业技术的交叉而产生的创新中有很多技术的融合，它们已成为推动产业技术创新的重要动力。技术的综合性和复杂性越来越高，要求每个创新主体都具有多种必备的知识和资源是不现实的，在此背景下协作 R&D 网络的形成就成为必然趋势。

科学技术发展的速度与创新主体自身人才储量不足之间存在矛盾。为了满足不同顾客的需求，产品的日新月异转化为技术市场上的不断创新，同时从竞争的角度来看，谁先掌握了技术的先导性，谁就会在竞争中处于优势地位，从而使创新主体间的技术创新速度不断加快。统计表明，原来需要 50 年才能更新的技术现在只需 10 年甚至更短的时间就可以完成。当然在研发过程中单个创新主体不可能独自完成整个研发过程中的所有工作，但只需完成其中的几个关键技术，就既可以实现技术的专业化，也可以达到技术的专有性目的。

产品市场竞争加剧与高技术企业发展的融合。高技术企业的产生和发展，是竞争的产物，这种竞争无论从深度还是广度上都表现得更加醒目。从深度看，高技术企业的竞争不仅仅局限于国内，更处于一个全球性激烈竞争的环境中，是国与国之间经济竞争的制高点。从广度来看，它实质上是一场关于人才、信息和市场的全面较量。而当前企业所处的市场本来就是一个开放式的产品市场，竞争是高技术企业必须面对的现实。因此，企业之间通过这种技术协作形成的研发网络无疑会对企业的生产活动产生直接的影响。网络的形成可以增强并巩固企业在同行业中的地位、提高企业的核心竞争力，也可以为市场不同层面提供专门化服务，更好地满足顾客日益个性化的需求，还可以借助合作企业现有的销售渠道展开营销活动，从而大大降低市场开拓成本与营销成本。同时结网后企业的研究与开发力量相对集中，可以形成研发新优势，缩短新产品、新技术的开发周期，加快产品品质的改进步伐，增强创新能力和综合实力。

2. 技术标准发展的需要

技术标准是指由公认机构批准，为了通用或反复使用，对产品或相关加工和生产方法的规则、指南、特性作出的规定。它最早出现在 18 世纪大工业发展之初，主要在军事领域应用。由于科技的发展，标准化延伸到经济社会发展的各个领域，发展为产品标准、方法标准和管理标准，技术标准也从过去主要解决产品零部件的通用和更换问题，发展成为一个国家实施贸易保护的重要壁垒和非关税壁垒的主要形式。

在当今，技术标准竞争已成为开放地区和高技术产业的重要竞争领域和竞争手段。其必要性和重要性在于：谁在制定和实施技术标准战略上认识早、行动快，谁就能先进入和占领市场，掌握主动权；谁认识晚、行动慢，谁就会被淘汰出局，受制于人。事实上，技术标准战略不仅是一个国家的竞争战略，而且更应是一国企业应对标准竞争的战略选择。"一流企业卖标准，二流企业卖技术，三流企业卖服务，四流企业卖产品"的说法正是对技术标准市场地位的真实写照。

在全球一体化的趋势下，单个创新主体建立统一的行业技术标准越来越困难。因为除了技术领先这一要素外，还存在市场占有率问题。与潜在的强大的竞争对手建立技术联盟，有助于创新主体推广其技术标准；或通过协调建立一个共同遵循的技术标准，获取某种程度上的技术垄断优势，扩大市场占有率，共同对付其他竞争对手。面对专利标准化、标准垄断化的趋势，面对强大的跨国公司，各行业的成员应当结成标准联盟，共同确立产业标准。

组建技术标准联盟可采用两种方式：其一，积极加入国外大公司发起的标准联盟，尤其是技术和标准共同开发的联盟。这不仅可保证成员自己开发的技术与随后产生的国际标准相容，而且也有利于合作成员学习国外的先进技术和成熟的商业运作模式。其二，行业内的创新主体共同组建战略联盟，围绕核心技术进行联合投资、合作开发，充分利用自身丰富的技术与市场优势，推动技术标准的形成。作为对技术要求特别严格的产业之一，协作研发网络就成为技术标准市场发展的必然产物。

3. 网络经济发展的推动

信息和通信技术，特别是 Internet 技术的迅猛发展，正推动全球经济进入一种全球化状态，这种基于信息、通信和技术（ICT）及其网络的经济活动称为网络经济，因为这类技术体现出经济主体对网络前所未有的依赖，致使全世界几乎每一个角落的经济主体行为都趋于无形的统一。网络经济的全球化趋势使创新主体在开展协作 R&D 过程中必然会在全球范围内寻求合作伙伴，通过信息技术来维系合作伙伴之间的交流，这种新的协作方式——协作研发网络必然会进一步提升协作研发的质量，会得到创新主体的认同与推崇。

3.3.2 协作研发网络形成的内在动因

1. 减少研发活动的交易成本

创新主体间的技术合作行为主要是通过技术之间的联结来实现节省研发成本、提升产品核心竞争力的目的。对于合作 R&D 而言，原来的创新主体通常选择协作来完成技术的合作与交流，但是这种方式存在着较大的交易成本，具体而言，主要包括（苏敬勤，1999）以下几种。

（1）沟通成本。在研发合作当中，创新主体间的需求往往是特定而又动态变化的，它们大多对彼此的能力并不了解，因此需花费大量的时间、精力去寻找合适的合作伙伴。同时协作研发作为一种特殊的经济行为，其创新主体间的价值取向与文化背景往往不同，这给合作创新各方的沟通带来了一定难度。

（2）谈判成本。谈判成本与诊断各方的地位、谈判技巧与谈判心理有关。在研发合作创新中，由于信息的不对称，谈判地位往往是不平等的。掌握信息多的创新主体就会处于优势地位，而掌握信息少的创新主体就会处于劣势地位。为了在谈判过程中处于对等的地位，创新主体就需要花费更多的时间和精力来了解对方的信息。

（3）履约成本。对协作 R&D 网络中的创新主体来讲，能否按照合同标的按期得到技术，存在很大的不确定性，因为技术的进展往往不能按照创新主体自身的预期来实现，同时协作时的偷懒和搭便车行为也会妨碍创新主体合作行为的顺利开展。因此，在对方是否履约方面，合作各方必须花费大量成本。

（4）风险成本。一方面，由于技术市场存在很大的不确定性，创新主体间的协作会存在很大的技术风险，同时协作成员的异质性也会带来网络协作的道德风险；另一方面，参加研发网络的成员本身存在于不确定的环境中，合作主体的发展与生存会存在很大的风险，这也会波及 R&D 协作中的技术创新进程。

而在网络经济条件下，协作研发网络对于研发合作来说具有新的特征，可以有效地防范或减少交易成本的发生。

首先，协作研发网络对于创新主体来说会具有更大的合作空间，参与协作的成员不再是局限在一个地区或国家，协作成员可以来自于世界各地。成员主要是通过 Internet 等信息技术来完成对合作成员的选择，并在此基础上形成众多的技术平台，实现技术的交流和攻关。另外，更多的创新主体参与技术合作，从而使研发网络中的创新主体有更多的防范和化解风险的能力，众多成员参与的 R&D 网络组织一方面可以减弱由某个创新主体的退出而导致技术创新进程的受损程度，另一方面又可以避免创新主体的异质性带来的道德风险。

其次，技术的最新发展趋势之一就是同质性越来越明显，由此导致技术竞争更加激烈。而协作研发网络在一定程度上可以加快世界技术市场上的技术流通速度，推动某个产业或某个行业不断壮大。产业的发展一方面可以有效地推动技术市场的不断创新，而另一方面也可以有效地减少创新主体间、地区与地区间甚至国家之间的技术差距，从而引起产品市场的同质化，竞争也随之加剧，这在一定程度上可以提高人民的生活质量和社会的福利水平。

最后，参与研发网络的创新主体可以来自多个行业或产业，这就扩大了技术在行业间的应用范围，从而产生巨大的溢出效应。特别是在协作成员进行互补性的创新活动时，技术溢出对合作整体的效应通常是积极的，可以带动整个社会的技术创新水平。

2. 研发协作网络效应的作用结果

现有关于网络效应的研究主要是从需求的角度考察产品需求为消费者所带来的附加价值的增加。消费者对产品的需求存在相互依赖的特征，他们消费这些产品所获得的效用随着购买相同产品或兼容产品的其他消费者数量的增加而增加。也就是说，一种产品的新的消费者可以给其他消费者带来正的外部收益，这实际上是需求方面的规模经济，这种现象称为网络效应。实际上，这种网络效应不但存在于消费者的需求方面，同样也存在于技术市场的协作 R&D 过程中。Katz 等（1990）指出，在网络效应明显的产业中存在着相当程度的 R&D 合作开发的技术联盟。

从创新主体内部来看，网络效应加剧了创新主体资源存量的有限性及资源分布的不均衡性，这也是协作 R&D 网络形成的首要动因。战略缺口理论认为，任何一个创新主体的资源和能力都是有限的，独家不可能长期拥有生产某种产品的全部最优技术。这与创新主体战略绩效目标要求的资源能力之间存在着战略缺口，限制了创新主体走依靠自有资源和能力自我发展的道路，而网络效应的存在使得技术竞争出现需求方的规模经济效应，使领先一步者全赢。这客观上要求创新主体要抢先于其他对手进行 R&D 开发，尽可能早地建立自己的安置基地，吸引尽可能多的消费者。可以预计，创新主体必须在 R&D 开发方面投入越来越多的人力资源和物质资本，这意味着创新主体要具备足够强的市场反应能力和渗透能力。否则，即使是实力雄厚的大型跨国公司，也难以在技术竞争中取得优势。建立协作 R&D 网络，共同研究开发新技术和新产品，合作双方共享信息资源，实现技术优势互补，不断使各自技术的独立价值尽可能提高，而且使共同的网络外部价值达到最大，以达到"双赢"的协同效应。

从外部来看，网络效应加大了创新主体面临的市场风险，这是促成协作 R&D 网络形成的另一主要动因。行业竞争技术的不兼容特性、技术的迅速更新等诸多不确定性因素使创新主体很难保证自己的技术是领先的优势技术，即使是领先技术，也由于安置基地的存在而不能保证其成为技术标准，创新主体单独进行 R&D 及产品开发的风险因网络效应的存在而扩大。不兼容技术的竞争是一种零和竞争，一方所得即另一方所失，这种竞争是残酷的，这意味着一旦在标准化竞争中失败，为开发技术进行的大量的专用性资产投资及在开发中积累的技术经验和知识将变得毫无价值，巨大的损失远非某一个创新主体所能承担。建立协作 R&D 网络可以分担技术开发研制的巨大风险，各合作方还可以为技术开发制定共同的标准，促进技术的兼容，避免单个创新主体研究开发的盲目性和风险。即使是低级技术，建立协作 R&D 网络也可以利用联盟扩大技术的网络效应，加大在技术竞争中获胜的机会，避免被先进技术所淘汰。

3.3.3 协作研发网络的形成路径

根据以上分析，协作研发网络的路径可分为三种：自组织路径、被组织路径和混合路径。

"自组织"的概念应该追溯到近代最重要的德国哲学家康德，他首先在哲学上提出了自组织思想。现代意义的自组织概念来源于工程技术科学界人士阿希贝在 1948 年出版的《自组织原理》，而后经协同学、耗散结构理论创始人们的努力，"自组织"概念的定义和内涵才比较清晰。协同学的创始人哈肯的定义在自组织科学共同体内获得了公认：如果一个体系在获得空间的、时间的或功能的结构过程中，没有外界的特定干涉，我们便说该体系是自组织的。这里"特定"一词是指，那种结构或功能并非外界强加给体系的，而且外界是以非特定的方式作用于体系的。本书引用吴彤等（2000）研究得到的观点，把自组织和被组织看做事物本身组织的两种方式。"自组织"是事物自己自发、自主走向组织的一种过程，组织力来自事物内部；"被组织"是从事物自身看，其组织化不是自身的自发、自主过程，而是被外部动力驱动的组织过程，组织力来自事物外部。

当创新主体对外部环境变动和成员间利益相关者认知清楚和深刻时，创新主体会主动交往，自发形成协作 R&D 网络，这就是协作研发网络形成的自组织路径。许多文献中的研究也表明，创新主体的战略意图是由其制度和竞争环境的变动激发的，而且环境的变动对环境相似或相同成员的影响相似，因此对问题的定义也相似，从而潜在合作成员的利益相似。因此，自组织路径下的协作研发网络开放度大，只要是有兴趣的潜在合作者就能加入。网络成员关系的形成，一是来自创新主体本身在相互依赖需要的基础上对网络的自我选择、自我定位的过程，二是由于创新主体之间相互推引，产生滚雪球效应。

当创新主体间利益相似性和互依性认知较低，不足以自动激发形成协作R&D 网络意愿，而相似利益却实际存在时，协作 R&D 网络形成依赖于其他组织（我们称之为第三方）的促合，这就产生了被组织路径。各个潜在网络成员因异质性，对周围的机会或威胁的理解也呈差异化，只有第三方先知先觉，敏锐认识到先机，将协作利得、共同愿景和战略目标与潜在成员沟通和交流，劝说形成协作 R&D 网络，填补因现实不足产生的创新主体间的结构空洞，造福于社会的协作研发网络才能诞生。但是被组织型网络因第三方的存在而使协作 R&D 网络开放度缩小，因为第三方视野中的合作者数目有限，每个成员的进入均是第三方精心抉择的结果。

自组织网络中的成员拥有共同利益点越多，付诸于形成协作 R&D 网络的努力就越大。当最终形成协作 R&D 网络时，因为强大的互依性，成员注重在资金和社会交往方面投资，这就会激励网络持续性互动，从而使成员对网络的价值和存续时间期望增大。在网络形成初期，随着成员的不断互动，创新主体被组织型协作 R&D 网络可能会衍生新的自组织型协作 R&D 网络。因为被组织型网络中的成员将逐渐发现相似的利益，成员之间的互依性随着初始的协作而得到提升，成员们在原有的投资基础上有机会在另一个 R&D 方向上共同投资来提高相互竞争力。

前面两种路径是针对网络形成的初期，形成网络的两种基本方式。但从长期的网络发展角度看，网络形成包含了混合自组织和被组织方式的路径，即混合路径。网络存续力依赖于对自组织和被组织型网络的管理能力。第三方不可能一直关注网络的运转，无论是个人还是政府，只是在网络的形成初期发挥作用，特别是政府在新网络形成之后，将关注其他网络的形成。第三方在网络形成后，会因为高网络协调成本而逐渐退出舞台，除非成员间的学习效应减少了交易成本。而自组织型网络在响应变动的环境而形成新的创新上较迟钝，因为共同利益和技巧上的限制将阻碍网络中的创新主体识别新的创新方法。只有包含了自组织和被组织方式的混合路径，才能使协作研发网络保持效率和创新之间的平衡，从而增强网络的生命力。

3.4 协作研发网络的竞争优势与组织模式

协作研发网络是以现代化的信息技术为技术平台，以创新主体之间的知识与技术共享为作用基础，以共同提高技术开发的速度与质量为目标而组建的跨时间、空间和地域的组织模式。创新主体间的协作研发可以看成协作研发网络中的一个部分或者一个节点，协作研发网络最大的特点是信息交流方式发生了实质性的变化，原来的面对面的交流方式由信息技术、网络平台所代替，因此其所涉及的地域和空间范围明显地扩大（图3.5）。

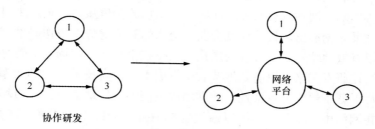

图 3.5　协作研发网络示意图

协作研发网络具有一般网络组织具有的特点，但也有其自身的特征，具体可以概括为：

（1）交流方式的转变。创新主体间的协作方式由原来的面对面的协作交流转变为以 Internet 等信息技术为平台的协作开发。网络中的每一个成员均可以通过网络平台获得自己所需要的知识与技术。

（2）网络中竞争与合作共存。传统的市场竞争是以竞争对手消失为目标，而在协作研发网络中竞争与合作共存，在合作中竞争，在竞争中合作。

（3）网络组织的疏松性。协作研发网络是以共同合作开发技术为基础目标，所建立的并非一定是独立的公司实体，网络中各成员之间的关系也并非正式，是一个动态的、开放的体系。

（4）联合的协同性。协作研发网络要想加快技术创新，最大限度地降低风险，就必须取长补短，借助网络协同作战。

（5）范围的广泛性。协作研发网络的成员可能来自不同的行业、不同的地区，其成员的来源比协作研发更加广泛。

（6）创新主体行为的战略性。协作研发网络成员为了各自的长远利益，共同开发技术、研制产品，目的是改善今后的经营环境条件。所以其计划和实际的运作具有战略意义。

3.4.1　协作研发网络的竞争优势

协作研发网络的形成源于其竞争优势。由于协作研发网络内各要素的互动与相互依存，整个网络会实现价值的最大化，从网络整体看具有规模经济与协同效应，同时，这种效应是一种群体效应。网络中的创新主体依然保持着较强的独立性，在网络内部依然存在着有效的市场竞争与多变关系，因而很难产生某种垄断势力，从而保证了创新主体市场竞争优势的来源。

协作研发网络不仅具有协作研发的获取互补资源、实现研发资源的共享、分担与降低研发风险及成本、进入协作成员的市场、增加市场份额等竞争优势，还具有其更独特的竞争优势，主要有：

（1）协作研发网络具有某种时间效应。市场的竞争从某种程度来讲就是时间的竞争，谁最先创造出新技术谁就会获得全部的竞争优势，协作研发网络在技术开发上可以有效地缩短技术开发的周期，获得技术与产品市场竞争的时间优势。

（2）协作研发网络可以有效地节省交易成本，提高技术开发的效率。同时网络的疏松性保证了组织的灵活性，使网络成员能够较好地适应技术市场的快速变化需求。在网络中，创新主体可以通过选择最合适的协作伙伴来开展技术合作，可以尽量地减少摩擦和竞争而提高工作效率。

（3）协作研发网络的成员不再是局限于一个地区或国家，协作成员可以来自于世界各地，因此可以有效地减少成员间在产品细分市场上的竞争程度，从而有效地减少和防范由于知识溢出所带来的产品市场恶性竞争的风险。同时由众多成员参与的 R&D 网络组织也可以有效地减弱由某个创新主体的退出而导致的技术创新进程的受损程度。

3.4.2　协作研发网络模式

1. 协作研发模式的比较研究

和一个或多个创新主体通过联合开展 R&D 协作已经被越来越多的创新主体所接受，特别是在高技术企业，这种方式更是普遍存在。

创新主体在进行技术合作开发过程中，往往会采取不同的形式。有的采用研究型合资企业（RJV）的形式，也有的采取非股权的合作开发（COD）的形式。处于相互竞争产业的创新主体之间往往采取 RJV 的形式来进行技术的联合创新，而在不直接竞争的创新主体之间的技术联合创新，既有采取 RJV 的形式，也有采取 COD 的形式。随着网络经济的发展，协作研发网络组织也普遍存在，这种方式在研发过程中更多地表现为虚拟研发组织或虚拟研发中心（骆品亮等，2002）。当然，协作研发的组织形式在实际运用的过程中是多种多样的，在这里我们选择研究型合资企业、非股权方式的合作研发和协作研发网络组织这三种组织形式，并对其进行深入的比较与分析，总结出这三种方式在组成、管理等方面的区别，详细的比较见表 3.1。

表 3.1　协作 R&D 组织模式的比较

组织形式	研究型合资企业	非股权方式的合作研发	协作研发网络组织
存在形式	独立核算的经济主体	无需投资设立，以非股权方式执行的合作研发	以市场为导向的研发网络组织
组织结构	传统的科层组织	以契约相连的松散组织	以关系契约为基础的联盟
组织柔性	较差，缺乏弹性	较强，富有弹性	强，极具弹性
组织稳定性	静止固化	在一定范围内变动	动态性很强
违约后果	要承担较大的后果，风险较大	成本较低，风险较小	成本低，风险小
获取成果方式	RJV 拥有未来创新成果，各合作者向 RJV 支付版权费后才能使用创新成果	合作者拥有并免费使用创新成果	各合作者共享创新成果或按合同来分配创新成果
信息、资源联结方式	属于创新主体内部资源的共享	按契约规定共享信息和资源等	借助信息技术这根无形纽带连接起来
联盟成员对组织的控制	科层控制具有较强的控制力	较强	属于柔性控制方式
组织治理方式	传统组织的治理模式	介于两者之间的治理方法	新型治理方式，网络治理、柔性管理

从表 3.1 中可以发现，协作研发网络组织较研究型合资企业和非股权方式的合作研发更能符合市场经济条件下的运作规律，组织的柔性和灵活性更适合创新主体对技术需求的特性。

2. 协作研发网络的组织模式

上一节主要对高技术协作研发的组织模式进行了比较，接着我们分析协作研发网络的基本组织模式。协作研发网络的组织模式多种多样，本节主要从以下 6 个角度对协作 R&D 网络进行分类，但现实中协作 R&D 网络的模式并不绝对从属于某种类型，往往同时具备几种类型的特点。

（1）按照参与主体，分为企业与企业的协作 R&D 网络和以企业为主导的产学研、官产研、官产学协作 R&D 网络。

（2）按照协作 R&D 网络跨越的地理空间标准，分为本地、地区、国家、国际、全球协作 R&D 网络。Gassman 等（1999）按结构和行为定位，把国际 R&D 组织分为五种类型，见表 3.2。

表 3.2　国际 R&D 组织类型

国际 R&D 组织类型	组织结构	行为定位
民族中心式集中 R&D	集中 R&D	国内导向
全球中心式集中 R&D	集中 R&D	国际协作
多中心、分散型 R&D	地域高度分散型	独立 R&D 单位间相互竞争
中心式 R&D 网络	地域分散型，一个强中心	海外 R&D 单位起支持作用
一体化 R&D 网络	地域高度分散型，几个强中心	全球 R&D 单位协同一体化

　　由表 3.2 可知，国际 R&D 组织类型由民族中心式集中 R&D 逐步向一体化 R&D 网络发展。一体化 R&D 网络是国际 R&D 组织类型的最高级形式，中央 R&D 部门是所有独立 R&D 分支的中心枢纽，独立的 R&D 分支靠灵活多样的协调机制紧密相连。中央 R&D 单位的角色从民族中心式集中 R&D 和全球中心式集中 R&D 的控导者逐步转换为与散布的 R&D 分支权利和责任平等的主体。在一体化 R&D 网络中，海外 R&D 单位影响着整个公司的战略，拥有很高的自治权，并通过其密集的外部网络进行知识创造。

　　（3）按照网络中成员关系的正式性，协作 R&D 网络形式包括非正式、柔性和基于信任关系的网络与正式、刚性联结网络（Lundval，1997）。比如，虚拟 R&D 组织是指企业与独立研究机构、高校和外部企业围绕特定目标，利用计算机网络和通信工具，以关系契约为基础而构成的一个动态 R&D 网络组织。它是在一定时限内，为一定目的而联合成的一种动态联盟。它能克服空间和时间的局限性，保持集中和分散之间稳定、合理的平衡，具有系统优化组合和有效协调的优越性。这种 R&D 组织形式的"虚"不仅表现在各主体间的 R&D 资源借助信息技术这根无形的纽带联结起来，更重要的是，还表现在它们只是通过一系列的合同、协议加强彼此之间的联系以实现集成，但又没有积聚到一个创新主体的程度。虚拟组织既没有统一的办公室，也没有正式的组织图，更不像传统企业那样具有多层次的组织结构。协作各方基于共同的利益和信任，集成各成员的核心能力与资源等，谋求迅速响应市场机遇的竞争优势。它是应市场机遇而产生，随协作项目的完成而解体，具有动态性和松散性的特点。R&D 联合体相对于虚拟组织来说，其成员关系更正式，它是网络协作方共同投入优势资源，在协议基础上确立的一种类似实体式的协作 R&D 组织，它将基础研究、应用研究和技术开发集成起来，目的是使参与单位在特定产业维持其领导地位或接近其国际竞争对手，如美国的 SEMATECH 公司和 MCC 公司、日本的 VLSI 公司、欧盟的 ESPRIT 公司等。联合体内一般有自己独立的组织制度与运行规则，有固定的办公场所与人员编制，联合体内实行共同管理或委托一方管理。联合体的组织形式是对网络关系的一种固化，意在强化各方协作关系。成立联合体，意味着网络各方为协作投入了更多的资源，这将导致协作更加紧密与长久。联合体的类型有多种，如创新主体与协作方共建的各类中试基地、工程研究中心、实验室、研究院等，这也是企业与高校、科研院所网络联结的重要方式。

（4）根据网络中的集中度，划分为"平等式网络"和"主导式网络"。一般来说，网络中各成员均为独立的法人实体，它们之间的相互来往不是由行政关系硬性规定，而是遵循平等、自愿、互利原则，它们为彼此的优势互补和协作利益所驱动，在契约的规范下协作进行研究和开发。各方始终拥有自己独立的决策权，协作过程是双方达成一致的结果。然而在现实网络中，成员的依赖性关系并不对称。在一些实力均衡的 R&D 网络中，成员平等。但在另外一些网络中，协作 R&D 网络由"旗舰型"企业领导，控制其他企业的行动（Rugman et al.，1996）。

（5）根据网络的稳定性，分为稳定性网络和变动性网络。不同的网络，稳定性差异很大，协作 R&D 网络关系可以紧密到以一种组织的方式运行，也可以是较松散的战略联盟关系。组织形式的开放性表现为行为主体对网络联系的自主控制，即自主决定网络联系的建立与中断、加强与减弱，在网络整体层面上表现为网络边界的扩展与收缩。一方面，为了获取发展所需资源，网络需吸纳其他主体，网络边界便自主扩张；另一方面，当某一网络联系变得无效时，网络关系便会中断，网络边界收缩。总体上，协作 R&D 网络是松散的协作结构，创新主体能自由出入网络。这表明成员的关系变化很快，协作 R&D 网络是开放的体系，网络相对不稳定。但实际上，进出网络是要付出代价的，尤其在研究任务完成之前，退出网络的成本很高。而且网络通常是基于网络成员间的高信任度和相互依赖关系形成的，动荡的网络不利于网络成员的整体利益，也会损伤退出创新主体的信誉。

（6）从协作研发网络成员来源的角度对协作研发网络组织模型进行分类。从该视角，可以把协作研发网络组织的具体模式划分为三类：横向一体化组织模式、纵向一体化组织模式和混合协作组织模式。

①横向一体化组织模式：相同的行业、相同的生产阶段或贸易阶段的创新主体实现联合，形成新的组织形式，其目标在于成员之间资讯共享、联合采购、融资互动、联合开发。形成这种网络的主要目的是避免恶性竞争、增强综合实力、与同行业其他创新主体开展竞争、制订行业标准或游戏规则，这种模式有利于消除重复建设、降低生产成本、规范市场、实现产品的专业化等。

②纵向一体化组织模式：同一价值链上的创新主体由于技术之间的关联度与依存度较高而形成的联合。这种结网方式有两种：一种是向前结网，即在价值链

上靠后的创新主体向其前面环节的创新主体开展技术联合；另一种是向后结网，是按商品的形成与交易顺序进行的联合，即在价值链上靠前的创新主体向其后面环节的创新主体开展技术联合。纵向结网可以加强创新主体对采购和销售的控制，通过把市场环节内部化为组织内部行为，从而降低交易费用。

③混合协作组织模式：不同行业之间的协作成员开展技术联合。其目标在于减少经营风险，缩短开发周期，扩大创新主体的目标市场，这种合纵联横的网络组织在我国的高新技术开发区中比较多。

当然，这三种模式有其自身的特点和优势，它们的比较分析可以通过表 3.3 得出。

表 3.3　协作研发网络三种模式的比较

关键因素	组织模式		
	横向一体化模式	纵向一体化模式	混合协作模式
主要形成动因	资源限制，优势互补	保持和获取核心竞争力	资源限制，优势互补
决策的层次	技术管理部门/高管层	战略规划层	高管层/企业战略规划层
冲突解决模式	网络内部解决	成员战略层参与	成员战略层参与/网络内部解决
灵活性	高	低	中
成员间承诺	低	高	中/低
环境氛围	竞争/合作	紧密/和谐	开放/互利
行为者偏好与选择	独立	依赖	独立/依赖
对技术的影响程度	中/低	高	高/中

3.5　协作研发网络的动态博弈模型群

在现代经济学中，均衡是一个基本的概念。无论是微观经济学的生产最优化、商品供求关系，还是宏观经济学的总供给与总需求、经济稳定增长等均是以均衡为假设前提。均衡在实际研究中有多种形式，有一般均衡、纳什均衡和帕累托最优等，它们都是现有研究均衡的有力工具。而本书所研究的协作研发网络均衡则是从纳什均衡的角度来进行分析。

纳什均衡是博弈中每个博弈方的策略组合，其中每个博弈方的策略都是根据所有其他博弈方的策略制定的，并且是最佳反应。所谓"最佳反应"，指的是该策略带给采用它的博弈方的利益或期望利益，大于或至少不小于其他任何策略能够带来的利益。在经济学中，人们对纳什均衡是这样定义的：在给定它的竞争者的行为以后，各厂商采取它能采取的最好行为（吴德勤，2001）。

为了在多个纳什均衡中选择出一个合理的均衡，学者们提出了许多概念和方法。Aumann 于 1959 年提出了"强均衡"概念；Schelling 于 1960 年提出了"聚点均衡"概念；Farrell 等研究了"廉价磋商"的方法；Harsanyi 和 Selten 提出了"帕累托上策均衡"和"风险上策均衡"概念；Aumann 于 1974 年提出"相关均衡"概念；Bernheim 等提出了"防联盟均衡"概念；Einy 等人将"相关均衡"和"防联盟均衡"结合起来，提出了"防联盟相关均衡"概念。当然这些概念和方法都取得了一定的成功，但任何一个都没有取得比较权威的地位，这可能是因为它们都存在不足。在这些概念和方法中，有的概念不能保证选择纳什均衡，如"廉价磋商"；有的概念不能保证其存在性，如"帕累托上策均衡"、"强均衡"和"防联盟均衡"；有的概念不能得到有效率的博弈结果，如"廉价磋商"、"风险上策均衡"和"防联盟均衡"；有的概念不具有普遍性，如"聚点均衡"、"相关均衡"和"防联盟相关均衡"。在以上分析的基础上，李海波等（2002）研究提出了一种可以保证得到唯一均衡结果的新方法，即没有转移支付的"竞争-合作"理想点均衡，其方法是在纳什均衡的基础之上引入理想点和负理想点概念，以保证得到唯一博弈结果的解概念。

本节主要研究企业在协作 R&D 网络过程中存在的库诺特均衡。具体可以理解为：首先企业在协作 R&D 网络中决定研发投入，然后在研究与开发过程中创造出新的技术，而新技术需要在产品市场上进行技术的转化才能实现其价值，在产品市场上，我们主要是分析企业的库诺特竞争情形，从而可以得到整个研发过程中的库诺特均衡。

库诺特第一次清晰地把纳什均衡的概念应用到精确的数学模型中。他缔建了寡头厂商理论，发展了寡头竞争的理论模型，运用纳什均衡的方法进行了分析。库诺特双头产量竞争模型几乎是所有涉及博弈论的论著所必不可少的内容。库诺特均衡的描述可以清晰地由以下例子来描述（张维迎，1998）。

假设市场上的某种产品由两家企业生产，总产量为 $Q = q_1 + q_2$，其中，q_1 表示第 1 家企业的产量，q_2 表示第 2 家企业的产量，市场出清时的价格函数符合产品需求反函数呈对称的线性形式 $P(Q) = a - Q$，这里 a 为某一常数。进一步可以规定 $Q < a$ 时，$P(Q) = a - Q$；当 $Q \geqslant a$ 时，$P(Q) = 0$。假设两个企业有相同的边际成本 c，而固定成本为 0，即它们的总成本函数为 $C_1(q_1) = cq_1$ 和 $C_2(q_2) = cq_2$，假设 $c < a$。

在上述博弈中，博弈的参与人是两个企业，每个参与人的策略是选择各自的产量 q_i，由于产量不能小于零，并且假设产品的产量是连续可分的，所以参与人的策略空间可以表示为 $S_i = [0, +\infty)$，每个策略 s_i 就是选择一个产量 $q_i \geqslant 0$，因为当 $Q \geqslant a$ 时，$P(Q) = 0$，所以任何一个企业的产量 $q_i \leqslant a$。

博弈参与人的支付 $u_i(s_i, s_j)$ 就是在各自选择相应参量时的利润，在这种情形下，支付可以表示为

$$\pi_i(s_i, s_j) = q_i[P(Q) - c] = q_i[a - (p_i + p_j) - c] \tag{3.14}$$

纳什均衡的定义为 $u_i(s_i^*, s_j^*)$ 是一个纳什均衡，如果对任意的 i 及任意的策略 $s_i \in S_i$，都有：$u_i(s_i^*, s_j^*) \geqslant u_i(s_i, s_j^*)$

也就是说，s_i^* 必须是以下函数的最大化解

$$\max_{s_i \in S_i} u_i(s_i, s_j^*) \tag{3.15}$$

在以上例子中，(q_1^*, q_2^*) 是一个纳什均衡，当且仅当它是以下最大化问题的解

$$\max_{0 \leqslant q_i < +\infty} \pi(q_i, q_i^*) = \max_{0 \leqslant q_i < +\infty} q_i[a - (q_i + q_i^*) - c] \tag{3.16}$$

由一阶条件可以得到 $q_i = (a - q_i^* - c)/2$，所以若 (q_1^*, q_2^*) 是一个纳什均衡，则它们必然满足 $q_1^* = (a - q_2^* - c)/2$ 和 $q_2^* = (a - q_1^* - c)/2$，因而得 $q_1^* = q_2^* = (a - c)/3$。这一均衡结果就称之为库诺特（Cournot）均衡。

在以上分析中，我们主要是通过分析企业协作研发网络的全过程（从网络的形成到产品市场的库诺特竞争）来构建博弈模型群，讨论企业协作研发网络的库诺特均衡。

3.5.1　协作研发网络的动态博弈模型

较早建立博弈模型对协作 R&D 进行研究的是 D'Aspremont 等（1988），他们建立了一个两阶段的博弈模型：第一阶段两个企业进行 R&D 活动，旨在降低单位生产成本；第二阶段两个企业进行古诺产量竞争以实现其生产利润。模型研究的是同质性产品，且假设单位成本降低额是其 R&D 投入的二次函数。模型分析的核心部分是比较不同的 R&D 战略下（竞争型 R&D 与协作型 R&D）成本削减的大小。其结论是当 R&D 的溢出效应足够大时，协作型 R&D 能够实现比竞争型 R&D 更快的技术进步。

随后，一些经济学家从不同的角度对以上模型进行了拓展。Choi（1993）引入了创新的不确定性及 R&D 投入递减的规模回报。在其第一个模型中，众多企业是同一产品市场上的直接竞争者，R&D 的溢出效应体现在任何一个企业都可以模仿成功企业的创新，即溢出只影响创新成果的占用而不影响创新过程本身。Choi 在此基础上证明当溢出效应大于某一特定水平时，企业间进行联合创新是较佳的战略选择。在其第二个模型中，Choi 假定企业并不在同一产品市场中直接竞争，而是生产不同的产品，但在其产品的生产中共享某些共同的技术，落后企业同样能在一定程度上占用创新成功企业的成果，以占用程度作为落后企业的"回馈状况"，从而决定了技术许可证贸易中双方议价能力的大小。Choi 同样证明了采用协作方式进行创新的合理性。

Suzumura（1989）则将模型推广到两个以上的企业，同时对产品的需求函数，以及成本函数作了更一般的假设。Vonotras（1989）则将模型拓展为一个三

阶段的博弈模型：首先是一般的、共性的技术研究，其次是产品开发阶段，最后是产品的生产、古诺竞争阶段。Gandal（1989）研究了联合创新如何克服 R&D 资源的分配不当问题（在专利竞赛模型中经常呈现的过度投资与投资不足）。Beath（1990）将 R&D 过程分为两个阶段，首先是企业投资于 R&D 活动以获取新的知识，其次是应用这种知识于生产阶段以降低生产成本，这两个阶段都可能发生 R&D 成果的溢出。他们强调，联合创新与自主 R&D 相比其优势源自第二阶段技术诀窍的共享。Henriques（1990）则分析了溢出参数的大小对 R&D 投资模型均衡状态稳定等性的影响，指出当溢出水平低时，均衡是不稳定的。De Bondt 等（1991）对存在溢出时不同的 R&D 投资战略进行了加总比较，讨论了不同环境下 R&D 战略的选择问题。Amir 等（1999）摒弃了随机溢出的假设，认为技术诀窍只能从所谓高 R&D 强度的企业流向竞争企业，而不存在反向的流动，同时，他们用一个二项分布来描述这种溢出过程：完全溢出的概率为 β，无溢出的概率为 $1-\beta$。在前一种情况下，两个企业单位生产成本降至同样大小；而在后一种情况下各企业单位生产成本本由其自主 R&D 所决定。这种单向的溢出过程导致非对称的均衡。Amir 和 Wooders 以此来解释产业内企业异质性的形成，即企业的市场份额、R&D 投入份额、利润依赖于溢出参数 β 和 R&D 成本。模型的结论是：采取联合实验室的方式进行创新总是可以提高消费者福利，但需要进一步的假设才能使联合创新实现更高的企业利润、更大的成本削减，以及更高的社会福利。

对理论模型分析发现：①如果外向型溢出足够大，在协作研发组织中的研发投入就比竞争下的研发投入要大；②研发产出的增长对研发投入和协作研发组织的形成有积极的影响；③市场需求的增长会导致研发投入的增长。在这些条件下，市场需求、产品替代的弹性和研发方法一般性变化的直接影响要比在创新努力变化的条件下的影响大，随后可以得出结论：增长的市场需求和增加的研发方式会为形成的协作研发组织提供动机，而产品替代性的增长对协作研发组织的形成则起着消极的作用。

1. 协作研发网络动态博弈模型的构建

假设市场上有 n 个企业进行产品的生产，用 $N=\{1,2,\cdots,n\}$ 表示。分别以 Q_i 和 P_i 表示第 i 个企业生产的产量及其实现价格，假设企业 i 的产品需求反函数呈对称的线性形式，即

$$P_i = a - \sum Q_i \tag{3.17}$$

式中，a 是需求函数的截距。为了研究方便，假设产品的生产过程中不存在固定成本，即若生产量为 Q_i，则总成本为 $C(Q_i)=cQ_i$。c 是单位生产成本，为了生产的赢利性，假设 $a>c$。

根据生产阶段的协作程度，将 R&D 活动的组织方式分为以下三种决策模式，如表 3.4 所示。

表 3.4　R&D 模式类别

决策模式（代号）	第一阶段（R&D）	第二阶段（生产）
R&D 网络竞争（C 型）	协作网络内每个企业在其他企业的投资基础上自主决策，企业分享 R&D 成果	企业在产品市场展开竞争，其目标是自身利润最大化
R&D 网络卡特尔（BC 型）	网络内企业在开展协作研发活动时协调投资以达到最大化研发产出的目标	企业在产品市场协调生产以最大化协作网络中企业的总体利润
4 产业最优化 R&D 网络（FC 型）	产业内所有企业在开展研发活动时相互协调以最大化研发投入的效率	企业在产品市场上协调生产以最大化产业内所有企业的总体利润

三种 R&D 模式均可以用三阶段博弈模型表示，第一阶段是企业确定研发决策，制定开展 R&D 网络的总体规划，第二阶段是企业开展 R&D 活动以降低生产成本，第三阶段是企业进行产量决策，从第三阶段的产品销售净利润中减去第二阶段的 R&D 投入即可得到企业的净利润。

第一阶段：协作研发网络的形成。

在博弈的第一个阶段，企业制定自己的网络化 R&D 战略。设 $N = \{2, \cdots, n\}$（$n \geqslant 2$）是市场上的企业集。在第一阶段形成的研发网络由 g 表示。只要 $i \in g$，就意味着企业 i 参与了研发网络。在模型中，我们把网络化 R&D 战略分为两个层面的含义：一方面是企业选择参与的协作研发组织的数量，用 $\delta \in \{0, 1, 2, \cdots, n\}$ 表示，$\delta = 0$ 表示企业间没有形成协作研发组织（RJV），$\delta > 0$ 表示形成了 RJV，以 $N_i(g)$ 表示企业 i 参加的 RJV 集；另一方面是每个协作研发组织中的企业数量，用 k 表示。

若 g 是在博弈第一阶段形成的合作网络中的一个 RJV，则 $\Gamma(g)$ 表示为 Γ 的一个子博弈。设企业 i 在 g 中的投资为 x_{ig}，则 $x = (x_{ig})_{g \in N_i(g)}$ 表示企业 i 研发投资的战略组合。

第二阶段：R&D 活动。

假设企业 i 的 R&D 投入为 x_i，其单位成本降低额用 $f(R_i)$ 表示。f 是 R&D 活动的生产函数，R_i 是企业 i 的有效 R&D 投资，即如果其他企业不进行 R&D 投资，为了达成同等幅度的成本降低，该企业所须单独进行的投资。R_i 的大小取决于企业参与的协作研发组织的数量和每个协作研发组织中的企业数量。分别以 x_1，x_2，$\cdots$，x_n 表示各企业的 R&D 投资，则企业 i 在一个协作研发组织中的有效 R&D 投资为

$$R_{ig} = \sum_{i \in g} x_{ig} \,, \ i \in N \tag{3.18}$$

由以上分析可知企业 i 第二阶段的单位生产成本为

$$c_i = c - \sum_{g \in N_i(g)} f(R_{ig}) \tag{3.19}$$

同时为了简化模型，我们对 R&D 活动作进一步假设。

假设 3.1：R&D 活动的生产函数 $f(x)$ 是二次可微的凸函数，$f(0) = 0$；对所有 $x \geqslant 0$，有：

(1) $f(x) < c$，且 $f'(x) > 0$

(2) $f''(x) < 0$

假设 3.1 可以解释为：条件（1）表示企业在第二阶段有足够的动机投资 R&D 活动，并保证所有企业在第二阶段投入研发活动可以获得一定的研发收益；条件（2）则表示企业的研发投资活动所获得的边际收益递减，也保证了企业的投资活动存在着最优均衡解，也就是存在纳什均衡。由条件（1）及 f 的特征可知：

$$\lim_{x \to \infty} f'(x) = 0 \tag{3.20}$$

这也保证了 R&D 投入均衡的存在性。

第三阶段：研发成果商业化阶段。

在协作研发的第三个阶段，企业选择把研发成果商业化以获得研发收益，在供大于求的同类产品市场中，市场达到均衡时的均衡产量由以下函数表示：

$$Q_i = \frac{a - c_i + \sum_{j \neq i}(c_j - c_i)}{n + 1} \tag{3.21}$$

由此可得企业 i 的净利润为

$$\pi_i = Q_i^2 - \sum_{g \in N_i(g)} x_{ig} \tag{3.22}$$

假设 3.2：净利润函数是严格的凸函数，即对 $x \geqslant 0$，有：$[a - c + f(x)]f'(x)$ 随 x 递减。

以下研究在此模型基础上分析各种 R&D 模式的均衡结果。

第一，R&D 网络竞争（C 型）。由表 3.1 的描述可知，该子博弈是在协作研发活动中每个企业自主制定投资决策以保证在产品市场上获得最大的研发收益，即最优化问题为

$$\max \pi_i, \text{s. t. } x_{ig} > 0 \tag{3.23}$$

其最大化一阶条件为

$$\frac{\partial \pi_i}{\partial x_{ig}} = \frac{2Q_i}{(n+1)}(n - k + 1)f'(R_{ig}) - 1 = 0, i \in N \tag{3.24}$$

若只考虑对称均衡，令 $R_{ig} = R^C$，由式（3.21）和式（3.24）可推出：

$$\frac{2[a - c + \delta f(R^C)]}{(n+1)^2} f'(R^C)(n - k + 1) = 1 \tag{3.25}$$

式中，$R^c = kx$。

由假设 3.2 可知，$[a-c+f(x)]f'(x)$ 随 x 递减，从而有 R^c 随着 k 的增加而减少，也就是说，当 RJV 中的企业数量越多，企业获得的有效研发投资越少。R^c 随着 δ 的增加而增加，也就是说，当企业参加的 RJV 数量越多，企业获得的有效研发投资就越多。

第二，R&D 网络卡特尔（BC 型）。BC 型与 C 型相比，其区别在于 BC 型中企业在制定 R&D 投资决策时开展协调以最大化 RJV 中企业的总体利润，即目标函数是 RJV 中企业的利润总和，故该最大化问题为

$$\max \quad T = \sum_{i \in g} \pi_i, \text{s. t.} \quad x_{ig} > 0 \tag{3.26}$$

以上最大化问题的一阶条件为

$$\frac{\partial T}{\partial x_{ig}} = \frac{\partial \pi_i}{\partial x_{ig}} + \sum_{j \neq i, j \in g} \frac{\partial \pi_j}{\partial x_{ig}} = 0 , \ i \in g \tag{3.27}$$

将式（3.22）π_i、π_j 的表达式代入式（3.26），在对称性均衡中有

$$\frac{\partial T}{\partial x_{ig}} = \frac{2Q_i}{(n+1)^2} f'(R_{ig})(n-k+1)k - 1 = 0, i \in g \tag{3.28}$$

令 $R_{ig} = R^{BC}$，得

$$\frac{2[a-c+\delta f(R^{BC})]}{(n+1)^2} f'(R^{BC})(n-k+1)k = 1 \tag{3.29}$$

由上式我们可以看出研发网络竞争与研发网络卡特尔的区别。$\sum_{j \neq i} \frac{\partial \pi_i}{\partial x_{ig}}$ 项描述的是企业 i 的 R&D 投入对网络内企业利润的影响，被称为组合利润外部性。当每个企业进行 R&D 决策以最大化其个体利润时，这种外部性被忽略；而当企业间组建 R&D 网络卡特尔以最大化总体利润时，这种外部性被内在化。在对称均衡情况下，比较式（3.25）与式（3.29）可知，此时该外部性大小为

$$\sum_{j \neq i, j \in g} \frac{\partial \pi_j}{\partial x_{ig}} = \frac{2[a-c+\delta f(R)]}{(n+1)^2} \times f'(R)(n-k+1) \times (k-1) \tag{3.30}$$

从以上的分析可知，$Q_i > 0$，即 $\frac{a-c+\delta f(R)}{n+1} > 0$，另外，由假设 3.1 知 $f'(x) > 0$，则式（3.30）表示的组合利润外部性为正。企业选择研发网络卡特尔时，存在两个方面的影响：一方面，选择研发网络卡特尔可以协调企业间的研发生产以最大化企业利润，其结果是成本降低、企业利润增加；另一方面，企业间的生产协调会弱化企业的竞争优势，从而减少领先企业的市场份额，导致利润减少。因此，企业的研发决策是在企业研发投资的组合利润外部性和市场占有率之间寻求一个均衡点。

第三，产业最优化 R&D 网络模式（FC 型）。

由 FC 型的性质可知，企业在协作网络中协调 R&D 投资决策以最大化产业

内所有企业的总体利润，即目标函数为产业内企业的利润总和，则该最大化问题
表示为

$$\max T' = \sum_{i \in \mathbf{N}} \pi_i, \text{s. t.} \quad x_{ig} > 0 \tag{3.31}$$

其最大化一阶条件为

$$\frac{\partial T'}{\partial x_{ig}} = \frac{\partial \pi_i}{\partial x_{ig}} + \sum_{j \neq i} \frac{\partial \pi_j}{\partial x_{ig}} = 0 , \quad i \in g \tag{3.32}$$

将式 （3.22）π_i、π_j 的表达式代入式 （3.32），同样只考虑对称均衡有

$$\frac{\partial T'}{\partial x_{ig}} = \frac{2Q_i}{(n+1)^2} f'(R_i)(n-k+1)k$$
$$+ \frac{2Q_j}{(n+1)^2} f'(R_j)(n-k)(-k) - 1 = 0,$$
$$i \in g, j \notin g \tag{3.33}$$

令 $R_{ig} = R^{\text{FC}}$，可得

$$\frac{2[a-c+\delta f(R^{\text{FC}})]}{(n+1)^2} f'(R^{\text{FC}})k = 1 \tag{3.34}$$

2. 不同决策下均衡结果的比较研究

在以上分析的基础上，我们可以对不同 R&D 组织模式的均衡投资和利润进
行比较研究。

结论 3.1：均衡状态下的有效 R&D 投资满足：

当 $n \geqslant 2k-1$ 时，有 $R^{\text{BC}} \geqslant R^{\text{C}} \geqslant R^{\text{FC}}$

当 $n < 2k-1$ 时，有 $R^{\text{BC}} \geqslant R^{\text{FC}} \geqslant R^{\text{C}}$

证明：由式 （3.25）和式 （3.29）有

$$\frac{2[a-c+\delta f(R^{\text{c}})]}{(n+1)^2} f'(R^{\text{c}})(n-k+1) =$$
$$\frac{2[a-c+f(R^{\text{BC}})]}{(n+1)^2} f'(R^{\text{BC}})(n-k+1)k \tag{3.35}$$

显然有 $n-k+1 < (n-k+1)k , (k>1)$

$$\frac{2[a-c+\delta f(R^{\text{c}})]}{(n+1)^2} f'(R^{\text{c}}) > \frac{2[a-c+\delta f(R^{\text{BC}})]}{(n+1)^2} f'(R^{\text{BC}}) \tag{3.36}$$

由假设 3.2 可得：$R^{\text{BC}} \geqslant R^{\text{C}}$

同理可证：$R^{\text{BC}} \geqslant R^{\text{FC}}$

故 $R^{\text{BC}} \geqslant R^{\text{e}}$, e=C, FC

由式 （3.25）和式 （3.33）有

$$\frac{2[a-c+\delta f(R^{\text{FC}})]}{(n+1)^2} f'(R^{\text{FC}})k =$$

$$\frac{2[a-c+\delta f(R^c)]}{(n+1)^2}f'(R^c)(n-k+1) \tag{3.37}$$

可得，当 $n \geqslant 2k-1$ 时，$n-k+1 > k$，有 $R^c \geqslant R^{FC}$

当 $n < 2k-1$ 时，$n-k+1 < k$，有 $R^{FC} \geqslant R^c$ 从而有命题成立。

以上结论可以解释为：在 R&D 网络卡特尔中，企业有更大的动机投资于 R&D，在这种方式下，企业可以获得更多的外部知识，同时还能防止产品市场上的恶性竞争，这给企业带来的收益明显大于企业知识外溢和产品市场份额减少给企业带来的利润损失。同时，以上分析也表明，R&D 网络卡特尔中的 R&D 组合利润外部性为正，这种正的外部性使企业投资的激励上升，故此时有 $R^{BC} \geqslant R^c$。从结论 3.1 也可以看出，当 $n \geqslant 2k-1$ 时均衡状态下 FC 型的有效 R&D 投资最小，这可以用博弈中的"偷懒"行为和"搭便车"效应来解释。在产业最优化 R&D 网络中，每家企业在制定 R&D 投资决策时都会考虑到此时的研发收益最大化，企业可以得到均衡的研发收益，因此搭便车于其他企业的 R&D 活动是其最佳选择。而当 $n < 2k-1$ 时，C 型的有效 R&D 投资最小，这是因为此时选择其他的 R&D 模式会使组合利润外部性大于零，从而激励企业投资研发活动。

由于 R&D 生产函数 f 是 x 的增函数，结论 3.1 可以证明均衡状态下产品生产成本的降低满足以下性质。

推论 3.1：对所有的 δ，均有

当 $n \geqslant 2k-1$ 时，$f(R^{BC}) \geqslant f(R^c) \geqslant f(R^{FC})$

当 $n < 2k-1$ 时，$f(R^{BC}) \geqslant f(R^{FC}) \geqslant f(R^c)$

若以 P^e（$e=$C，BC，FC）代表相应的均衡价格，由式（3.17）及推论 3.1 可知，均衡价格满足以下性质。

推论 3.2：对于所有的 δ，均有

当 $n \geqslant 2k-1$ 时，$P^{BC} \leqslant P^c \leqslant P^{FC}$

当 $n < 2k-1$ 时，$P^{BC} \leqslant P^{FC} \leqslant P^c$

接着比较企业的均衡利润，得出结论 3.2。

结论 3.2：企业均衡利润满足：$\pi^{FC} \geqslant \pi^v$　　$v=$C，BC

证明：由以上分析可知

$$\sum \pi_i \Big|_{R_{ig}=R^{FC}} \geqslant \sum \pi_i \Big|_{R_{ig}=R^v} \quad n\pi^{FC}$$

$$\geqslant n\left[\frac{a-c+\delta f(R^v)}{n+1}\right]^2 - n\frac{\delta R^v}{k} = n\pi^v \tag{3.38}$$

则有 $\pi^{FC} \geqslant \pi^v$

3. 算例与分析

依据 Goyal 等（2001）、Goyal 等（2003）作出的假设，设研发收益函数为

$f(X) = 1/\gamma \sqrt{R}$ ，其中，$\gamma \in (0, +\infty)$ 是研发投资费用系数。

则对于企业 i 来说，第二阶段的单位生产成本为 $1/\gamma \sqrt{R}$ ，代入模型可以得到不同模式的均衡投资：

$$\sqrt{R^{\mathrm{C}}} = \frac{\gamma(a-c)(n-k+1)}{\gamma^2(n+1)^2 - \delta(n-k+1)}$$

$$\sqrt{R^{\mathrm{BC}}} = \frac{\gamma(a-c)(n-k+1)k}{\gamma^2(n+1)^2 - \delta(n-k+1)k}$$

$$\sqrt{R^{\mathrm{FC}}} = \frac{\gamma(a-c)k}{\gamma^2(n+1)^2 - \delta k}$$

比较均衡投资，我们可以看到，在研发网络竞争模式下，企业的均衡投资随着企业参加协作研发组织数量 δ 的增加而增加，随着每个协作研发组织中企业数量 k 的增加而减少；在研发网络卡特尔模式下，当 $n \geqslant 2k-1$ 时，企业的均衡投资随着企业参加协作研发组织数量 δ 的增加而增加，随着每个协作研发组织中企业数量 k 的增加而减少，当 $n < 2k-1$ 时，企业的均衡投资随着企业参加协作研发组织数量 δ 和每个协作研发组织中企业数量 k 的增加而增加；而在产业最优化 R&D 组织模式下，企业的均衡投资均随企业参加协作研发组织数量 δ 和每个协作研发组织中企业数量 k 的增加而增加。

接着，我们令 $a = 10\,000, c = 20, \gamma = 10, n = 20, \delta = 4$ ，比较当 k 变动时不同模式下的企业利润与社会福利水平。

社会福利由以下函数确定：

$$W(g, x) = \sum_{i \in N} \pi_i(g, x) + \frac{1}{2} \Pi(g, x)^2$$

其中，$\Pi(g, x) = \sum_{i \in N} Q_i(g, x)$ 。

从图 3.6 可以看出，在市场均衡条件下，产业化最优 R&D 网络模式的企业均衡利润大于 R&D 网络竞争模式的企业均衡利润，而 R&D 网络竞争模式的企业均衡利润大于 R&D 网络卡特尔模式的企业均衡利润。产业化最优 R&D 网络

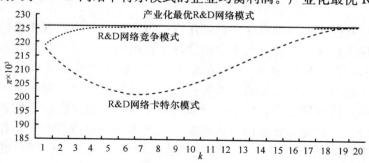

图 3.6　不同研发模式下的企业利润

模式的社会福利水平随 k 的增加而减少。R&D 网络卡特尔模式的企业利润首先是随 k 的增加而减少，当 $k > 7$ 时企业利润随着 k 的增加而增加。接着我们分析在研发模式下的社会福利水平，见图 3.7。

从图 3.7 可以看到，在市场均衡条件下，当 $k > 3$ 时，R&D 网络卡特尔模式的社会福利水平大于其他模式下的社会福利。当 $k > (n+1)/2$ 时产业化最优 R&D 网络模式下的社会福利水平大于 R&D 网络竞争模式下的社会福利。而 R&D 网络卡特尔模式的社会福利水平首先是随 k 的增加而增加，当达到一定水平后随着 k 的增加而减少，在此算例中，当 $k = 14$ 时 R&D 网络卡特尔模式的社会福利水平最大。

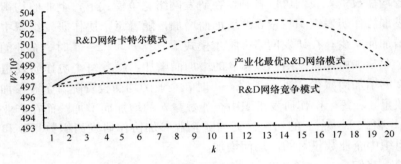

图 3.7　不同研发模式下的社会福利水平

3.5.2　混合模式下协作研发网络的动态博弈模型

总的来讲，现有关于研究与开发方面的文献主要是集中在两个方面。一个方面是市场垄断产业中的研发研究。主要贡献是对研发模型的构建，包括自主研发和协作研发模型，模型一般包括两个或三个阶段的博弈过程：首先是一般的、共性的技术研究，其次是产品开发阶段，最后是产品的生产、库诺竞争阶段。另一个方面是关于供大于求时的战略协作模型的研究。研究者建立了许多战略网络模型。

这些研发投资决策模型均把自主和协作研发作为两个相互排斥的部分来研究，但在现实情况里，企业研发活动往往是自主的内部研发和与其他企业的协作研发同时展开，相辅相成。Goyal 等（2003）就在以往研究的基础之上建立了整合自主研发与协作研发的战略博弈模型，分析在混合研发模式下企业的投资决策。在此博弈模型中，Goyal、Konovalov 和 Gonzalez 把企业的研发活动分为两个部分，一部分为企业的自主研发，另一部分是企业参与的协作研发。协作研发主要是由企业间形成的一对一的协作联盟组成，这种联盟的数量不确定。本书则对该模型作了进一步地拓展与完善，把协作研发联盟看成多个企业参与的网络组织，具体可以描述为：在研发中，企业通过自主研发和协作研发网络来开展企业的技术创新活动，每个协作研发组织中的企业数量与企业参与的协作研发的组织数量均不确定。基于此来讨论企业研发投资均衡和投资决策。

1. 混合模式下协作研发网络动态博弈模型的构建

借鉴 Goyal 等（2003）的研究，本书把企业研发网络决策分为三个阶段来展开分析。

第一阶段：协作研发网络的形成。

设 $N = \{1, \cdots, n\}$（$n \geqslant 2$）是市场上的企业集。协作研发网络由 g 表示，若 $i \in g$ 就表明企业 i 加入了网络。$N_i(g)$ 表示在网络 g 中的企业集。$k = |N_i(g)|$ 表示网络 g 中协作企业的数量，我们定义为企业的协作研发网络规模，$k = 1$ 表示完全自主研发，$k > 1$ 表示形成了协作研发组织。以 t 表示企业参加的协作研发组织的数量，我们定义为协作程度，$t = 0$ 表示企业没有开展协作研发，$t > 0$ 表示参加了协作研发组织。以上两个方面构成企业参与的协作研发网络。

在协作研发博弈中，企业 i 选择在网络 g 中的投资为 y_{ig}，同时，为了保证企业的核心竞争力，每个企业选择在自主研发中的投资为 y_{ii}。$y = (y_{ig}, y_{ii})$ 是企业 i 在博弈中的战略，$y = (y_i)_{i \in N}$ 表示此博弈的战略组合。

第二阶段：研究与开发活动。

在混合研发投资方式下，企业 i 自主研发的生产函数为

$$f_{ii}(y) = f(y_{ii}) \tag{3.39}$$

在网络 g 中，企业 i 的生产函数为

$$f_{ig}(y) = f(R_{ig}) , \text{ 其中，} R_{ig} = \sum_{i \in g} y_{ig} \tag{3.40}$$

则企业开展研发活动使企业生产成本减少的量为

$$f_i(y) = \sum_{s=1}^{t} f_s(R_{ig}) + f(y_{ii}) \tag{3.41}$$

从中我们可以看到，单个企业的研发决策会影响其他企业的战略组合，这表明在网络 g 中，任何一个企业的研发投资均会影响网络的稳定性。

因此在第二阶段，企业 i 的单位生产成本是

$$c_i(g, y) = \bar{c} - f_i(y) \tag{3.42}$$

其中，$\bar{c}$ 表示研发前产品的单位生产成本。

第三阶段：产品市场的库诺特竞争。

考虑成本 c_i，企业通过选择产量 q_i 参与产品市场的库诺特竞争，假设企业 i 的产品需求反函数呈对称的线性形式，即

$$p = a - q_i - \varepsilon \sum_{j \neq i} q_j(g, y) \tag{3.43}$$

其中，a 为需求函数的截距，$\varepsilon \in [0,1]$ 为产品替代系数。在供过于求的同类产品市场中，企业 i 的均衡数量（Bala et al.，2000；Kranton，2001；Goyal et al.，2003）是

$$q_i(g,y) = \frac{(2-\varepsilon)a - (n\varepsilon - 2\varepsilon + 2)c_i(g,y) + \varepsilon \sum_{j \neq i} c_j(g,y)}{(\varepsilon n - \varepsilon + 2)(2-\varepsilon)} \tag{3.44}$$

库诺特竞争者的利润为

$$\pi_i(g,y) = (q_i)^2 - \sum_{i \in N_i(g)} y_{ig} - y_{ii} \tag{3.45}$$

使用以下函数表示社会的期望收益：

$$W(g,y) = \sum_{i \in \mathbf{N}} \pi_i + \frac{1}{2} \Pi^2 \tag{3.46}$$

其中，$\Pi = \sum_{i \in \mathbf{N}} q_i(g,y)$

考虑网络 g 和其他企业的研发投资，企业 i 的目标是使 $\pi_i(g,y)$ 最大化（3.2 节中表示的 R&D 网络竞争模式），该问题用数学函数表示为

$$\max \pi_i(g,y)，\text{ s.t. } \quad y_{ii} \geqslant 0, y_{ig} \geqslant 0, i \in N_i(g) \tag{3.47}$$

则研发收益最大化的一阶条件为

$$\frac{\partial \pi_i}{\partial y_{ii}} = \frac{2q_i(g,y)(n\varepsilon - 2\varepsilon + 2)f'(y_{ii})}{(\varepsilon n - \varepsilon + 2)(2-\varepsilon)} - 1 = 0 \tag{3.48}$$

$$\frac{\partial \pi_i}{\partial y_{ig}} = \frac{2q_i(g,y)(n\varepsilon - k\varepsilon - \varepsilon + 2)f'(R_{ig})}{(\varepsilon n - \varepsilon + 2)(2-\varepsilon)} - 1 = 0 \tag{3.49}$$

从而得到：

$$(n\varepsilon - 2\varepsilon + 2)f'(y_{ii}) = (n\varepsilon - k\varepsilon - \varepsilon + 2)f'(R_{ig}) \tag{3.50}$$

这是企业 i 研发收益最大化的必要条件之一。从战略的角度来看，企业的自主和协作研发投资具有战略替代的特性。根据 Goyal 等的研究，我们进一步假设研发收益由以下函数给出。

在自主研发活动中为

$$f_{ii}(y) = \frac{1}{\gamma} \sqrt{y_{ii}} \tag{3.51}$$

对于单个协作研发组织为

$$f_{ig}(y) = \frac{1}{\gamma} \sqrt{\sum_{i \in \mathbf{N}_i(g)} y_{ig} + \beta k \sqrt{\prod_{i \in \mathbf{N}_i(g)} y_{ig}}} \tag{3.52}$$

其中，$\gamma \in (0, +\infty)$ 为投资收益系数，外生系数 $\beta \in [0, +\infty)$ 代表协作企业间的知识资产互补程度。把研发收益函数代入式（3.48）可得

$$y_{ig}^* = \frac{(k+\beta)(\varepsilon n - \varepsilon k - \varepsilon + 2)^2}{k^2(\varepsilon n - 2\varepsilon + 2)^2} y_{ii}^* \tag{3.53}$$

把上式代入式（3.50），可解得均衡投资。

$$y_{ii}^* = \left[\frac{(a-\bar{c})\gamma(\varepsilon n - 2\varepsilon + 2)k}{\gamma^2(\varepsilon n - \varepsilon + 2)^2(2-\varepsilon)k - (\varepsilon n - 2\varepsilon + 2)k - t(k+\beta)(\varepsilon n - k\varepsilon - \varepsilon + 2)} \right]^2$$

(3.54)

$$y_{ig}^* = \left[\frac{(a-\bar{c})\gamma\sqrt{k+\beta}(\varepsilon n - k\varepsilon - \varepsilon + 2)}{\gamma^2(\varepsilon n - \varepsilon + 2)^2(2-\varepsilon)k - (\varepsilon n - 2\varepsilon + 2)k - t(k+\beta)(\varepsilon n - k\varepsilon - \varepsilon + 2)} \right]^2$$

(3.55)

把均衡投资代入式（3.44）、式（3.45）和式（3.46）中，就可以得到均衡数量、企业利润和社会福利的表达式。

$$q_i = \frac{(a-\bar{c})k\gamma^2(\varepsilon n - \varepsilon + 2)(2-\varepsilon)}{\gamma^2(\varepsilon n - \varepsilon + 2)^2(2-\varepsilon)k - (\varepsilon n - 2\varepsilon + 2)k - t(k+\beta)(\varepsilon n - k\varepsilon - \varepsilon + 2)}$$

(3.56)

$$\pi_i = \{(a-\bar{c})^2\gamma^2[k^2\gamma^2(2-\varepsilon)^2(\varepsilon n - \varepsilon + 2)^2 - k^2(\varepsilon n - 2\varepsilon + 2)^2$$
$$- t(\varepsilon n - k\varepsilon - \varepsilon + 2)^2(k+\beta)]\}/[\gamma^2(\varepsilon n - \varepsilon + 2)^2(2-\varepsilon)k$$
$$- (\varepsilon n - 2\varepsilon + 2)k - t(k+\beta)(\varepsilon n - k\varepsilon - \varepsilon + 2)]^2$$

(3.57)

$$W = \{(a-\bar{c})^2\gamma^2 n[k^2\gamma^2(1/2n+1)(2-\varepsilon)^2(\varepsilon n - \varepsilon + 2)^2 - k^2(\varepsilon n - 2\varepsilon + 2)^2$$
$$- t(\varepsilon n - k\varepsilon - \varepsilon + 2)^2(k+\beta)]\}/[\gamma^2(\varepsilon n - \varepsilon + 2)^2(2-\varepsilon)k$$
$$- (\varepsilon n - 2\varepsilon + 2)k - t(k+\beta)(\varepsilon n - k\varepsilon - \varepsilon + 2)]^2$$

(3.58)

由式（3.54）和式（3.55）可以看出，当其他条件不变时，自主研发和协作研发中的均衡投资随协作程度 t 的增加而增加，随着协作规模 k 的增加而减少。当协作程度上升时，产品的生产成本减少，其作用类似于增加了研发投资的动机；而当协作规模 k 增加时，企业间协作博弈的结果是企业均减少各自的研发投资，这可以利用博弈中的"搭便车"和"偷懒"行为来解释。这些现象也可由以下等式得出。

$$\frac{ty_{ig}^*}{y_{ii}^* + ty_{ig}^*} = \frac{1}{\dfrac{k^2(\varepsilon n - 2\varepsilon + 2)^2}{t(\varepsilon n - \varepsilon k - \varepsilon + 2)^2(k+\beta)} + 1}$$

(3.59)

结论 3.3：①与自主研发中的投资相比，协作研发中的投资比例随着协作规模 k 的增加而减少，而协作研发组织中的投资比例随协作程度 t 的增加而增加。②当市场中企业的数量和协作规模不变时，单个协作研发组织和自主研发的投资同比例增长。当企业数量改变时协作研发的投资增长幅度大于自主研发的投资增长幅度，当协作规模改变时协作研发的投资增长幅度小于自主研发的投资增长幅度。③当其他条件不变时，自主研发的投资比例随着外生系数 β 的增加而增加，协作研发的投资比例相对减少。

上述结论表明自主研发和协作研发的互补性，协作组织数量的增加会提高自主研发和单个协作研发组织中的投资。它也表明，与自主研发相比协作研发投资的重要性在增加，因此企业拥有更多的协作研发组织对企业的竞争优势更加有利。部分结论也与 Delapierre 等（1998）的实证结果相一致。

2. 相关因素对均衡的影响分析

1）协作程度 t 对均衡的影响（Goyal 等，2003）

由以上分析可知，单个企业的均衡产量随着协作程度 t 增长而增加。接着我们分析企业利润和社会福利随 t 的变动趋势，首先对式（3.57）求导可得：

$$
\begin{aligned}
\frac{\partial \pi_i}{\partial t} = \{ & -(a-\bar{c})^2 \gamma^2 (\varepsilon n - \varepsilon k - \varepsilon + 2)(k+\beta)[k\gamma^2(\varepsilon n - \varepsilon + 2)^2(2-\varepsilon)^2 \\
& \times (\varepsilon n - \varepsilon - 4k + 4) + k(\varepsilon n - \varepsilon k - \varepsilon + 2)^2(k+\beta) + k(\varepsilon n - 2\varepsilon + 2) \\
& \times (2k\varepsilon n - \varepsilon n - 3\varepsilon k + 4k + \varepsilon - 2)]\}/[\gamma^2(\varepsilon n - \varepsilon + 2)^2(2-\varepsilon)k \\
& -(\varepsilon n - 2\varepsilon + 2)k - t(k+\beta)(\varepsilon n - k\varepsilon - \varepsilon + 2)]^3
\end{aligned}
\tag{3.60}
$$

可知若 $n < 1 + (4k-4)/\varepsilon$，当 γ 足够大时，企业利润随协作程度 t 的增加而增加，若 $n \geqslant 1 + (4k-4)/\varepsilon$，企业利润随 t 的增加而减少。这个结果说明，在垄断行业中企业倾向于开展密集性的协作研发活动，在完全竞争行业中企业偏向于自主研发活动。

再对式（3.58）求导可得

$$
\begin{aligned}
\frac{\partial W}{\partial t} = \{ & (a-\bar{c})^2 \gamma^2 (k+\beta)(\varepsilon n - \varepsilon k - \varepsilon + 2)n[k\gamma^2(\varepsilon n - \varepsilon + 2)^2(2-\varepsilon) \\
& \times (2kn - \varepsilon kn - \varepsilon n - 4k - \varepsilon k + \varepsilon - 2) - t(\varepsilon n - \varepsilon k - \varepsilon + 2)^2(k+\beta) \\
& -k(\varepsilon n - 2\varepsilon + 2)(2kn - \varepsilon n + 4k - 3\varepsilon k + \varepsilon - 2)]\}/[\gamma^2(\varepsilon n - \varepsilon + 2)^2 \\
& \times (2-\varepsilon)k - (\varepsilon n - 2\varepsilon + 2)k - t(k+\beta)(\varepsilon n - k\varepsilon - \varepsilon + 2)]^3
\end{aligned}
\tag{3.61}
$$

上式表明若 γ 足够大，社会福利随协作程度的增加而增加。从整个社会的角度来看，协作研发网络比自主研发更具竞争优势。

结论 3.4： 在均衡条件下，企业的均衡产量随协作程度的增加而增加。当 $n < 1 + (4k-4)/\varepsilon$ 且 γ 足够大时，企业利润随着协作程度的增加而增加，并且完全网络（$k = n$）时企业利润最大。而当 $n \geqslant 1 + (4k-4)/\varepsilon$ 时，企业利润随着协作活动程度的增加而减少，自主研发（$k = 1$）时企业利润最大。而当 γ 足够大时社会福利随着协作程度的增加而增加，对所有 n，完全网络时社会福利最优。

2）协作规模 k 对均衡的影响

由

$$
q_i = \frac{(a-\bar{c})\gamma^2(\varepsilon n - \varepsilon + 2)(2-\varepsilon)}{\gamma^2(\varepsilon n - \varepsilon + 2)^2(2-\varepsilon) - (\varepsilon n - 2\varepsilon + 2) - t(\frac{\beta}{k}+1)(\varepsilon n - k\varepsilon - \varepsilon + 2)}
$$

可知，q_i 随着协作规模 k 的增加而减少。

同理可得 π 先随 k 的增加而递增，到一定程度（取决于其他变量的综合影响程度）后开始递减，而 W 随着 k 的增加而减少。

结论 3.5：当企业间存在协作研发网络时，企业利润随 k 的增加，先递增后递减。但企业研发所带来的社会福利随着研发协作规模的增加而减少，当 $k=2$ 时社会福利最大。

这说明在市场竞争中，小范围的协作可以为社会带来更多的收益。结合结论 3.4 可得，在完全竞争的行业中，企业参与越多适当规模的协作研发组织，研发收益越大。而在垄断性行业中则需要综合考虑知识溢出与企业间的知识互补程度等影响因素来制定合理的协作决策。

3）外生系数 β 对均衡的影响

由式（3.54）和式（3.55）可知，β 的增大会带来研发均衡投资总量的增加，即 $y_{ii}+ty_{ig}$ 随着 β 的增加而增加。通过比较式（3.48）、式（3.49）、式（3.57）、式（3.58），可以得到：

$$\frac{\partial \pi}{\partial \beta}=\frac{t}{k+\beta}\frac{\partial \pi}{\partial t},\frac{\partial W}{\partial \beta}=\frac{t}{k+\beta}\frac{\partial W}{\partial t} \qquad (3.62)$$

可以发现 β 对企业均衡利润和社会福利的影响类似于协作程度变动对均衡的影响。因此，β 的增大对均衡产量、企业利润和社会福利的影响与结论 3.4 相似。正如以上分析，外生系数的增长会导致企业在自主研发和单个协作研发组织中的投资增加。而实际上 β 的增长会使自主研发中的投资比例相对减少。

同时我们对以上分析作进一步地探讨。我们把 β 看成企业吸收能力的函数。通过定性分析可以得到

结论 3.6：在均衡条件下，企业的吸收能力随自主研发投资增加而增强，β 与企业的自主研发投资成正比。当其他条件不变时，企业的均衡产量随着 β 的增加而增加。当 $n<1+(4k-4)/\varepsilon$ 且 γ 足够大时，企业利润随着 β 的增加而增加。而当 $n\geqslant 1+(4k-4)/\varepsilon$ 时，企业利润随着 β 的增加而减少。当 γ 足够大时社会福利随着 β 的增加而增加。

3.5.3 协作研发网络决策均衡的比较研究

1. R&D 网络卡特尔模式下的最优投资均衡

在 R&D 网络卡特尔模式下，在协作项目 ij 中的投资构成以下最大化问题：

$$\max\sum_{i\in g}\pi_i(y;g^k) \quad \text{s.t.} \ y_{ig}\geqslant 0 \qquad (3.63)$$

考虑企业 i 和 j 在自主研发和所有的其他协作项目中的投资。企业 i 在内部自主研发中的投资是单边问题，有

$$\max\pi_i(y;g^k) \quad \text{s.t.} \ y_{ii}\geqslant 0 \qquad (3.64)$$

再考虑企业 i 在协作网络中的投资，在对称性网络中可以得到以下均衡解：

$$y_{ii}^{BC} = \left[\frac{\gamma(\varepsilon n - 2\varepsilon + 2)[a - \bar{c}]}{\gamma^2(\varepsilon n - \varepsilon + 2)^2(2 - \varepsilon) - (\varepsilon n - 2\varepsilon + 2) - t(k + \beta)(\varepsilon n - k\varepsilon - \varepsilon + 2)}\right]^2$$

(3.65)

$$y_{ig}^{BC} = (k + \beta)\left[\frac{\gamma(\varepsilon n - k\varepsilon - \varepsilon + 2)[a - \bar{c}]}{\gamma^2(\varepsilon n - \varepsilon + 2)^2(2 - \varepsilon) - (\varepsilon n - 2\varepsilon + 2) - t(k + \beta)(\varepsilon n - k\varepsilon - \varepsilon + 2)}\right]^2$$

(3.66)

2. 产业最优化 R&D 网络模式下的最优投资均衡

考虑对称性网络 g^k，所有企业利润最大化的研发投资最优化问题为

$$\max \sum_{i \in \mathbf{N}} \pi_i(y; g) \quad \text{s. t.} \quad y_{ii} \geqslant 0, y_{ig} \geqslant 0, i \in \mathbf{N}$$

(3.67)

从而得到下列最佳研发投资：

$$y_{ii}^{FC} = \left[\frac{\gamma[a - \bar{c}]}{\gamma^2(\varepsilon n - \varepsilon + 2)^2 - t(k + \beta) - 1}\right]^2$$

(3.68)

$$y_{ig}^{FC} = (k + \beta)\left[\frac{\gamma[a - \bar{c}]}{\gamma^2(\varepsilon n - \varepsilon + 2)^2 - t(k + \beta) - 1}\right]^2$$

(3.69)

3. 均衡的比较与分析

通过比较不同决策模式下的均衡投资水平、均衡利润和协作项目的投资比例，可以得到以下一些结论。

结论 3.7： 在对称性投资下，将产业最优化 R&D 网络、R&D 网络卡特尔模式和 R&D 网络竞争模式下的均衡投资水平相比，可以得到 R&D 网络卡特尔模式下的研发投资水平最高，具体如下：

$$y_{ii}^{BC} > y_{ii}^* > y_{ii}^{FC}, \quad i \in \mathbf{N}$$

(3.70)

$$y_{ig}^{BC} > y_{ig}^* > y_{ig}^{FC}, \quad i \in g$$

(3.71)

证明：根据以上计算结果可得

$$\frac{\sqrt{y_{ii}^*} - \sqrt{y_{ii}^{FC}}}{\gamma[a - \bar{c}]} = [\gamma^2(\varepsilon n - \varepsilon + 2)^2(\varepsilon n - \varepsilon) - t(k + \beta)(k - 1)(n - 1)\varepsilon]/$$

$$\{[\gamma^2(\varepsilon n - \varepsilon + 2)^2(2 - \varepsilon)k - (\varepsilon n - 2\varepsilon + 2)k$$

$$- t(k + \beta)(\varepsilon n - k\varepsilon - \varepsilon + 2)][\gamma^2(\varepsilon n - \varepsilon + 2)^2$$

$$- t(k + \beta) - 1]\} > 0$$

$$\frac{\sqrt{y_{ii}^{BC}} - \sqrt{y_{ii}^*}}{\gamma[a - \bar{c}]} = [t(k + \beta)(k - 1)(\varepsilon n - \varepsilon k - \varepsilon + 2)]/$$

$$\{[\gamma^2(\varepsilon n - \varepsilon + 2)^2(2 - \varepsilon) - (\varepsilon n - 2\varepsilon + 2)$$

$$- t(k + \beta)(\varepsilon n - k\varepsilon - \varepsilon + 2)]$$

$$[\gamma^2(\varepsilon n - \varepsilon + 2)^2(2 - \varepsilon)k - (\varepsilon n - 2\varepsilon + 2)k$$

$$- t(k + \beta)(\varepsilon n - k\varepsilon - \varepsilon + 2)]\} > 0$$

从而得 $y_{ii}^{BC} > y_{ii}^* > y_{ii}^{FC}$ 成立。

利用反证法可以证明不等式（3.71）。首先证明 R&D 网络竞争和 R&D 网络卡特尔模式下的均衡投资水平。

假设均衡投资水平的比较结果为 $y_{ig}^* > y_{ig}^{BC}$。

根据假设 3.2 可知 $f(R)$ 为严格凸函数，因此有函数 $[a-c+f_i(y)]^2$ 也为严格凸函数，即对所有 $y \geqslant 0$，存在 $[a-c+f_i(y)]f'_i(y)$ 随 y 递减。

而在 R&D 网络竞争和 R&D 网络卡特尔模式下利润最大化问题的一阶条件满足：

$$\frac{q_i(g,y)f'(R_{ig}^*)(n-k+1)}{\gamma(n+1)} = \frac{q_i(g,y)f'(R_{ig}^{BC})(n-k+1)k}{\gamma(n+1)}$$

则有

$$[a-c+f_i(y^*)]f'(R_{ig}^*)(n-k+1) = [a-c+f_i(y^{BC})]f'(R_{ig}^{BC})(n-k+1)k$$

观察上式，因为 $[a-c+f_i(y)]f'_i(y)$ 随 y 递减，则有

$$[a-c+f_i(y^*)]f'(R_{ig}^*) < [a-c+f_i(y^{BC})]f'(R_{ig}^{BC})$$

因此为使上式成立，必须存在 $(n-k+1) > (n-k+1)k$，这个不等式明显不成立，从而有以上假设不成立，故不等式（3.71）的第一个不等式成立。

同理可以证明 $y_{ig}^* > y_{ig}^{FC}$ 成立。从而证明了结论 3.7 的正确性。

这说明 R&D 网络卡特尔模式下的研发投资比其他方式的均衡投资水平要高。这是因为在 R&D 网络卡特尔模式下，在研发协作过程中，网络内企业在开展 R&D 活动时注意协调以最大化总体利润的同时在生产阶段也会开展生产合作，这就保证了创新技术使网络内的企业研发收益最大化，从而使企业有更大的动机投资于研发活动。相反在 R&D 网络竞争中，为了在产品市场上保持必要的核心竞争优势，同时也为了避免网络中的竞争对手获得更多的知识资本，企业会在协作博弈过程中保留自身的核心技术，从而使企业的研发投资相对减少。另外，在协作中的 R&D 网络竞争模式下的投资比产业化 R&D 最优条件下企业的均衡投资量要大，这是因为一方面，在产业最优化 R&D 网络下，企业的所有研发投资的最终结果是使市场上所有企业收益最大化，这样的研发投资对于企业来说就基本上没有体现出技术领先为企业带来更多收益的优势。而另一方面，产业最优化 R&D 网络的结果是使企业研发的组合利润外部性增加，也就是企业的研发投资会给网络外企业带来更多的研发收益，这样，在产业最优化 R&D 网络条件下，企业就会缺乏必要的动机来投资研发活动，这就导致了博弈中的"偷懒"和"搭便车"行为的出现，从而使企业的均衡研发投资减少。

结论 3.8： 对于协作研发中的投资比例，满足：

$$\frac{y_{ig}^{FC}}{y_{ii}^{FC} + y_{ig}^{FC}} > \frac{y_{ig}^{BC}}{y_{ii}^{BC} + y_{ig}^{BC}} > \frac{y_{ig}^*}{y_{ii}^* + y_{ig}^*} \tag{3.72}$$

证明：在网络中协作项目的投资比例可利用以下等式来计算：

$$\frac{y_{ig}^{\mathrm{FC}}}{y_{ii}^{\mathrm{FC}}+y_{ig}^{\mathrm{FC}}}=\frac{1}{\dfrac{1}{k+\beta}+1}$$

$$\frac{y_{ig}^{\mathrm{BC}}}{y_{ii}^{\mathrm{BC}}+y_{ig}^{\mathrm{BC}}}=\frac{1}{\dfrac{(\varepsilon n-2\varepsilon+2)^2}{(k+\beta)(\varepsilon n-\varepsilon k-\varepsilon+2)^2}+1}$$

结合等式（3.59）可以得出定理中不等式（3.72）成立。

这说明协作中的投资比例在 R&D 网络竞争模式下最低，在产业最优化 R&D 网络下最高。这是因为，在产业最优化 R&D 网络下协作会使企业的知识溢出达到最大，而在 R&D 网络卡特尔模式下研发带来的创新知识会最大化协作网络中企业的研发收益，在这两种方式下企业为了保持其核心竞争力会相对提高自主研发投资的比例。而在 R&D 网络竞争模式下企业自主研发和协作研发投资均可以使企业自身收益最大化，同时更多的协作投资会给企业带来更多的外部知识资本，因而在 R&D 网络竞争模式下企业的自主投资比例会最大。

结论 3.9： 接着我们比较均衡条件下的企业利润水平，若 $n\geqslant\dfrac{\varepsilon k^2+2k-2+\varepsilon}{\varepsilon(k+1)}$ 且 γ 充分大，那么不同决策模式下企业的均衡利润水平满足：

$$\pi_i(y^{\mathrm{FC}},g^k)>\pi_i(y^*,g^k)>\pi_i(y^{\mathrm{BC}},g^k) \tag{3.73}$$

若 $n<\dfrac{\varepsilon k^2+2k-2+\varepsilon}{\varepsilon(k+1)}$ 且 γ 充分大，那么不同决策模式下企业的均衡利润水平满足：

$$\pi_i(y^{\mathrm{FC}},g^k)>\pi_i(y^{\mathrm{BC}},g^k)>\pi_i(y^*,g^k) \tag{3.74}$$

根据最大化条件可知，在产业最优化 R&D 网络下的利润水平满足以下等式：

$$\sum_{i=1}\pi_i(y;g^k)\Big|_{y_{ii}=y_{ii}^{\mathrm{FC}},y_{ig}=y_{ig}^{\mathrm{FC}}}\geqslant\sum_{i=1}\pi_i(y;g^k)\Big|_{y_{ii}\neq y_{ii}^{\mathrm{FC}},y_{ig}\neq y_{ig}^{\mathrm{EC}}}$$

则在对称性投资中有

$$n\pi_i(y;g^k)\Big|_{y_{ii}=y_{ii}^{\mathrm{FC}},y_{ig}=y_{ig}^{\mathrm{FC}}}\geqslant n\pi_i(y;g^k)\Big|_{y_{ii}\neq y_{ii}^{\mathrm{FC}},y_{ig}\neq y_{ig}^{\mathrm{FC}}}$$

从而有

$$\pi_i(y;g^k)\Big|_{y_{ii}=y_{ii}^{\mathrm{FC}},y_{ig}=y_{ig}^{\mathrm{FC}}}\geqslant\pi_i(y;g^k)\Big|_{y_{ii}\neq y_{ii}^{\mathrm{FC}},y_{ig}\neq y_{ig}^{\mathrm{FC}}}$$

我们再比较 R&D 网络竞争和 R&D 网络卡特尔模式下企业的均衡利润，有

$$\begin{aligned}
\pi_i(y^*,g^k)=&\{(a-\bar{c})^2\gamma^2[k^2\gamma^2(2-\varepsilon)^2(\varepsilon n-\varepsilon+2)^2-k^2(\varepsilon n-2\varepsilon+2)^2\\
&-t(\varepsilon n-k\varepsilon-\varepsilon+2)^2(k+\beta)]\}/[\gamma^2(\varepsilon n-\varepsilon+2)^2(2-\varepsilon)k\\
&-(\varepsilon n-2\varepsilon+2)k-t(k+\beta)(\varepsilon n-k\varepsilon-\varepsilon+2)]^2
\end{aligned}$$

$$\begin{aligned}
\pi_i(y^{\mathrm{BC}},g^k)=&\{(a-\bar{c})^2\gamma^2[\gamma^2(2-\varepsilon)^2(\varepsilon n-\varepsilon+2)^2-(\varepsilon n-2\varepsilon+2)^2\\
&-t(\varepsilon n-k\varepsilon-\varepsilon+2)^2(k+\beta)^2]\}/[\gamma^2(\varepsilon n-\varepsilon+2)^2(2-\varepsilon)\\
&-(\varepsilon n-2\varepsilon+2)-t(k+\beta)(\varepsilon n-k\varepsilon-\varepsilon+2)]^2
\end{aligned}$$

故有

$$\lim_{\gamma \to \infty} \gamma^2 \left[\pi_i(y^*, g^k) - \pi_i(y^{BC}, g^k) \right] = \{ (a - \bar{c})^2 (\varepsilon n - k\varepsilon - \varepsilon + 2)$$
$$\times t(k + \beta) \left[(2 - \varepsilon) k(1 - k) + (\varepsilon n - k\varepsilon - \varepsilon + 2)(k^3 + k^2\beta - 1) \right] \} /$$
$$\left[(\varepsilon n - \varepsilon + 2)^4 k^2 (2 - \varepsilon)^2 \right]$$

则若

$$n \geqslant \frac{(2 - \varepsilon)k(1 - k) + (k\varepsilon + \varepsilon - 2)(k^3 + k^2\beta - 1)}{\varepsilon(k^3 + k^2\beta - 1)}$$

且 γ 充分大，就意味着在 R&D 网络竞争模式下的均衡利润大于 R&D 网络卡特尔模式下的均衡利润，而在

$$n < \frac{(2 - \varepsilon)k(1 - k) + (k\varepsilon + \varepsilon - 2)(k^3 + k^2\beta - 1)}{\varepsilon(k^3 + k^2\beta - 1)}$$

且 γ 充分大时，R&D 网络竞争模式下的均衡利润小于 R&D 网络卡特尔模式下的均衡利润。

故不等式（3.73）和式（3.74）成立。

3.5.4　动态环境下协作研发的鲁棒优化分析

1. 动态环境下协作研发博弈模型

设 $N = \{1, \cdots, n\} (n \geqslant 2)$ 是市场上的企业集。在第一阶段形成的研发网络由 g 表示。只要 $i \in g$，就意味着在企业 i 参与了研发网络。$N_i(g)$ 表示在网络 g 中与企业 i 有协作关系的企业集。$n_i(g) = |N_i(g)|$ 是企业 i 在网络 g 中协作企业的数量，我们定义为企业的协作研发网络规模，用 $k \in \{1, 2, \cdots, n\}$ 表示，$k = 1$ 表示完全自主研发，$k > 1$ 表示形成研发合作网络。

对于企业 i 的自主研发有

$$f_{ii}(x) = f(x_{ii}) \tag{3.75}$$

在协作研发网络中，企业 i 的有效研发投资为

$$X_{ig} = \sum_{i \in g} x_{ig}, \ f_{ig}(x) = f(X_{ig}) \tag{3.76}$$

企业开展研发活动使企业生产成本减少的量为

$$f_i(x) = f(X_{ig}) + f(x_{ii}) \tag{3.77}$$

从以上我们可以看到企业的研发决策会影响到其他企业的战略组合，这也就是说在网络 g 中，每个企业的研发投资均会影响网络的稳定。

因此在第二阶段企业 i 的单位生产成本是

$$c_i(g, x) = \bar{c} - f_i(x) \tag{3.78}$$

其中，$\bar{c}$ 表示研发前企业的单位生产成本。

考虑成本 $c_i(g, x)$，企业通过选择一定的数量 $[q_i(g, x)]_{i \in N}$ 参与产品市场的

库诺竞争，假设企业 i 的产品需求反函数呈对称的线性形式，即

$$p = a - q_i - \varepsilon \sum_{j \neq i} q_j(g, x) \tag{3.79}$$

其中，$\varepsilon \in [0, 1]$ 为产品市场上的产品替代系数。那么，在供过于求的同类产品市场中，企业 i 的均衡数量（Bala et al.，2000；Kranton et al.，2001；Goyal 等，2003）是

$$q_i(g, x) = \frac{(2 - \varepsilon)a - (n\varepsilon - 2\varepsilon + 2)c_i(g, x) + \varepsilon \sum_{j \neq i} c_j(g, x)}{(\varepsilon n - \varepsilon + 2)(2 - \varepsilon)} \tag{3.80}$$

库诺竞争者的利润可以表示为

$$\pi_i(g, x) = [q_i(g, x)]^2 - \sum_{j \in N_i(g)} x_{ij} - x_{ii} \tag{3.81}$$

考虑网络 g 和其他企业的研发投资，企业 i 在 x_i 处最大化 $\pi_i(g, x)$，$x_{ii} \geqslant 0$，$x_{ij} \geqslant 0$，$j \in N_i(g)$，研究的问题可以表述为

$$\max \pi_i(g, x) \quad \text{s.t. } x_{ii} \geqslant 0, x_{ij} \geqslant 0, j \in N_i(g) \tag{3.82}$$

根据 Goyal 等（2001）、Goyal 等（2003）的研究，我们把研发生产函数由 $f(X) = (1/\gamma)\sqrt{X}$ 给出，$\gamma \in (0, +\infty)$ 表示的是动态环境下企业研发投资收益系数。进一步假设 $g = g^k$ 是一个协作规模为 k 的对称性网络，并存在子博弈 $\Gamma(g^k)$ 的纳什均衡。可得均衡条件下获得的投资收益：

$$\begin{aligned}
\pi_i(x^*, g^k) = &\{[a - \bar{c}]^2 \gamma^2 [k\gamma^2 (2 - \varepsilon)^2 (\varepsilon n - \varepsilon + 2)^2 \\
&- k(\varepsilon n - 2\varepsilon + 2)^2 - (\varepsilon n - \varepsilon k - 2\varepsilon + 2)^2]\}/ \\
&\{k[\gamma^2 (\varepsilon n - \varepsilon + 2)^2 (2 - \varepsilon) \\
&- (\varepsilon n - 2\varepsilon + 2) - (\varepsilon n - k\varepsilon - \varepsilon + 2)]^2\}
\end{aligned} \tag{3.83}$$

2. 动态环境下协作研发的鲁棒优化模型

20 世纪下半叶以来，优化技术在生产计划制订、定位与运输、经济系统中的资源分配及工程设计等方面得到了广泛应用，同时，关于不确定条件下的设计和优化问题也得到了人们越来越多的关注。鲁棒优化中"鲁棒"的含义是模型对数据的不确定具有免疫性，Soyster（1973）、Mulvey 等（1995）、Bertsimas 等（2004）针对含有不确定信息的数学规划问题，提出了鲁棒优化的概念，通过引入参数控制约束的违反概率和对目标函数值的影响之间的平衡。为考虑动态环境下企业协作研发投资对企业研发收益的影响，本书将鲁棒优化模型及其思想引入企业协作研发投资组合决策模型中，分析在动态环境下风险最小的企业最优投资组合方案。

在动态环境下协作研发投资收益模型（3.83）的基础上，设某企业有 τ 种可供选择的协作研发投资方案，在均衡条件下第 i 种方案的回报率为 π_i，企业在每种协作研发方案中的投资是随机的，在每种协作研发方案中的投资权重为

$w_i(i=1,2,\cdots,\tau)$，$w_i \geqslant 0$，$\sum w_i = 1$），记第 i 种方案与第 j 种方案的协方差矩阵为 $B_{n\times n}$，企业协作研发组合权重向量 w 属于符合线性矩阵不等式条件的集合。

$$\Gamma = \left| w \in s^\tau ; F_0 + \sum_{i=1}^{\tau} w_i F_i \geqslant 0 \right| \tag{3.84}$$

式中，$F_i(i=1,2,\cdots,\tau)$ 是已知的对称矩阵。w 满足 $w^{\mathrm{T}} I \leqslant 1$（$I$ 为单位列向量），$w_i \geqslant 0, i=1,2,\cdots,\tau$。当给定企业研发目标收益 $E(\pi)$ 后，协作研发网络的鲁棒优化模型为

$$\min_w \chi^2 = w^{\mathrm{T}} B w \tag{3.85}$$

$$\text{s. t. } w^{\mathrm{T}} \Pi \geqslant E(\pi) \tag{3.86}$$

$$\sum_{i=1}^{\tau} w_i = 1 \tag{3.87}$$

$$0 \leqslant w_i \leqslant 1, \quad i=1,2,\cdots,\tau \tag{3.88}$$

式中，$\Pi = (\pi_1, \pi_2, \cdots, \pi_\tau)$ 为企业协作研发投资中 τ 种方案的期望收益；$w = (w_1, w_2, \cdots, w_\tau)^{\mathrm{T}}$ 为企业对各种协作研发方案的投资权重；$B = (\chi_{ij})_{\tau\times\tau}$ 是 τ 种协作研发方案的协方差矩阵，χ 表示最大方差。

模型的目标函数式（3.85）是企业在协作研发网络决策中使其获得期望收益的投资组合风险最小。式（3.86）是协作研发投资组合期望收益约束，式（3.87）和式（3.88）是协作研发投资组合权重总量和非负约束。在不确定的市场环境下，市场产品替代率是不确定的，从而使企业协作研发的收益也会随之发生改变。本书的目标在于借助鲁棒优化方法，考虑在动态环境下企业通过调整不同协作研发投资组合的比例来获得最大化的研发收益，并确保投资风险最小。

线性矩阵不等式方法近年来已成为求解鲁棒优化模型的重要方法（Costa et al.，1997）。运用线性矩阵不等式方法进行鲁棒优化具有较强的可操作性。本书在 Costa 等（1997）投资组合优化模型、高莹（2007）贷款组合鲁棒优化模型等研究的基础上，分析协作研发网络投资决策的鲁棒优化算法。式（3.85）～式（3.88）可转化为线性矩阵不等式的鲁棒优化模型，如式（3.89）～式（3.93）。

$$\min_w \Psi \tag{3.89}$$

$$\text{s. t. } \begin{vmatrix} \Psi & w^{\mathrm{T}} B_\rho \\ B_\rho w & B_\rho \end{vmatrix} \geqslant 0 \tag{3.90}$$

$$w^{\mathrm{T}} \Pi \geqslant E(\pi), \rho=1,2,\cdots,m \tag{3.91}$$

$$\sum_{i=1}^{\tau} w_i = 1 \tag{3.92}$$

$$0 \leqslant w_i \leqslant 1, i=1,2,\cdots,\tau \tag{3.93}$$

在以上模型中有两个决策变量 w 和 χ。w 是企业不同协作研发方案的投资比重，χ 表示最大方差，$\Psi = \max_k \chi_B^2 = \max w^{\mathrm{T}} B_\rho w, \rho=1,2,\cdots,m$。模型的目标函数

是求组合风险 Ψ 最小的 w ，其模型的涵义可以表述为：在动态环境（ $\Psi = \max\limits_{k} \chi_B^2$ ）下，选择权重 w 使协作研发投资收益为 $E(\pi)$ 时组合风险最小的 Ψ ， $E(\pi)$ 为企业开展协作研发的期望收益。

模型中两个下标变量 i 和 ρ ， i 表示各种协作研发投资方案，在投资均衡收益模型中，企业的研发投资收益系数决定了不同研发方案的期望收益情况， $i = 1$ ， $2, \cdots, \tau$ ； ρ 表示未来市场变化的可能情况，在动态环境下企业研发收益直接与市场上产品的竞争程度相关，因此，利用研发产品在市场上的产品替代率来反映动态市场条件下的竞争程度。也就是说，研发产品在市场销售中所面临的产品替代率越大，表明企业所面临的市场竞争压力就越大，环境的动态性越高；研发产品在市场销售中所面临的市场替代率越小，表明企业所面临的市场竞争压力越小，环境的动态性越低， $\rho = 1, 2, \cdots, m$ 。模型中式（3.90）是由 $\Psi_\rho - w^{\mathrm{T}} B_\rho w \geqslant 0$ 根据线性矩阵不等式的 Schur 补性质经变换得到的，其含义可以表述为在动态环境下企业协作研发投资所获得收益的最大方差；式（3.91）是协作研发投资组合中的期望收益约束；式（3.92）和式（3.93）是组合权重的总量和非负约束。

3. 鲁棒优化模型的运行步骤

第1步　分析在动态环境下企业的期望收益。依据均衡条件下企业协作研发网络投资均衡函数，计算在动态环境下研发产品市场替代系数改变时企业协作研发投资的期望收益集。

第2步　预测不同投资方案下的企业研发投资收益。通过历史数据分析概算得出在不同的协作研发方案中，当研发投资系数变动时，不同协作研发方案为企业所带来的协作研发投资期望收益 π_i 。并在此基础上依据不同投资方案下企业研发投资收益计算得出各投资方案的协方差矩阵。

第3步　在以上分析的基础上，利用鲁棒优化思想构建企业协作研发投资收益组合的鲁棒优化模型。

第4步　设定企业协作研发投资目标收益。在企业协作研发投资目标收益约束下，用矩阵实验室（matrix labo-ratory，MATLAB）的 LMI 工具箱，计算动态环境下企业各种协作研发投资收益组合的最大方差。

第5步　通过（matrix labo-ratory，MATLAB）等软件工具，计算得出动态环境下企业协作研发投资组合风险最小的鲁棒解，并据此进一步分析得出在动态环境下企业协作研发的最优组合投资方式。

4. 模拟仿真分析

令 $n = 12$ ， $a = 100$ ， $\bar{c} = 50$ ， $k = 5$ ；代表不同投资方案的研发投资收益系数 γ 分别为 2，5，10，20，40，60；代表不同市场环境的产品替代系数 ε 分别为

0，0.2，0.4，0.6，0.8，1.0。利用式（3.22）的均衡利润 π_i 模型，可计算得出收益矩阵 R。

$$R = \begin{bmatrix} 755.1 & 643 & 629.4 & 626.1 & 625.27 & 625.12 \\ 146.9 & 142.5 & 141.92 & 141.81 & 141.74 & 141.73 \\ 60 & 60.89 & 61 & 61.03 & 61.033 & 61.034 \\ 31.84 & 33.51 & 33.73 & 33.78 & 33.798 & 33.8 \\ 19.15 & 21.09 & 21.348 & 21.41 & 21.428 & 21.431 \\ 12.13 & 14.39 & 14.693 & 14.77 & 14.787 & 14.79 \end{bmatrix}$$

用 i 代表矩阵的行指标，用 j 代表矩阵的列指标，用 R_{ij} 代表矩阵中第 i 行第 j 列的元素。其中，列代表同一种协作研发方案在不同市场环境下的收益率，$R_{ij}(j=1,2,3,4,5,6)$ 分别代表研发投资收益系数为 $\gamma=2$，$\gamma=5$，$\gamma=10$，$\gamma=20$，$\gamma=40$，$\gamma=60$ 时的协作研发方案的投资收益；行代表不同协作研发方案在同一市场环境下的收益率，$R_{ij}(i=1,2,3,4,5,6)$ 分别代表 $\varepsilon=0$，$\varepsilon=0.2$，$\varepsilon=0.4$，$\varepsilon=0.6$，$\varepsilon=0.8$，$\varepsilon=1.0$ 时的市场环境下协作研发投资方案的投资收益，其中 $\varepsilon=0$ 和 $\varepsilon=1.0$ 代表的是两种极端的市场情况，$\varepsilon=0$ 代表的是企业处于完全垄断市场，产品替代系数为 0；$\varepsilon=1.0$ 代表的是企业处于完全竞争市场，产品替代系数为 1。

通过矩阵 R 可以计算得出不同协作研发投资方案的期望收益，期望收益按照投资方案在不同市场环境下的权重为 0.1，0.15，0.25，0.25，0.15，0.1 的组合计算得到，记为 H。

$$H = \begin{bmatrix} 124.6 & 113.9 & 112.58 & 112.3 & 112.19 & 112.17 \end{bmatrix}$$

通过期望收益矩阵，可以计算得出不同协作研发投资方案的协方差矩阵 B。

$$B = \begin{bmatrix} 84\,348 & 71\,073 & 69\,461 & 69\,069 & 68\,971 & 68\,953 \\ 71\,073 & 59\,917 & 58\,562 & 58\,233 & 58\,150 & 58\,135 \\ 69\,461 & 58\,562 & 57\,238 & 56\,916 & 56\,836 & 56\,821 \\ 69\,069 & 58\,233 & 56\,916 & 56\,597 & 56\,517 & 56\,502 \\ 68\,971 & 58\,150 & 56\,836 & 56\,517 & 56\,437 & 56\,422 \\ 68\,953 & 58\,135 & 56\,821 & 56\,502 & 56\,422 & 56\,407 \end{bmatrix}$$

通过 MATLAB 编程，利用 LMI 工具箱，可以计算得出不同期望收益条件下的最小风险和最优权重组合，如表 3.5。

表 3.5　不同期望收益条件下鲁棒优化的投资组合结果

项目	$E(\pi)$ 为 112.5	$E(\pi)$ 为 113	$E(\pi)$ 为 113.5	$E(\pi)$ 为 114	$E(\pi)$ 为 114.5
投资风险 $\chi^2 \times 10^{-8}$	5.7732	5.7730	5.7733	5.7728	5.7730
投资权重 w_1	0.1781	0.1794	0.1785	0.1786	0.1788
投资权重 w_2	0.1657	0.1655	0.1654	0.1657	0.1657

续表

项目	$E(\pi)$ 为 112.5	$E(\pi)$ 为 113	$E(\pi)$ 为 113.5	$E(\pi)$ 为 114	$E(\pi)$ 为 114.5
投资权重 w_3	0.1643	0.1641	0.1643	0.1642	0.1642
投资权重 w_4	0.1640	0.1637	0.1640	0.1639	0.1638
投资权重 w_5	0.1639	0.1637	0.1639	0.1638	0.1638
投资权重 w_6	0.1639	0.1636	0.1639	0.1638	0.1637

由表 3.5 可知，在动态市场环境下，企业协作研发投资收益和投资风险在不同的研发投资收益概率和市场竞争环境下发生着变动，而鲁棒性正是在这个变动过程中得以体现，企业在此决策过程中的协作研发投资收益可以得到优化。从中我们也可以得到一些相关的结论：

首先，随着组合期望收益 $E(\pi)$ 的变动，χ^2 也在发生着变动。从表 3.5 可以看出，当期望收益为 114 时，企业协作研发的风险最小，这表明在动态市场环境下企业协作研发的收益和风险是并存的。通过控制不同的协作研发投资组合可以引导企业的协作研发投资决策在风险和收益之间实现权衡，制定有效的投资决策。

其次，在动态的市场环境下，企业期望收益率与投资风险并非成严格的正相关关系，通过鲁棒优化分析可以较好地计算出不同的期望收益条件下的最小风险和最优权重组合。对于企业来讲，利用鲁棒优化可以制订出各种协作研发方案中的优化投资权重 w_i，从而为企业应对研发市场风险提供较为科学的分析依据。

最后，书中提到的动态环境下协作研发鲁棒优化模型能够较好地反映单个企业在协作研发中所面临的不确定性和投资风险。对于协作研发合作伙伴来讲，合作各方只有在均能准确地分析协作研发收益与风险时，才能有效地应对市场波动，提高协作研发投资的期望收益。

第4章 协作研发网络标杆测试及其对创新绩效影响的实证研究

4.1 协作研发网络的标杆测试

协作研发网络的标杆测试主要包括对协作研发网络的形成与基本运作过程的评价，本章的实证研究中也包含对协作研发网络协调管理的分析。本章首先介绍西方现有的优秀技术创新管理的实践方法，然后根据协作研发网络的特点，确定与本书相适应的评价方法，并在此基础上建立协作研发网络标杆测试的指标体系。

4.1.1 相关的研究综述

从国内外相关的实证研究方法来看，主要采用的实证研究方法有两种：一是问卷调查和结构式访谈相结合的方式，如 Ren（2004）通过结构式访谈与问卷调查，对3家样本企业进行实证调研，通过对这3家企业的比较，分析中国国有企业的技术创新基本现状；二是通过个案研究来揭示 R&D 绩效的相关问题，如 Chiesa 等（1996）通过个案研究，验证技术创新审计模型的有效性问题，该模型现在在西方国家得到广泛的使用。

有关实证研究的数据和信息统计分析方法，主要有：①利用变量的简单统计（百分比等方法）和访谈信息来解释、分析管理现状和内涵；②利用 SPSS、Execel 等工具进行 T 检验、相关性分析。

国外的实证研究在样本的选择上主要体现两个特点：一是相关研究样本的行业、地域跨度较大；二是由于样本企业的规模（个案研究除外）受时间、经费的影响，样本空间较少。具体研究内容、方法、样本规模、统计分析方法见表4.1。

由于国内企业信息库资料的相对缺乏，信息获取的难度大，本章的实证研究采用实地问卷调查与结构式访谈相结合的方式进行，并根据地域经济水平的差异，协作研发网络的特性以及研究项目的经费、时间等综合因素确定样本空间。

4.1.2　技术创新评价方法介绍

1. 西方关于技术创新管理的实践

在技术创新的评价研究上，许多学者从不同的角度建立了创新评价模型，Kaplan 等（1992）首先建立了"平衡记分卡"，该方法被运用到了多个领域，其中包括对研发项目的评价（表 4.1、图 4.1）。

表 4.1　国内外 R&D 绩效管理实证研究综述

作者	年份	发表刊物	研究内容	实证研究方法	样本	分析方法
Andrea Cavone	2000	*European journal of innovation management*	探讨 R&D 活动的管理模式、风格以及特点	根据研究的问题，通过与 R&D 管理人员的直接访谈	19 家企业	根据访谈内容进行归纳、总结、分析
Chiesa, Coughlan and Voss	1996	*Journal of Production Innovation Management*	技术创新审计模型	从理论上建立技术创新的审计模型，通过案例分析验证模型有效性	案例分析和验证	变量数据的简单统计分析
Castka	2001	*Team Performance Management: An International Journal*	建立高绩效团队（HTP）的成功因素	从理论上提出 HTP 的成功要素，通过个案分析验证系统的有效性	个案分析和验证	变量数据的简单统计分析（百分比关系）
Kessler, Bierly and Gopalak-rishnan	2002	*R&D management*	新产品开发过程中的学习机制	通过问卷邮寄的方式获得相关数据	76 个项目	变量数据的统计与相关性分析
J. Thamha-in	2003	*R&D management*	管理创新性的研发团队	通过访谈、填写问卷和深入探讨获得有关数据	74 个研发项目，68 名管理人员和 138 名研发人员	简单统计与相关性分析
Liqin Ren	2004	*Thesis University of Twente, The Netherlands*	中国国有企业的技术创新研究	通过访谈、填写问卷和深入询问等获得中国国有企业的技术创新现状的相关数据资料	3 家企业	变量数据的简单统计分析

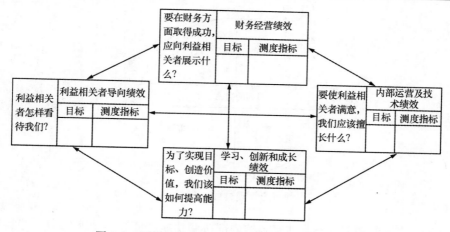

图 4.1　平衡记分方法在 R&D 项目评价中的应用

Tidd 等（2001）指出企业开展创新管理活动，首先需要建立其自身的核心能力（表 4.2）。在创新管理中建立核心能力以后，管理创新应该被视做一个包括四个子程序的整合过程：①采取战略方法解决创新及其管理问题；②发展和利用有效的执行机制；③组建并且延续支持创新的组织结构；④建立和保持有效的外部沟通。他们的观点如图 4.2 所示。

表 4.2　创新中的核心能力

基本能力	作用
认同	创造良好的经济与技术环境来加快创新的进程
校正	保证整个企业战略与创新之间的契合，这样可以对竞争者的行为作出及时、快速的反应
获取	承认企业自有技术基础的局限性，把知识信息、设备等外部来源联系到一起
产生	企业有通过自主研发获取部分创新知识的能力
选择	探索和选择对环境改变最合适的反应，同时要和企业的战略、内部资源基础、外部技术环境一致
执行	管理技术创新的全过程（从最初的概念提出到最后的投入产出），同时对项目的过程进行有效的监督与控制
实施	对技术进行有效管理的同时要保证组织内部对创新技术的接受和利用
学习	有能力评价和反映创新过程，并逐步提高管理水平
组织的发展	在结构、过程、潜在行为等方面嵌入合理、有效的管理规则

资料来源：Tidd 等（2001）。

Rothwell（1992）提出了对创新进行有效管理的两组最佳的实践结论，即项目运作和企业层次的管理细则，这与 Tidd 等（2001）的研究结论一致。

项目运作因素包含：①良好的内部和外部交流，即获得外部技术；②把创新

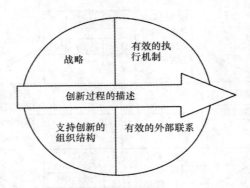

图 4.2　创新的管理过程（Tidd et al.，2001）

作为企业的一项基本任务，即有效的内部协调功能、良好的功能均衡；③实施详细的计划和项目控制流程，即高质量的管理；④提高在技术开发和产品管理过程中的工作效率；⑤市场导向，即注重顾客需求，强调为顾客创造价值；⑥为顾客提供良好的技术和售后服务，即有效的用户培训体系；⑦提供高质量的产品和有力的技术监督；⑧高质量、开放的管理，即对发展人力资本的承诺；⑨获得交叉项目的协同以及加强项目之间的学习。

企业层次因素包含：①高层管理的承诺和可见的创新支持；②与技术策略有关的长期战略；③对项目的长期承诺；④企业的灵活性和对市场变化的把握；⑤企业高层管理者能够接受的风险；⑥乐于创新的文化和乐于助人的企业家精神。

Cumming（1998）也提出了一些现代企业有效管理创新的实践，包括：①多业务部门的参与；②顾客/消费者的集中度；③通过在连续的基础上重复的产品创新实现过程的最优化；④用最佳策略来支持持续的创新；⑤通过学习不断成长；⑥测度与有效的监督；⑦创新活动与企业战略整合；⑧与供应商等利益相关者的合作；⑨协同工作与必要的授权；⑩利用现代化的工具和技术。

2. 标杆测试方法的构建

在理论研究者与实践管理者努力寻找有效的技术创新管理方法的过程中，标杆测试成为其中优秀的代表之一。Cooke 等（1996）把标杆测试作为对产品、服务和竞争进行衡量的全过程，而这将实现最佳的实践—最优的绩效—最好的评价的良性循环。技术创新管理一般包含两个方面：组织的学习与功能的整合。这是一个比较复杂的过程，因此从经验和理论方面分析学习的能力是非常必要的。标杆测试能够在这些方面提供有效的评估，并且为技术的开发提供强大的动力（表4.3）。标杆测试最有价值的部分在于其结构框架对最优状态的描述和对绩效变动的测度（Ahmed，1998；Voss et al.，1994）。这样的审计不一定需要跟另一个组织比较，但是能够详细地作出与良好实践一致的标准模型。

表 4.3　标杆测试的动因

目标管理	没有标杆	有标杆
竞争力的提高	集中于内部研发	了解竞争者，从实践中获取理念
行业中最好的企业	缺乏解决方法 不断的追随行为	众多选择 良好的绩效
用户需求的定义	基于市场理念 基于历史或内部理念	基于市场环境 进行目标评估
建立有效的目标	缺乏外部目标导向 起反作用的	可信任的、无可争辩的
建立对产出的有效的测度方法	追逐受关注的项目 对自身优劣势不清楚	解决实际的问题把握产出 基于行业最优的实践

资料来源：Cooke，1996。

3. 标杆测试方法在技术创新管理中的运用

在标杆测试方法的应用过程中，Chiesa 等（1996）把其运用到技术创新的管理中，他们提出了一个基于过程的技术创新审计模型。技术创新审计模型在实际运用过程中（实证问卷）由两个部分组成：一是记分卡部分，二是深入分析的问题部分。他们在前人研究的基础上做了大量收集和综合工作，并通过案例和实证统计分析方法，验证了该工具的有效性。总的来讲，Chiesa 等的技术创新审计模型是目前较为完整和完善的创新管理体系，这也是英国许多工业和商业组织采用它对企业进行审计的原因之一。

Chiesa 等（1996）的技术创新审计模型具体包括三个部分：核心过程（企业把它的有形产品或者创新概念传递给外部顾客）、基本过程（通过对资源和战略视角的整合来指导或者促进技术创新以支持核心过程）、结果（包括技术创新绩效和在市场上表现出的竞争力和绩效）。它们之间的基本关系见图 4.3。

四个核心过程：

（1）新产品概念的确定——概念产生；

（2）从概念到投入的创新过程——产品创新；

（3）产品的创新发展——工艺创新；

（4）技术的发展和管理——技术获取。

三个基本过程：

（1）人力或财力资源的配置；

（2）有效利用合适的系统和工具；

（3）高水平的领导和管理。

核心过程和基本过程产生的最终结果也是技术市场竞争的结果，创新的成功

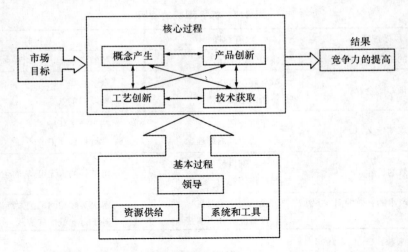

图 4.3　基于过程的技术创新审计模型（Chiesa et al.，1996）

与良好的管理实践是过程模型的两个关键组成部分，并且这些过程是相辅相成的。

　　而 Coombs 等（1998）认为，在已经积极而成功地进行创新的大公司，除了对公司的整体创新进行审计外，还必须利用传统的和更细致的审计模型对主要创新过程中的单个活动进行审计，用来检查创新过程的强度和可重复性，并为内部和外部的高标定位提供一个模板。基于此，Coombs 等在 Chiesa 等的创新审计模型基础上提出了 R&D 项目管理过程的审计模型。该模型不仅强调把 R&D 项目管理看做整个创新过程中与其他职能部门密切相关的一个活动，而且也强调了 R&D 项目管理本身的独特性。该模型按 R&D 项目的目标和环境将 R&D 项目管理分解成三个不同的模式，并且每一个模式对应一个具体的高标定位模板。这一模型不仅是公司对 R&D 项目管理进行审计的有用工具，也是公司与其合作者比较和分析 R&D 项目管理实践的有用工具。Coombs 等的审计模型把 R&D 项目管理分为三个不同的模式：第一种模式是以提高企业经营绩效为目的的新产品或新工艺的推出；第二种模式是以巩固市场地位为目的的核心产品质量或核心技术的提高；第三种模式是创造和开发新产品技术平台。刘景江等（2001）则认为这三种模式不是毫不相关的，而是紧密关联的，并对 Coombs 等提出的 R&D 项目管理审计模型进行了改进，提出 R&D 项目管理多阶段交互模式，并设计了该模式的高标定位模板（表 4.4）。

4.1.3　协作研发网络标杆测试方法的确定

　　通过 Chiesa 等（1996），Coombs 等（1998）及刘景江等（2001）对技术创新审计模型以及 R&D 项目审计模型的深入研究，我们看到了模型自身的全面性与科学性。因此，在本章的实证研究中，我们将采用这种标杆定位的实证研究方法来对协作研发网络进行评估与分析，采用这种方法的具体原因包括以下三点。

1. 标杆定位审计模型应用的科学性与广泛性

Chiesa 认为，技术创新审计模型的应用主要由两个部分组成。

第一部分是 beta 检验。Dolan 等（1993）给它下的定义是：beta 检验是潜在用户试用产品过程中的一个程序。beta 检验的核心思想是检验系统、产品及服务。经过这样的初步定义，Chisea、Coughlan 以及 Voss 在英国商务部、英国工业协会的协助下，在 4 个不同地区的 6 个不同企业中，检验审计工具的合理性与实用性。反馈的结果显示采用这种工具是有效的。

经过把这种工具推广到企业中去，以及与企业进行深入的探讨，Chisea 得出以下的结论：该审计方法是一种能够被企业广泛使用的工具，只是当企业处于不同阶段的时候，其所关注的重点不同。

表 4.4　R&D 项目管理多阶段交互模式的高标定位模板

层次	维度	优秀实践	工具和方法
主导模式的选择与整合	创新战略	建立与公司总体战略匹配的 R&D 战略，对主导模式的选择作出长期的战略规划，确定研发、培育和提高核心能力的关系	SWOT 分析 产品平台
	创新路径	通过环境分析，特别是对竞争对手的分析，确定主导模式变更和不同模式的资源分配，主导模式的选择、技术、市场和资源一体化	界面管理
	过程管理	利用供应商、用户和竞争对手进行合作开发，加强界面管理，研发、制造和营销有较高的整合程度，子公司（事业部）之间有较高的合作程度	合作创新 质量功能部署
	目标定位	选择合适的权变组织形式，建立较好的组织学习和知识管理机制实现技术与市场的紧密结合，降低开发成本，缩短开发时间，产品满足市场需求，为顾客创造价值，培育和提高核心能力	学习型组织
产品开发	产生新产品设想	系统地监测市场需求，识别产业发展的态势 与顾客，特别是领先用户建立长期友好的信息反馈关系，全面满足顾客的需要，技术能力与市场需求相匹配	SWOT 分析 向顾客学习
	研发战略	研发战略与技术创新战略、经营战略和公司总体战略匹配，与生产、财力和营销等职能战略协调	
	开发过程	从战略与长远规划方面加强研发管理，战略规划中核心能力获得、培养的明确性和可操作性	管道管理
	组织形式	项目的优先排序，整合各职能部门，加强与外部的技术合作 建立跨职能团队，增强组织协调能力	组合管理 阶段-门槛

续表

层次	维度	优秀实践	工具和方法
工艺创新	技术改造	评价当前的生产制造能力，制定技术引进-模仿-创新的战略	全面质量管理
	工艺创新	产品创新和工艺创新相结合，保持与供应商的连接	创新组合
	新工艺	整合工艺创新和质量控制，建立有利于工艺创新的组织形式	
技术获取	技术战略	制定有效的技术战略，与公司的经营目标和总体战略匹配	
		系统地监测当前技术和将来技术的变化趋势	
		评价竞争对手的技术能力，确定成功的关键因素	
		理解公司的核心技术和核心能力，在技术能力的基础上培养核心能力	
	技术选择与支持	建立平衡的技术组合，确定有助于获得竞争优势的技术选择	技术组合
		提高技术积累能力，保护智力资本	
	外部连接	制定合作研制战略，与竞争对手联合研制新产品	战略联盟
组织环境	高管	高层管理者高度重视研发，有很强的战略驾驭能力和决策能力	研发中学
	职能互动	建立一个跨职能核心组织，研发职能内部各小组或部门的整合程度	合作中学
	组织文化	鼓励新思想的产生、承担风险和创业精神	
		共同制定、分享和理解创新政策，建立鼓励创新的绩效评估系统	
技术供应	资金供应	为 R&D 活动和技术获取提供稳定资金，通过联盟分享风险，减少成本	
	人力资源	注重人员培训、考核和激励，建立强大的 R&D 人才队伍	
		具有学科交叉融合能力的学科带头人，建立和协调部门的核心人才	
	系统工具	建立研发的信息和产品系统及加强沟通的信息系统	管理信息系统

资料来源：刘景江等，2001。

　　Chisea 等（1996）在他们的文章中也表示：技术创新审计模型的效力主要是指这种方法的适用性。审计模型的适用性按照 Chisea 的解释就在于掌握在使用这种方法时，需要使用什么资源、需要多久的时间、企业怎样有效地使用这种工具等。在对适用性进行检验的时候，一半以上的测试是在团队合作的情况下进行的。一个具有不同功能的组织能够给出一个比较客观的评价，不仅要从创新团队的内部，而且要从创新团队的外部来看待问题。

　　基于 beta 检验的反馈，Chisea 总结出以下观点：要使审计模型成为一种很好的评估工具，创新活动必须由一个团队来完成，因为这样能够使大量的不同观念融合。

　　第二部分是具体的应用。鉴于 Chisea 等建立的这种模型的功能及适用性，1993 年它就开始在整个英国得到推广试用。使用这种工具的企业的反馈信息显示：审计模型的观点形成了一种标杆。为了使推广的速度更快，英国商务部也印发了许多培训材料。到了1996年，500家以上的英国企业已经使用这种审计工具。随着审计工具的广泛推广，在英国，乃至欧洲其他国家，如芬兰等，越来越多的学者和管理人员使用这种评估工具。同时，也对Coombs等对R&D项目管理过程审计模型进行了比较详尽的经验研究和理论研究。

2. 标杆定位审计模型在中国的适用性

值得注意的是，西方这种评估工具可能在中国特殊的环境下并不适用。但是，由于这种评估工具在优秀的技术创新管理实践中得到广泛研究，并在多种工业的应用中得到发展，所以我们决定采用这种方法，特别是记分卡部分，它作为西方优秀的管理实践，对企业来说具有非常重要的借鉴意义。

而且，Harbison等（1959）在对23种多文化研究之后，得出结论：管理发展的一般逻辑对发展中国家与发达国家均适用。Chiesa等对这项技术创新评估工具进行了深入的研究，在全面测试多个领域之后，它已经被许多西方国家的企业所采用。这种工具已经帮助这些企业评估了相关的技术创新体系，进行了创新绩效测度，并且犹如在Chiesa等（1996）的报告里所提到的一样，它还可以评估企业的创新能力。同时，Chiesa等（1996）认为，技术创新的过程和市场目标紧密相关，这就涉及竞争者、顾客和市场导向。这说明他们的评估工具可以应用于以市场为导向的企业，这符合企业的市场特性。

通过对目前企业研发活动的调查研究，我们决定采用这种工具，因为这种工具是企业技术创新管理实践的结晶。同时我们认为，尽管在管理环境上我国和西方国家存在很大差异，但是技术创新评估的工具在我国是适用的。在实际应用方面，Ren（2004）把技术创新管理审计模型运用到中国国有企业的技术创新评价上，取得了良好的效果，并得到了西方有关专家的认同和较高的评价。

3. 标杆定位审计模型在协作研发网络评估应用中的合理性

标杆定位审计模型是对企业技术创新的评估，而作为技术创新体系中的一部分，协作研发网络符合企业创新的所有特性，它是企业获取新知识、新技术的重要策略之一，它们从本质上来讲是一致的。因此本章的实证选择以Chiesa等（1996）、Coombs等（1998）和刘景江等（2001）的研究为基础，在他们所创建的技术创新和R&D项目管理审计模型的基础上建立符合协作研发网络的审计模型，设计具体的问卷，进行实证调研总结与分析。

4.1.4　协作研发网络标杆测试指标体系的构建

本节主要是在Chiesa等（1996）、Coombs等（1998）、刘景江等（2001）和Ren（2004）研究的基础上，构建协作研发网络的标杆测试指标体系。该指标体系包含三个阶段性指标，主要是协作研发网络形成过程、运作过程和保障体系的标杆测试指标族，每个阶段性指标又通过多个具体评价指标来进行衡量，同时我们设置了 3～5 个细分指标来对具体指标进行测度。每个细分指标由从差到好的四个维度构成（利用四分法对其进行赋值，从差到好依次得分为 1、2、3、4），其中最好的那个维度就是测试的标杆，具体见表 4.5～表 4.7。

表 4.5　协作研发网络形成过程的测试指标族

具体指标	细分指标	测试	得分
	协作概念的产生	无协作开发计划	1
		协作的概念产生于某部门，与顾客需求关系不大	2
		协作源于对消费者需求特性与自身技术能力的比较，有营销和技术部门的参与	3
		与顾客和主要客户有直接联系，了解需求的轻重缓急。企业内多个部门参与协作概念的形成、筛选和早期分析	4
概念产生	产品协作计划	根本没有	1
		有在研合作项目的计划	2
		有在研合作项目的计划，也有下一步研究的计划	3
		有产品合作研发与产品创新的完整、长期计划	4
	独创能力与创造力	控制系统和组织机构阻碍协作活动的开展	1
		协作网络内鼓励新思路，但不鼓励冒风险	2
		协作网络内鼓励冒险，支持有创意的新思路	3
		对协作网络成员的开拓和创新行为予以鼓励和奖励。对计划外的创新行为，也有相关机制提供资金	4
	协作伙伴的选择	随机选择合作伙伴	1
		协作伙伴的知识和我们所需知识紧密相关	2
		协作伙伴拥有我们所没有的知识	3
		协作伙伴的选择有一套严格的程序来保障其执行	4
	网络人员的组成	仅由协作企业的技术人员组成	1
		网络成员中既有技术人员，又有熟悉市场的营销人员	2
协作网络的组建		企业的管理人员参与了网络成员的挑选	3
		企业高管人员兼任网络负责人，各部门共同协作来确保合作顺利进行	4
	目标一致性	协作目标完全不一致，成员有不同的协作目标	1
		协作目标不甚一致，成员有不同的协作目标	2
		根据技术开展情况来协调成员间的协作目标	3
		与协作者有共同的目标	4

具体指标	细分指标	测试	得分
协作网络的组建	目标明确性	协作伙伴与网络组织对合作创新的目标均不明确	1
		协作成员有合作创新目标，但网络组织目标不甚明确	2
		根据技术开展情况来制定协作目标	3
		协作网络制定了明确的合作创新目标	4
	目标稳定性	协作成员和团队均没有固定的合作创新目标	1
		协作成员有自己的目标，但团队没有制定合作创新目标	2
		协作目标随环境和进展的变化而变化	3
		协作目标基本上稳定不变	4

表 4.6　协作研发网络运作过程的测试指标族

具体指标	细分指标	测试	得分
技术获得	协作网络内的技术战略	无技术战略或无理解技术的机制	1
		向里看的技术战略，而眼光仅停留在企业的技术获取上	2
		跟踪发展趋势、产品驱动型合资企业和技术联盟，从而了解各职能部门的技术需求	3
		网络组织了解自身在技术和创新方面的核心竞争能力，并有配套资源的相关政策。密切关注竞争对手所使用的技术	4
	技术选择、产生和技术来源	"非本厂发明"综合征——无发明，无研究发展计划	1
		网络组织参加行业技术协会，但几乎没有其他外来技术渠道	2
		与大学、政府机构、工业财团等有固定联系，并与主要顾客和供货商有紧密联系	3
		有关于技术来源渠道的明确政策，包括企业自身的 R&D 部门、引进和输出许可证、合伙经营和其他外部联系等	4
	研发环境	无政策与管理——随心所欲	1
		有关于环境和法规的正式政策和程序，但被动地进行全面管理	2
		积极协同，促进与改善环境管理	3
		积极行动，预测趋势，保持与环境协调发展。产品和工艺设计尽量减少对环境的影响和对健康与安全造成的危险	4
技术开发过程	协作研发网络化程度	协作成员各有各的打算，研究行为没有统一的标准	1
		协作成员有自己的协作规章制度，但在协作组织内部没有统一	2
		团队制定了一套完整的制度规范来保证技术协作的顺利开展	3
		有一套协作规范，同时网络组织的管理层与协作企业的高管积极探讨技术进展情况	4

续表

具体指标	细分指标	测试	得分
技术开发过程	控制体系	协作 R&D 网络中基本上没有有效的项目控制措施	1
		协作 R&D 网络中积极探讨制定有效的项目控制方法	2
		协作 R&D 网络中有一些项目控制措施	3
		与网络成员共同制定了项目控制体系	4
	激励体系	协作 R&D 网络中基本没有有效的激励制度	1
		协作 R&D 网络中积极探讨制定有效的激励制度	2
		协作 R&D 网络中有一些激励制度，但不够完善	3
		与网络成员共同制定了激励体系，并会根据实际情况进行调整	4
	冲突管理	网络组织内基本上没有这一方面的管理办法	1
		出现冲突，网络组织内部随时协商解决	2
		网络和企业领导会共同协商相应的对策，以保证协作的顺利进行	3
		组织根据技术开发的过程制定了相应的冲突管理方法，且根据实际情况进行调整	4
	成果的分配机制	协作 R&D 网络中基本没有有效的成果分配机制	1
		成果分配方案需要根据协作的情况来制定	2
		协作 R&D 网络有一定的成果分配方案，但不够完整	3
		与协作者共同制定了系统的成果分配体系，根据实际情况进行调整	4

表 4.7　协作研发网络保障体系的测试指标族

具体指标	细分指标	测试	得分
领导	创新目标	网络管理层不参与创新	1
		无创新目标，技术职能部门不会参与技术目标的制定	2
		视创新和技术能力为赢得竞争的手段，并将之写进任务中	3
		明确制定了创新目标，协作伙伴均认识到创新对经营战略的重要性	4
	产生和贯彻执行协作研发的过程	管理层漠不关心	1
		在创新管理中，管理层支持鼓励实践活动	2
		创新管理问题、产品开发问题以及技术获得问题，都得到协作企业董事会的讨论	3
		创新管理具有超前性，从而保证最优地进行创新和产品开发	4
	协作研发的氛围	网络成员间的利益差别大而无法形成良好的合作氛围	1
		网络成员需要积极地营造和谐的工作氛围	2
		网络中具有良好的合作氛围	3
		网络中协作创新氛围浓郁，管理层积极鼓励冒险而非对冒险者进行处罚，对提出新概念者进行奖励	4

续表

具体指标	细分指标	测试	得分
资源供给	人力资源	无创新人力资源计划，主要技能匮乏	1
		大致有能进行创新的人力资源，但安排到位缓慢	2
		通过在协作成员间的人才调配，团队所需技能和人力充足	3
		各协作成员的岗位结构均对创新起支持作用	4
	资金来源	费用在协作成员间出现矛盾时得不到保障	1
		网络内的研究与开发和创新的预算每期均上下波动	2
		协作企业共同制定了关于如何保障研究与开发资金到位的政策	3
		尽管协作企业收入会发生变化，但在相当一段时间内，网络组织依然能够获得所需资金	4
	信息来源	在协作网络内部没有达到信息的完整性与有效性	1
		网络内部虽然没有实现信息的流畅，但正努力营造信息共享的氛围	2
		网络内外部的信息资源基本能满足研究工作的需要	3
		企业的高管充分协作来保障网络组织信息的及时性与完整性，有一套完善的信息获取与反馈系统，以实现网络内外的信息共享	4
系统和工具	系统	很少使用信息系统或 CAD	1
		信息系统仅在职能部门使用	2
		信息系统使用广泛，主要是单向信息流动，包括 CAD/CAM 和通过对某部门过程虚拟来提高设计的有效性。系统同时与供货商和客户连接	3
		各协作企业能有效配合，从而提高设计有效性和缩短产品开发周期	4
	创新工具	不使用管理和设计工具	1
		临时性使用创新工具，缺乏明确的目标	2
		有时使用设计工具来提高产品和工艺设计的有效性和创造性	3
		广泛使用恰当的工具来满足顾客的需求和保证产品和工艺设计的有效性。现有协议包括：生产设计、测试设计、客户用途设计	4
	质量保证	质量管理差	1
		注重生产质量，但较少考虑工程技术质量	2
		产品和工艺均遵循质量规则和检验过程，使用 ISO 9000、BS 5750 或相关标准	3
		实施全面质量管理，包括使协作企业获得较大创新业绩的中心思想	4
竞争力的提高	评估和目标	对网络业绩和顾客满意没有评估标准	1
		有对新产品的财务和销售的评估方法和对产品质量的评估方法	2
		在某些技术方面，有非常细的责任目标	3
		对顾客满意度调查的反馈信息能反映到合作创新过程当中	4

具体指标	细分指标	测试	得分
竞争力 的提高	创新业绩	协作基本上没有获得新的创新知识	1
		协作创新使知识与技术有了一定的进展，但应用的前景不太明朗	2
		协作创新使知识与技术有较大的提高，能够产生新的生产力	3
		协作创新使知识与技术获得了新的突破，并能有效地运用到协作成员 的生产当中	4

4.2　协作研发网络标杆测试的实证：基于高技术企业的实证

4.2.1　实证研究的设计

1. 理论假设

技术市场的快速发展与自身技术创新能力的不足导致了高技术企业在研发过程中不得不寻求更高效的途径来提高技术创新的质量与速度，理论分析表明协作R&D网络是高技术企业的一种重要的研发策略，也是提高高技术企业研发绩效的有效途径，因此作出以下假设：

假设 4.1： 协作研发网络有利于提高高技术企业的研发绩效。

协作研发网络是一种组织模式，网络的有效运作离不开有效的管理方法与措施，从任务的角度来看，协作 R&D 网络是为了完成某个研发项目而组建的，是一个完整的组织模式。因此，协作 R&D 网络的高效就必然离不开有效的管理控制，从而有假设 4.2。

假设 4.2： 协作研发网络的有效管理控制和网络的研发绩效成正比。

同时，协作研发网络又是一个疏松的组织，网络成员之间存在着不同的价值取向，这就导致网络成员之间的冲突表现愈加明显，因此开展有效的冲突管理成为了提高网络绩效的关键问题之一，因此有假设 4.3。

假设 4.3： 协作研发网络的有效冲突管理和网络的研发绩效成正比。

协作研发网络是多个利益的组合体，网络成员之间存在着不同的利益，也就是说网络的运作过程实际上是一个博弈过程，这在创新成果的分配上就表现得尤为明显，因此合理的成果分配体系会提高网络的绩效，从而有假设 4.4。

假设 4.4： 协作研发网络合理的成果分配体系和网络的研发绩效成正比。

协作研发网络的高绩效必然离不开有效的激励体系，这就包含着对高技术企业的管理人员与核心研发人员的激励机制的合理和有效设计，从而有假设 4.5。

假设 4.5：协作研发网络合理的激励体系和网络的研发绩效成正比。

2. 问卷与访谈提纲的设计

1) 问卷调查表的设计

在 Chiesa 等（1996）设计的技术创新审计模型的基础上，我们初步设计的问卷调查表主要有四大部分：①应答人及所在高技术企业的相关信息；②高技术企业 R&D 网络的记分卡部分；③深入分析的问题部分；④相应的问题及答案、指导语等。

由于问卷信息通过访谈者的主观判断来获取，为了避免信息（数据）误差，要求问卷设计必须具备科学性和合理性。通过问卷题干的相互关联和逻辑关系要求访谈对象填写的信息必须科学、严谨、真实。

2) 访谈提纲的设计

实证设计的访谈对象主要是协作研发网络的主要管理者和网络成员的主要管理者，访谈的主要目的有四个：一是从访谈中获取管理者对协作 R&D 活动管理的认识和感知；二是了解目前高技术企业协作 R&D 的现状及面临的主要问题；三是发现适合中国协作研发管理的一些灵感；四是弥补问卷调查信息的不足，校正信息误差。

进行问卷调查表初步设计之后，在小样本范围内我们通过预检验完善问卷调查表，主要目的有：①问卷设计的合理性和完整性；②结构变量的内涵界定以及测量条款（问题、答案）的合理性、完备性和科学性；③问卷的措辞完善、易懂；④问卷的布局。预检验主要是分为以下几个部分：

（1）组织学术梯队的相关人员进行讨论，补充部分问卷题干和选择答案。剔除部分不合理的问题，理清问卷设计的思路。增强题干之间的逻辑性与关联性，并对问卷的布局进行调整。

（2）聘请部分对高技术企业研发熟悉的教授专家和高技术企业研发管理者对问卷进行修正，提出问卷中存在的问题，特别是高技术企业研发管理者要对问卷中的用词进行调整，把一些专业用语转化为通俗易懂的词语。

（3）选择部分高技术企业的协作 R&D 团队进行实地调查。涉及 5 个协作 R&D 网络的主要管理者和 6 个网络成员的 R&D 管理人员，并与网络的管理者进行了面对面的交流，补充和完善了部分问卷。

（4）再一次组织学术梯队的相关人员对问卷进行讨论、补充和完善。

通过以上四个步骤的检验，本实证研究的问卷调查表和访谈提纲设计更加合理、科学，结构变量的内涵更为准确，布局更加合理。由此，基本形成了实证研究的问卷调查表和访谈提纲。

3. 样本选择与数据收集

本实证研究的对象是国内的高技术企业（国家认证或确定的），为了比较全面、真实地反映目前国内协作 R&D 的现状，科学地进行了样本的设计。

1）样本的选择范围

在样本的选择上，主要从以下三个方面来考虑：

首先，选择的样本空间是高技术企业的协作 R&D 项目，涉及的行业包括电子制造、网络通信、生物医药、机械制造、计算机软件等所有民用高科技产业。

其次，协作研发团队基本形成了网络或者具有网络化的趋势。衡量的标准是协作成员一般在两个以上，协作成员一般是不在同一地区，利用现代化的通信工具作为主要交流手段。

最后，由于 R&D 水平参差不齐，实证研究选择的目标样本是具有一定管理水平和规模的高技术企业，这使得研究能够实现理论和实践的有机结合。

2）样本选择的代表性

在样本选择的代表性上，主要是根据网络的特性来考虑。协作研发网络中参与的主体是高技术企业，这是一种合作与竞争的组合体，协作研发网络的组织模式划分可以体现这点。总的来讲，样本选择的代表性主要是基于以下几个方面的考虑：

（1）国外的许多学者，在实证调研过程中选择的样本数量基本是在 80 个以内。本书的内容与样本数量与他们的研究保持一致。

（2）协作研发网络是多个利益的联合体，它的形成和管理是一种博弈的过程，在协作 R&D 网络中，成员企业之间主要表现为合作和竞争的关系，这也直接影响网络的形成、发展与运转，从这一个角度来讲，协作研发网络可以分为合作与非合作两类，这也是协作研发网络的主要特征之一，因此从这个角度来讲，本书选择的样本数量保证了样本的代表性。

（3）从统计学意义上来讲，数量在 30 个以下的样本为小样本，而本书所采用的样本数量超过 30 个，因此从这个角度来讲，本书所选择的样本符合统计学意义上的样本代表性定义。

（4）在实证研究过程中，我们选择不同数量的样本进行了统计分析，对 60、80 和 100 个样本进行了统计分析与比较，发现样本数量的递增对研究的结论并没有显著的影响，也就是结论不会产生质的变化，因此我们选择了现有的样本数量来进行分析，认为现有的样本数量具有一定的代表性。

3）样本信息的来源

本书采用了"关键信息者"作为被调查人来洞悉协作研发网络化趋势和管理机制，所谓"关键信息者"主要是指掌控协作全过程的网络主要管理者和网络成员的高级管理者，被调查人要具有一定的知识能力和沟通能力。

我们采用现场问卷调查和结构式访谈的方式进行资料的收集。问卷调查和结构式访谈的对象为网络的主要管理者和网络成员的主要管理者。通过电话或面谈形式，从网络和企业的高层（如总裁、研发高管人员）获取企业的合作支持。另外，在调查现场，通过与主要负责人面谈的形式，了解协作 R&D 网络的基本现状及其特点。

本书的数据收集分为两个阶段。

第一阶段是 2003～2004 年由笔者的导师主持的国家自然科学基金课题《高新技术企业 R&D 绩效测度及其控制机制研究》（课题编号：70272029）的实证调研。该阶段属于协作研发网络调研的探索阶段，在实证的中后期开始发放协作研发网络的调查问卷，通过长达一年的全国范围内的实证调研，笔者一共走访了 34 家样本企业，回收 R&D 团队样本问卷 68 份，有关协作研发网络的有效样本问卷 8 份。

第二阶段是 2004～2005 年由笔者的导师主持的教育部博士点基金《基于网络的高新技术企业协作研发理论与方法研究》（基金编号：20040532001）的实证调研。笔者一共走访了 35 家样本企业，调研了 168 个协作 R&D 网络样本，回收有效样本问卷 113 份。

4. 实证数据处理与分析方法

为了保证获取数据的科学性、准确性，减少问卷信息的误差，我们通过以下一些途径来保证数据的合理性。

（1）聘请相关专家和具有丰富研发管理经验的企业管理者对数据进行评判和分析，对一些存在明显误差的数据进行剔除。

（2）通过从监管部门（特别是上市公司的监管部门和国有资产管理部门等）和行业协会获取的相关信息来对收集的数据进行客观的评判，剔除一些虚假的数据。

在基于过程的标杆审计模型中本书依然沿用 Chiesa 等所采取的 4 分制法，也就是最高得分 4 表示最理想的状态，最低得分 1 是最不理想的状态。在深层次的问题设计中，我们采用 5 分制，从 1 到 5 依次表示为最小（差、低）、较小（差、低）、一般、较大（好、高）和最大（好、高）。同时通过无量纲技术处理数据，得到高技术企业协作 R&D 的相关数据值。并采用主成分分析、相关性分析等统计方法进行实证数据的计算与分析。有关具体的统计计算方法将在后面的章节中论述。主要采用的统计软件工具为 SPSS 11.5 for windows 版本。

4.2.2 协作研发网络标杆测试的实证分析

1. 协作研发网络的基本现状

我们首先从高技术企业核心技术的主要来源、网络成员的来源、网络成员间的关系和网络成员的数量几个方面，对目前我国协作研发网络的现状展开研究，统计结果，如表 4.8 所示。

表 4.8 协作研发网络基本现状

核心技术获取方式		网络成员的来源		网络成员间的关系		网络成员的数量	
项目	比例/%	项目	比例/%	项目	比例/%	项目	比例/%
自主 R&D	60.9	本地区	8.8	横向	24.8	≤3	52.2
技术外包	39.1	全国	56.6	纵向	24.8	4~6	27.4
技术引入	44.9	世界范围	34.5	混合	50.4	≥7	20.4
协作 R&D 网络	26.1						

从高技术企业核心技术获取方式的统计数字来看，目前高技术企业主要采用自主 R&D 方式，协作 R&D 网络方式被采用的比例不高，只有 26.1%，比例不到自主 R&D 方式的一半。这与 2002 年的《洛桑报告》研究结果一致，我国比较缺乏企业间、企业与高校和科研院所间的协作 R&D。虽然我国高技术企业自主 R&D 能力增强了，但协作意识薄弱，还需要加强高技术企业间的协作 R&D。同时我们可以看到在开展协作 R&D 网络活动的项目中，90% 以上的协作研发网络成员来源于全国和世界范围，这也在一定程度上说明了协作研发网络成为高技术企业在开展跨地区或跨国协作研发时的一条重要途径。同时，我们也可以看到协作研发网络的成员构成方式更多的是混合关系，也就是开展技术协作时，选择横向和纵向企业间的联合更符合其利益。

进一步分析协作研发网络形成的影响因素，统计结果见图 4.4。

通过图 4.4 可以看到，影响协作研发网络形成的主要因素在于技术市场的快速发展对高技术企业的发展造成了较大的威胁，由于自身研发能力的不足，高技术企业更多地选择协作研发网络来获得更多的创新知识和核心能力。而相似的组织特点（如企业规模、研发战略等）等则是高技术企业选择协作成员时考虑较少的影响因素。而政府政策对高技术企业的协作研发策略影响也较大。

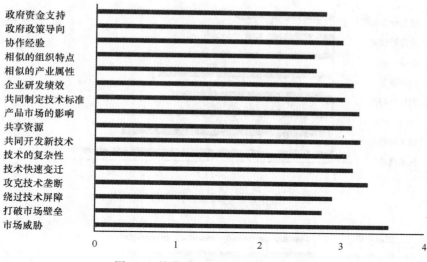

图 4.4　协作研发网络形成的影响因素

2. 协作研发网络的标杆测试结果

在这一节，我们主要是通过标杆测试方法来获得协作研发网络形成、运作与发展的基本状况，分析协作研发网络发展过程中存在的主要问题。协作研发网络化评价的标杆测试包括三个部分，第一部分是协作研发网络形成过程的标杆测试，第二部分是协作研发网络运作过程的标杆测试，第三部分是协作研发网络保障体系的标杆测试，统计分析结果分别见图 4.5、图 4.6 和图 4.7。

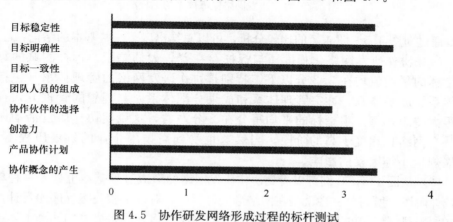

图 4.5　协作研发网络形成过程的标杆测试

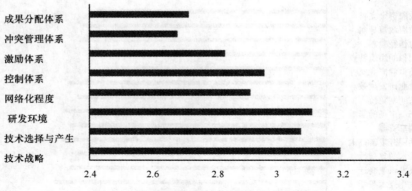

图 4.6 协作研发网络运作过程的标杆测试

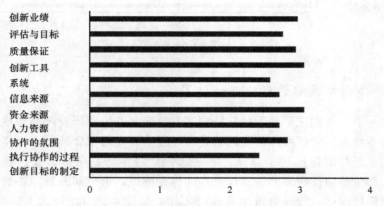

图 4.7 协作研发网络保障体系的标杆测试

通过对图 4.5～图 4.7 的比较分析，可以总结出以下一些基本的结论：

（1）协作研发网络化程度还与标杆存在着较大的差距，标杆测试的每一项指标的平均值均在 3.2 分以下，特别是协作研发网络的管理体系（包括控制体系、激励体系、冲突管理体系和成果分配体系）与理想的管理方式存在着很大差距，每一项指标的平均得分在 2 分左右，这说明协作研发活动还处于一个网络化程度不高的阶段，当然这也受到高技术企业的发展历程不长、发展规模小等因素的影响。

（2）从图 4.5，我们可以看到协作研发网络的形成过程基本上处于一种单一的选择阶段。所谓单一性就是在网络形成过程中，对于一些关键程序的设计还停留在原来科层组织的基础上，缺乏灵活性与科学性。在网络成员的选择上，更多的企业选择与本企业所需要知识紧密相关的企业进行协作，而不能设计出一套严格的程序来保证协作伙伴的合理性与科学性；在产品协作计划的制订上，一般是对现有的项目研发计划进行详细的设计，但没有制订一套详细的计划来保证协作计划的连续性与连贯性。

（3）相对而言，在标杆测试中，保障体系是在协作研发网络运作过程中做得较好的部分。这与企业技术创新战略紧密相关，由于自身技术力量的不足，选择协作研发策略成为高技术企业研究与开发战略的重要组成部分，每一个网络成员均希望能够从协作中获得足够的创新知识，因此在网络运行的过程中，成员企业会协调一致，创造出最好的环境来保障协作创新活动的顺利开展。

4.2.3　协作研发网络管理的实证分析

为了分析和检验假说的正确性，需借助统计软件 SPSS11.5，用主成分分析方法（主成分分析方法是将众多的、彼此间存在较大相关性的实测标量转换为少数几个互不相关的综合变量的多元统计方法）和相关性分析方法。本书的统计分析主要包括以下几个阶段：第一阶段，通过因子得分系数矩阵分别对协作研发网络绩效（整体评价结果）的各特性因子赋予权重，然后加权求和以获得少数几个彼此间相互独立的综合因子；第二阶段，利用各综合因子与协作研发网络的管理因子对协作研发网络有效管理方式作相关性分析；第三阶段是根据实证调研结果分析协作研发网络管理的一些基本问题，探索最佳的管理模式。

主成分分析方法的数学语言描述为

实测变量：t_1　t_2　t_3　$\cdots$　t_n；

综合变量：y_1　y_2　y_3　$\cdots$　y_m。

各实测变量与综合变量之间的关系可以表示为

$$\begin{cases} y_1 = a_{11}t_1 + a_{12}t_2 + a_{13}t_3 + a_{14}t_4 + \cdots + a_{1n}t_n \\ y_2 = a_{21}t_1 + a_{22}t_2 + a_{23}t_3 + a_{24}t_4 + \cdots + a_{2n}t_n \\ y_3 = a_{31}t_1 + a_{32}t_2 + a_{33}t_3 + a_{34}t_4 + \cdots + a_{3n}t_n \\ \qquad\qquad\qquad\qquad\vdots \\ y_m = a_{m1}t_1 + a_{m2}t_2 + a_{m3}t_3 + a_{m4}t_4 + \cdots + a_{mn}t_n \end{cases}$$

矩阵形式可以表示为：$Y = AT$。其中，$T = (t_1 \quad t_2 \quad t_3 \quad \cdots \quad t_n)$ 为实测变量向量；$Y = (y_1 \quad y_2 \quad y_3 \quad \cdots \quad y_m)$ 为综合变量向量；A 为综合变量转换矩阵；n 为实测因子变量个数；m 为综合因子变量个数。

使用主成分分析方法的目的是求出综合变量矩阵 A。从理论上讲，$m = n$，即有多少个实测变量就有多少个综合变量，但由于综合变量在总方差中所占比重依次递减，前面几个综合变量集中了大部分的方差，因此所取的综合变量数目小于实测变量的数目，而且信息损失较小。

首先对协作研发网络的综合评价因子进行 Kaisier-Meyer-Olkin（KMO）和 Bartlett 球形检验。KMO 统计量用于探查变量之间的偏相关性，比较的是各变量之间的简单相关和偏相关的大小，取值范围在 0 到 1 之间。若各变量存在内在的相关性，则由于计算偏相关性时控制其他因素就会同时控制潜在变量，而导致偏相关系数远远小于简单系数，此时 KMO 值接近 1，最适合作主成分分析，一般认为 KMO 值在 0.5 以下不适合进行主成分分析。Bartlett 球形检验是测度母群体的相关矩阵间共同因素的存在。通过数据分析，统计结果见表 4.9。

表 4.9　KMO 与 Bartlett 球形检验

KMO 取样适当性测度		0.802
Bartlett 球形检验	近似卡方分布	326.794
	自由度	21
	显著性	0.000

通过检验可以看到 KMO 统计量为 0.802，在这种情况下进行主成分分析是比较理想的。Bartlett 球形检验也表明各个测度维度的相关矩阵间有共同因素存在，可以进行因素分析。

接着对协作研发网络绩效的 7 个因子作主成分分析，结果见表 4.10 和表 4.11。

表 4.10　总方差分析表

成分	协方差矩阵的特征值			因子提取结果		
	特征值	各成分所解释方差的比例/%	方差比例累计值/%	特征值	各成分所解释方差的比例/%	方差比例累计值/%
1	3.766	53.798	53.798	3.766	53.799	53.798
2	0.976	13.944	67.742	0.976	13.944	67.742
3	0.766	10.937	78.679	0.766	10.937	78.679
4	0.512	7.308	85.987			
5	0.370	5.285	91.272			
6	0.314	4.493	95.765			
7	0.296	4.235	100			

注：提取方法为主成分分析。

在因子分析中，我们得到的是各成分因子的特征值与贡献率。在表 4.10 中，我们取累计贡献率 78.679%，此时主成分因子个数为 3，即用 3 个主成分因子来代替原来的 7 个反映协作研发网络绩效的评价指标。这 3 个主成分因子包含原来 7 个特性因子指标所反映信息的 78.679%。从碎石图 4.8 可以看出因子 1 与因子 2、因子 2 与因子 3 以及因子 3 与因子 4 之间特征值的差都比较大，因此可以认为保留的 3 个因子概括了绝大部分信息。3 个综合变量的方差贡献率达到了 78.679%，较为理想。如果提取大于 3 个的综合变量，贡献率虽然可以加大，但在后面的碎石图中负荷系数偏向不明显，因而仍然采用 3 个综合变量。

表 4.11　因子得分系数矩阵

成分（t）	因子		
	1	2	3
技术质量满意度（t_1）	0.760	−0.440	−0.099
沟通满意度（t_2）	0.716	−0.309	0.459
网络管理满意度（t_3）	0.711	0.257	0.499
技术传送满意度（t_4）	0.685	0.575	0.056
目标完成满意度（t_5）	0.789	−0.047	−0.431
投资收益满意度（t_6）	0.734	0.390	−0.312
研究进展满意度（t_7）	0.734	−0.369	−0.105

注：提取方法为主成分分析。

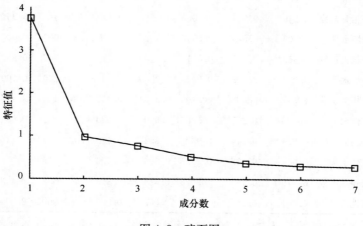

图 4.8　碎石图

根据因子得分系数矩阵（表 4.11），可以得出协作研发网络绩效的综合评价因子表达式：

$$
\begin{cases}
y_1 = 0.760 \times t_1 + 0.716 \times t_2 + 0.711 \times t_3 + 0.685 \times t_4 \\
\quad + 0.789 \times t_5 + 0.734 \times t_6 + 0.734 \times t_7 \\
y_2 = (-0.440) \times t_1 + (-0.309) \times t_2 + 0.257 \times t_3 + 0.575 \times t_4 \\
\quad + (-0.047) \times t_5 + 0.390 \times t_6 + (-0.369) \times t_7 \\
y_1 = (-0.099) \times t_1 + 0.459 \times t_2 + 0.499 \times t_3 + 0.056 \times t_4 \\
\quad + (-0.431) \times t_5 + (-0.312) \times t_6 + (-0.105) \times t_7
\end{cases}
$$

利用统计软件 SPSS11.5 对协作研发网络绩效的综合评价因子与协作研发网络的管理评价因子作相关性分析，可以得到相关性检验表（表 4.12）。

由表 4.12 可知，y_1 与 x_1、x_2、x_4、x_5 显著相关，y_1 与 x_2 相关系数为 0.383，显著性水平为 0.000，y_1 与 x_1 的相关系数为 0.246，显著性水平为 0.009，y_1 与 x_4 的相关系数为 0.267，显著性水平为 0.004，y_1 与 x_5 的相关系数为 0.319，显著性水平为 0.001。而除 y_3 与 x_1、y_3 与 x_3、y_3 与 x_5 外，y_1、y_2 与 y_3 与其他综合因子均正相关。

表 4.12 相关性检验表

	项目	y_1	y_2	y_3	x_1	x_2	x_3	x_4	x_5
y_1	皮尔逊相关系数	1	0.080	−0.056	0.246**	0.383**	0.173**	0.267	0.319**
	显著性水平		0.399	0.558	0.009	0.000	0.067	0.817	0.001
y_2	皮尔逊相关系数	0.080	1	0.004	0.054	0.003	0.022	0.144	0.163
	显著性水平	0.399		0.969	0.573	0.973	0.817	0.128	0.085
y_3	皮尔逊相关系数	−0.056	0.004	1	−0.056	0.011	−0.105	0.032	−0.028
	显著性水平	0.558	0.969		0.555	0	0.267	0.739	0.765
x_1	皮尔逊相关系数	0.246**	0.054	−0.056	1	0.410**	0.375	0.354**	0.325**
	显著性水平	0.009	0.573	0.556		0.000	0.000	0.000	0.000
x_2	皮尔逊相关系数	0.383**	0.003	0.011	0.410**	1	0.369	0.430**	0.353**
	显著性水平	0.000	0.973	0.912	0.000		0.000	0.000	0.000
x_3	皮尔逊相关系数	0.173	0.022	−0.105	0.375**	0.369**	1	0.467**	0.553**
	显著性水平	0.067	0.817	0.2671	0.000	0.000		0.000	0.000
x_4	皮尔逊相关系数	0.267**	0.144	0.032	0.354**	0.430**	0.467	1	0.403**
	显著性水平	0.004	0.128	0.739	0.000	0.000	0.000		0.000
x_5	皮尔逊相关系数	0.319**	0.163	−0.028	0.325**	0.353**	0.553	0.403**	1
	显著性水平	0.001	0.085	0.765	0.000	0.000	0.0000	0.000	

空格表示统计软件输出；** 表示 $P \leqslant 0.01$；y_1 表示综合因子 1，y_2 表示综合因子 2，y_3 表示综合因子 3；x_1 表示网络化程度，x_2 表示网络的控制体系，x_3 表示网络组织的激励体系，x_4 表示网络的冲突管理体系，x_5 表示网络的成果分配体系。

从表 4.11 因子得分系数矩阵可知，y_1 因子主要由技术质量满意度、沟通满意度、网络管理满意度、技术传送满意度、目标完成满意度、研究进展满意度和投资收益满意度决定，它们作用的荷载分别为 0.760、0.716、0.711、0.685、0.789、0.734 和 0.734，这说明因子 1 涵盖了协作研发网络绩效的大部分信息，因此这就说明了协作研发网络绩效与网络化程度、控制体系、冲突管理体系和成果分配体系显著正相关，从而验证了假设 4.1、假设 4.2、假设 4.3 和假设 4.4，同时也可以看到协作研发网络绩效与激励体系也是正相关的，但表现得不显著。

进一步分析协作研发网络的冲突管理特性。

从图 4.9，我们可以看到协作研发网络的冲突呈现出多样化，从协作 R&D

网络成立初的网络目标冲突到最后的成果分享冲突都表现得比较明显。相对来讲，协作研发网络的主要冲突还是表现在技术成果的分享冲突上，这说明为了共同的利益，企业间是相对容易形成协作研发关系的，但是当技术成果产生后，不同利益主体间的矛盾就会完全激化，为了获得更多创新成果，成员间就有可能出现更多的冲突和争执。

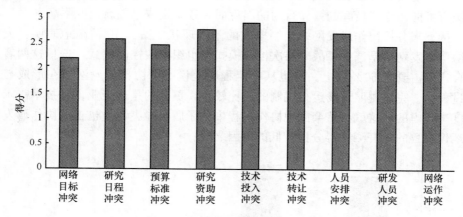

图 4.9　协作研发网络的冲突类型

协作研发网络的冲突更高的是过程和任务冲突，而这两类冲突在协作研发的不同阶段会产生不同的影响效果。例如，较高的任务冲突如果出现在创意阶段和开发阶段，就会促成较高的组织绩效，而过程冲突越低，组织绩效就会越高。这就需要协作 R&D 网络的管理者能够有效地控制和协调组织内部的冲突问题。从实证调查的角度来看，大多数网络的管理者能够认识到冲突对组织绩效的影响，也采取了比较好的措施和方法来应对冲突的产生，具体方法有：

（1）在网络成立前，组织网络成员的高层管理者和技术主管进行协商与沟通，明确网络的目标与任务，详细地讨论在协作过程中可能出现的矛盾与争执。这样就使得协作研发网络能够得到企业高层管理人员的肯定与认同，从企业战略层次来制订协作计划和进行后勤保障工作。

（2）积极引导网络内部研发人员在非正式组织间的协商与沟通，管理者较好地掌握这种方式的频次与程度。网络管理者会定期组织研发人员进行联欢或开办小型的酒会，也会组织核心研发人员集体旅游和参观等，通过这些活动来加强不同企业间研发人员的沟通与交流，减少研发人员之间关系冲突的频次和强度。

（3）在协作的过程中，会成立一个专门的组织（或委员会等）来协调和化解成员间产生的冲突。这个组织一般是由网络成员的相关管理者组成，它基本上能在协作研发网络出现较大的矛盾时，进行客观、及时和小范围的解决，以避免冲突的升级与爆发。

（4）创新成果的分配，包括有形资产的分配和无形资产的分配。资产分配的核心是对创新知识的分配，一般会采取几种方法来进行：一是根据协作前的协议来进行分配与共享，多数协作研发网络是通过这种方法来进行成果分配；二是根据成员在网络中的贡献来进行成果分配，这种方法的困难在于划分各成员的贡献程度；三是共同分享研发成果，也就是成员间均可以无偿地使用创新成果，这种方法有可能由于成员间的博弈行为的出现而导致研发成果创新程度不高。

接下来分析协作研发网络控制模式的基本现状。图 4.10 清晰地表明：大多数协作研发网络是选择了战略层次控制模式和组织层次控制模式，选择这两者的综合比例占到了 60% 以上。这也从一定程度上说明了协作研发网络在形成与发展过程中，完全遵照市场运行机制的还比较少，更多的是从企业自身技术需求的角度来考虑的，这就必然会出现协作过程中的矛盾与冲突，这也正是协作研发网络运作过程的标杆测试得分比较低的原因之一。

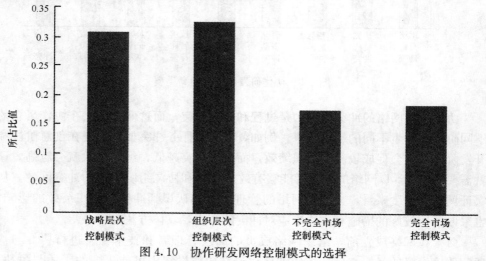

图 4.10　协作研发网络控制模式的选择

4.2.4　实证结论与分析

通过实证分析，可以得到以下几个方面的实证结论：

（1）企业的技术创新策略多种多样，其中协作 R&D 网络已经成为企业获取技术创新源、增强技术优势的重要途径。通过审计分析表明，高技术企业的协作 R&D 网络的形成、发展与运作等与理想的状态还存在着一定的差距，这既是协作研发网络尚处于发展初级阶段的现实反映，也是一些外部因素共同影响的必然结果，这些外部因素包含政府和产业政策导向、高技术企业技术战略设计和协作成员间的博弈行为等。同时实证分析也表明保障体系是协作研发网络化过程中较为理想的部分，而协作 R&D 网络运作过程，特别是在管理方面还需要大大地加强。

（2）协作研发网络是一个疏松性和虚拟性的组织，因此这种组织的管理方式就不同于一般实体组织，在理论与实证分析过程中，我们把这种网络组织的管理称为协调管理模式。这就包括两个方面的含义，一方面是网络组织的管理控制问题，另一方面是网络内部成员的冲突管理问题。实证分析表明有效的管理控制可以提高协作研发网络的绩效，有利于提高网络的知识产出效益；同样，对网络成员间的冲突进行有效的管理也可以提高协作研发网络的绩效。进一步的实证分析表明，协作研发网络的管理存在着自己的特性。协作研发网络的管理控制模式更多的是采用战略层次控制方式与组织层次控制方式，这也表明了现阶段高技术企业的协作 R&D 活动还不是完全从市场的角度来制定具体的策略，协作 R&D 更多的是从企业技术自身的需要出发，特别是一些研发能力比较强的企业更希望能够获得对协作研发网络的绝对控制权。另外，协作研发网络成员的冲突更多表现为过程与任务冲突，这也说明了协作研发网络在形成的初期，网络成员之间没有进行充分有效的沟通，网络成员在协作目标的认知上存在着较大差异。

（3）通过深层次的访谈，我们也可以得出一些相关的结论，主要有：①协作研发网络在成员的选择上还没有一套行之有效的方法与措施，成员更多是通过网络成员或其他的相关组织推荐，而不是根据实际的研发状况来选择；②高技术企业在制定自己的研发策略时，对自主研发与协作研发的投资比例没有明确的决策模式，也就是对自主与协作研发的投资比例不能有效地把握，基本上是根据财务的预算结果来制定投资预算，这就难免会影响企业的研发效果；③协作研发网络的形成在很大程度上会受到国家产业政策和行业组织规章制度等因素的影响，这就需要正确定位政府和行业等在协作研发活动中的作用。

4.3　协作研发网络的决策建议

4.3.1　提高协作研发网络绩效的企业最优决策方案

1. 协作研发网络成员的选择

协作研发活动的开展，最重要的工作就是对协作网络成员的选择，这是协作研发活动成功的关键，在本节，我们对协作研发网络成员的选择提供一些科学的分析依据。

假设在协作研发的每个时间 t，市场上存在研发网络 g_t。设二元变量 $g_{ijt} \in \{0,1\}$：当 $g_{ijt}=1$ 时，在时间 t，企业 i 和企业 j 是协作研发网络中的一个协作点。网络 $g_t \in \{0,1\}^{\frac{n(n-1)}{2}}$ 表示企业间的成对关系的集合。$g+g_{ij}$ 是在网络 g 中以 $g_{ij}=1$ 替代 $g_{ij}=0$，即企业 i 和企业 j 形成协作关系；同理，$g-g_{ij}$ 表示的是在网络 g 中以 $g_{ij}=0$ 替代 $g_{ij}=1$，即企业 i 和企业 j 之间的协作关系终止，且

$N_t(i) \equiv \{j \in N: g_{ijt} = 1\}$ 指的是在时间 t 与企业 i 形成协作关系的企业集。

开展协作的结果是使产品的单位成本减少，网络结构则是企业与协作者的结网所致。考虑企业 i 参与的协作 R&D 网络：企业 i 与企业 j 协作在时间 t 的特定价值 v_{ijt}。对此，经济学的解释是：当 $g_{ij} = 1$ 时，企业 i 与企业 j 在时间 t 着手组建一个新的研发项目，它能减少企业的单位生产成本，这就是函数 v_{ijt}。

因此，作为与企业 j 协作的结果，这种价值使企业 i 获得学习的机会。学习过程是知识再整合的过程，这个思想由 Schumpeter 提出。根据他的解释，新知识的创造依赖于两个企业对协作投入知识的累积。

进一步假设企业 i 的知识（如技术能力等）由向量 (ψ_{it}, α_{it}) 表示。(ψ_{it}, α_{it}) 表示的是企业 i 的技术能力。开展协作研发使企业在技术空间上随时间移动，ψ_{ijt} 表示的是协作研发后企业 i 的研发能力，$\psi_t \in (0,1)^n$ 是对所有企业变量 ψ 在时间 t 的 n 维向量，$\alpha_t \in [0,1]^n$ 表示的是对所有企业在时间 t 的技术位置向量。

企业 i 通过向企业 j 学习、再整合知识，使自身提高到一定程度，程度随企业 j 的生产率水平的增加而增加（学习机会增大），随企业 i 的生产率水平的增加而减少（学习效率降低），并和企业的相对技术位置紧密相关。协作之后，不同企业的技术位置也会发生改变。

来自于协作的价值由 $v_{ijt} = f[d_t(i,j)]\psi_{jt-1}$ 给出，它随 ψ_{jt} 的增加而增加，因为协作者的研发能力越高（越具有知识），可学习的知识也就会越多。它随着价值函数 f 的增加而增加。价值函数 f 的自变量是企业间的技术距离，技术距离可以表示为 $d_t(i,j) = |\alpha_{it-1} - \alpha_{jt-1}|$。研究者认为要产生有效的协作，企业间的技术距离"不要太远，也不要太近"（Nooteboom，1999），其原因是：若企业技术距离远，不同的技术水平能创造互补和协同的机会，但是如果相距太远，它们就缺乏"吸收能力"去向协作者学习，认知的距离会破坏有效的交流（Cohen 等，1989），并且构造了凹抛物线函数表达式（Cusmano，2002；Zirulia，2004）：

$$f[d_t(i,j)] = a_1 - \frac{a_2^2}{4a_3} + a_2 d_t(i,j) - a_3 d_t(i,j)^2,$$

$$a_1, a_2, a_3 > 0,$$

$$f[d_t(i,j)] \geqslant 0 \, \forall \, d_t(i,j) \in [0,1]$$

向量 (a_1, a_2, a_3) 确定了行业技术特点。$\frac{a_2}{2a_3}$ 是最优技术距离，是吸收能力和互补性平衡的结果。a_1 表示的是技术的最大价值，$a_1 = \max\limits_d f(d)$。令 $V_{it}(g_t) = \sum\limits_{j \in N_t(i)} v_{ijt}$ 表示协作的总体价值，ψ_{ijt} 由下式表示：

$$\psi_{ijt} = 1 - e^{-\lambda L_{it}}, \quad L_{it} = L_{it-1} + V_{it}(g_t), \lambda > 0$$

上式表明在创新过程中联盟收益随时间 t 递增。

最后，通过协作使企业技术位置发生改变，即

若 $N_t(i) \neq \phi$，$\alpha_{it} = \rho \alpha_{it-1} + (1-\rho) \sum_{j \in N_t(i)} \frac{\psi_{jt-1}}{\Gamma_{it-1}} \alpha_{jt-1}$

否则，$\alpha_{it} = \alpha_{it-1}$

式中，$\Gamma_{it-1} = \sum_{j \in N_t(i)} \psi_{jt-1}$，$\rho \in (0,1]$。

企业在时间 t 最后的技术位置是其原有的技术位置和其协作企业的技术位置的加权平均的线形组合。如果一个企业的生产率高（别的企业向它学习的机会就多），这个企业的加权数就大。当 $\rho < 1$ 时，企业与协作者在技术上就"相似"，当 $\rho = 1$（技术位置不随时间变动）时，则表示企业在学习过程中保持同步性。

2. 协作研发投资决策的设计

现有关于企业研发决策的模型均建立在一个重要的假设基础之上：所有参与协作的企业均具有足够的研发能力，在建模过程中不考虑研发能力对协作的影响。但是实际情况是，高技术企业受到规模的限制，特别是我国高技术企业的规模一般比较小，因此这个假设不完全符合现有高技术企业的实际情况，基于此，我们把这个假设扩展，通过考虑高技术企业自身研发能力的限制来探讨高技术企业的研发投资决策。借鉴李垣等（2002）设计的管理者激励组合模型建立研发投资组合模型来分析在核心研发能力约束下的高技术企业研发投资决策。

1）研发投资组合模型的建立

考虑高技术企业在混合研发条件下（在一个模型中同时引入自主和协作研发投资变量）的研发投资组合模型。在研发活动中企业的最终目标是使期望研发收益最大化。研究的问题陈述如下：

（1）高技术企业的核心研发能力（企业研发的关键性资源，如知识存量、人力资本等）为 G，它决定了企业参与研发投资的规模与资源的分配程度，也是企业开展混合研发使期望研发收益最大化的约束条件。

（2）高技术企业开展的研发活动可以划分为两个阶段，一是能力评估阶段，二是资源分配阶段。第一个阶段主要表现为企业通过自主的内部研发来评价自身的创新能力，第二个阶段是在第一个阶段的基础上进行核心研发资源的组合投资，此时企业的研发形式就表现为混合研发模式。

（3）假定企业在自主研发中投入的研发努力程度（自主研发投资，包括技术、资金等）为 x_{ii}，且单位努力程度中企业核心研发能力占有的比重为 γ；协作研发中投入的研发努力程度（协作研发投资）为 $x_{ig} \geqslant 0$，单位努力程度中企业核心研发能力占有的比重为 λ，由于在协作过程中企业间存在着博弈行为，而核心研发能力的投入具有一定的隐蔽性，不能对其有效地测度，因此 λ 的大小就取决于企业间的博弈结果，λ 可能大于 γ，也可能小于或等于 γ。则企业的核心研发能力可以表示为：$G = \gamma x_{ii} + \lambda x_{ig}$。

在高技术企业研究与开发活动的两个阶段中，在第一阶段，企业投资的期望收益用 M 来表示，在第二个阶段，企业决定是否开展研发协作，协作的期望收益为 N（不参与协作时 $N=0$），N 受自主研发投资和协作研发投资两个因素的影响。因此研发给企业带来的总收益函数可以表示为：$R=M(x_{ii})+N(x_{ii},x_{ig})$。以上函数可以理解为：企业自主研发收益是自主研发投资的函数，而协作研发收益则受到自主研发投资和协作研发投资两个变量的影响，这是因为：一方面，协作研发投资是在自主研发投资的基础上作出的，另一方面，由于知识的转移程度和企业自身的吸收能力紧密相关，因而第一阶段的自主研发投资也影响着协作研发收益。

通过以上分析，依据 Choi（1993）的研究，假设 $N'_1>0, N'_2>0, N''_{11}<0, N''_{22}<0, M'_1>0, M''_{11}<0$，同时我们进一步假设 $N''_{12}>0$，其中 N'_1 和 N''_{11} 分别表示 N 对 x_{ii} 的一阶与二阶导数，N'_2 表示 N 对 x_{ig} 的一阶导数，其他与之类似。则企业的研发投资收益函数 $R=M(x_{ii})+N(x_{ii},x_{ig})$ 满足：$R'_1>0, R'_2>0, R''_{11}<0, R''_{22}<0$，也就是企业的期望研发收益随两个影响因素的增加而增加，但是边际收益随之递减。

在最优化问题研究中，企业在约束条件下使目标函数 R 最大，可以利用下列数学函数表示：

$$\max R = M(x_{ii}) + N(x_{ii},x_{ig}), \text{ s. t. } \quad \gamma x_{ii} + \lambda x_{ig} \leqslant G$$

上式在管理中的含义可以描述为：在开展研发活动过程中，高技术企业根据自主研发活动的结果来决定是否参与协作研发并分配其研发资源，在核心研发能力的约束下，通过组合投资最大化企业的研发收益。根据研发期望收益 R 的条件可以知道，一定存在一个最优投资组合使企业研发收益最大。同时根据以上的假设可以得到 $R''_{12} \geqslant 0$，也就是 x_{ii} 对 x_{ig} 的边际替代率递减，此时企业的等收益曲线凸向原点，因而最优投资组合就是唯一的，设为点 (x^*_{ii}, x^*_{ig})，则有

$$x^*_{ii} = x_{ii}(G,\gamma,\lambda), \ x^*_{ig} = x_{ig}(G,\gamma,\lambda)$$

接着我们分析完全竞争市场的企业均衡投资问题。在此条件下单个企业的研发投资无法影响整个研发市场的均衡。设此时企业核心研发能力的均衡水平为 G^e，最优投资组合为 (x^e_{ii}, x^e_{ig})，从而可以得到企业的收益函数 $R^e = M(x^e_{ii}) + N(x^e_{ii},x^e_{ig})$。

2）研发投资组合模型的描述

根据以上分析，我们可以通过图 4.11 来表示在市场均衡条件下企业的投资组合。

在图 4.11 中，线段 G 表示企业的核心研发能力分配组合线，曲线 R 表示企业的等收益曲线。则在市场均衡条件下企业的投资组合点为 E，即 (x^e_{ii}, x^e_{ig})。

同时，图 4.11 也可以说明，通过自主研发和协作研发的投资组合，可以相对地提升企业的核心研发能力。在图中，E 点与 x''_{ii} 点具有相同的研发收益，且与 x'_{ii} 点的核心研发能力相等，则在市场均衡条件下，最优化投资组合使企业的核心研发能力相对于完全自主研发时提升了 $1/\gamma|x''_{ii}-x'_{ii}|$，相对于完全协作研发时提升了 $1/\lambda|x''_{ig}-x'_{ig}|$。

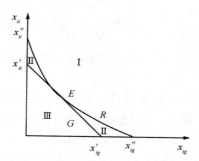

图 4.11 市场均衡条件下的研发投资组合

同时，我们把企业核心研发能力看成一个随研发活动的进程而连续变动的量（当期核心研发能力），因此，可以根据当期核心研发能力的大小把企业研发投资组合的选择空间分为三个部分，分别如下：

区域 Ⅰ 表示的是企业的当期核心研发能力大于市场均衡条件下企业的核心研发能力，我们称之为战略选择空间。在此空间，企业可以根据自身的战略需要来组合自身的核心研发能力。

区域 Ⅱ 表示的是企业的当期核心研发能力大于市场均衡条件下企业的核心研发能力，但是由于投资组合不当，企业的研发收益不能达到市场均衡水平，我们称之为组合失灵空间。在此空间，企业应该根据市场需求来合理地调整自己的研发投资，从而使得企业的期望研发收益等于甚至大于市场均衡收益。

区域 Ⅲ 表示的是企业的当期核心研发能力小于市场均衡条件下企业的核心研发能力，我们称之为能力缺口空间。在此空间，企业的核心研发能力不能达到市场所需的均衡能力水平。因而此时企业不能获得更多的战略空间，企业获得市场均衡收益的条件是其他协作成员能够在协作过程中弥补企业的能力缺口。

3）比较静态分析

这一部分是对最优化投资组合模型进行比较静态分析。我们使用期望研发收益的具体形式来分析相关变量对企业研发最优投资组合的影响，也就是分析在 G、γ 或 λ 变动的情况下企业研发投资的最优组合问题。

首先我们可以得到企业等收益曲线 R 的斜率为 $k=\dfrac{dx_{ii}}{dx_{ig}}=-\dfrac{N'_2}{M'_1+N'_1}$，从而有

结论 4.1： $\dfrac{\partial k}{\partial x_{ii}} < 0$，$\dfrac{\partial k}{\partial x_{ig}} > 0$

　　证明：由 $k = \dfrac{dx_{ii}}{dx_{ig}} = -\dfrac{N'_2}{M'_1 + N'_1}$，有

$$\frac{\partial k}{\partial x_{ii}} = -\frac{N''_{12}(M'_1 + N'_1) - N'_2(M''_{11} + N''_{11})}{(M'_1 + N'_1)^2}$$

$$\frac{\partial k}{\partial x_{ig}} = -\frac{N''_{22}(M'_1 + N'_1) - N'_2(M''_{12} + N''_{12})}{(M'_1 + N'_1)^2}$$

　　根据假设：$N'_1 > 0, N'_2 > 0, N''_{11} < 0, N''_{22} < 0, N''_{12} > 0, M'_1 > 0, M''_{11} < 0$ 与 $M'_2 = 0, M''_{22} = 0, M''_{12} = 0$，则以上定理成立。

　　结论 4.1 的管理意义为：企业的自主研发投资越大或协作研发投资越小，则企业等收益曲线就会越"陡"，也就是说 x_{ig} 对 x_{ii} 的边际替代率就会越大。接着我们分析不同条件下企业研发投资最优组合情况。

　　(1) λ 变动的影响。当 G 和 γ 不变时，过点 $(G/\gamma, 0)$ 作市场均衡收益曲线的切线，其斜率为

$$k^e = -N'_2(G/\gamma, 0)/[M'_1(G/\gamma, 0) + N'(G/\gamma, 0)]$$

式中，当 G 和 γ 不变时，如果对于所有的 λ，存在 $-\lambda/\gamma < k^e$，那么可以确定，企业的核心研发能力分配组合线不能和市场均衡收益曲线相切或相交。则企业的能力区域就落在了空间Ⅲ，因此企业的研发能力不能达到市场均衡水平。此时企业处于研发追随者地位，企业的研发投资最优组合需要根据其他企业的投资状况来确定。若 $-\lambda/\gamma \geqslant k^e$，可以肯定，企业的核心研发能力分配组合线必然会与市场均衡收益曲线相切或相交。这时企业的能力区域就落在了空间Ⅰ和空间Ⅱ，也就是说企业的研发能力超过了市场均衡水平。在空间Ⅰ，企业可以任意组合自己的研发资源，从研发能力盈余的角度来看，此时企业处于研发领先者的位置，而在空间Ⅱ，企业需要调整自己现有的研发投资组合策略使研发收益最大化。

　　(2) G 变动的影响。固定 λ 和 γ，当 $k^e \leqslant -\lambda/\gamma$ 时，从单个企业的角度来看，在市场均衡条件下企业的最优投资组合为 (x_{ii}^*, x_{ig}^*)，其中 $x_{ii}^* > x_{ii}^e$。则自主研发投资的增值 $x_{ii}^* - x_{ii}^e$ 就是企业提升核心竞争能力的保障。当 $k^e > -\lambda/\gamma$ 时，企业研发投资组合需要根据企业自身的研发能力和协作企业的投资情况来确定。

　　(3) γ 变动的影响。固定 G、λ 和 γ 变动对投资组合的影响和第 (1) 种相反。以上分析的管理学意义在于：研发能力相对弱的企业参与协作研发的动机较小，因为企业的研发战略组合需要根据市场条件来制定，而只有当企业研发能力相对较强的时候，开展协作研发才会给企业带来更多的战略选择空间。同时在协作研发博弈中，能力相对强的企业处于支配地位，而能力相对弱的企业处于从属地位。

　　接着我们分析 λ/γ 对企业最优投资组合 (x_{ii}^*, x_{ig}^*) 的影响，即有以下

结论。

结论 4.2：$\dfrac{dx_{ii}^*}{d\varepsilon} > 0$，$\dfrac{dx_{ig}^*}{d\varepsilon} < 0$，其中 $\varepsilon = \lambda/\gamma$。

证明：根据相切的条件，x_{ii}^* 和 x_{ig}^* 满足：

$$R^* = M(x_{ii}^*) + N(x_{ii}^*, x_{ig}^*)$$

和 $(M'_2 + N'_2) = \varepsilon(M'_1 + N'_1)$，即 $R'_2 = \varepsilon R'_1$，从而有

$$\frac{dx_{ii}^*}{d\varepsilon} = - \frac{R'_2}{R'_1(R''_{22} - \varepsilon R''_{12}) - R'_2(R''_{12} - \varepsilon R''_{11})}$$

$$\frac{dx_{ig}^*}{d\varepsilon} = \frac{R'_1}{R'_1(R''_{22} - \varepsilon R''_{12}) - R'_2(R''_{12} - \varepsilon R''_{11})}$$

根据假设：$R'_1 > 0, R'_2 > 0, R''_{11} < 0, R''_{22} < 0, R''_{12} \geqslant 0$，知以上两式的分母均小于 0，因此结论 4.2 成立。

结论 4.2 在管理上的含义可以理解为：如果企业在协作过程中博弈的结果是单位努力程度在核心研发中的比重远远大于在自主研发中的比重，即 λ 远远大于 γ，则企业更倾向于开展自主研发，而若博弈的结果是 λ 远远小于 γ，也就是企业在协作中能够节省更多的研发资源，则企业选择协作研发作为自己的技术创新策略。

4）企业 R&D 投资决策分析

以上的分析结论也为我国企业开展研究与开发活动，特别是开展跨国协作研发提供了科学的决策依据。

首先，随着经济全球化的不断深入，世界跨国公司的战略在不断地改变，在创新管理上的一个显著趋势是 R&D 活动在全球范围内的扩展和延伸。这给企业的研发活动带来机遇的同时也提出了巨大的挑战，我国企业应该积极参与研发，同时保持必要的自主创新来保证自身的核心竞争优势。

其次，参与协作研发的企业应该科学合理地分配自主资源和协作资源，以达到研发收益最大化的目标。研发资源的分配需要根据企业自身的能力和素质决定，需要一套合理的测度体系来评判企业自身的综合能力和预测企业自身的技术需求，以保证企业在协作研发博弈过程中获得充分的信息。

最后，从比较静态分析中得知，企业的自主研发投资随着博弈结果 ε 的增加而增加，而协作研发投资随着博弈结果 ε 的增加而减少，但协作研发所产生的创新成果是和企业的技术投入密切相关的，如果每个企业均在协作中隐藏自己的专有知识，其结果是协作战略联盟形同虚设，因此在协作博弈过程中，企业需要处理好投入与产出的关系。

3. 协作研发过程的基本原则

企业在选择协作 R&D 网络的过程中必须要从自身现实的经营状况和经营目

标出发，结合内外部影响因素的作用，制定出适合企业发展并具有必要竞争优势的协作方案。这就需要遵循以下一些基本原则。

第一，战略性的相互学习原则。在协作研发网络中，企业要获得长期的竞争优势，必须通过学习和经验积累来增强企业的综合实力。企业在选择恰当的协作伙伴和投资方案时，还应该正确地认识和把握协作研发过程中合作与竞争的关系。企业要正确认识和把握以合作代替对抗是一种更高形式的竞争这一实质，在与其他企业，特别是国外企业开展协作时应当坚持在竞争中增强合作、在合作中提高竞争力的原则，防止出现只重合作而忽视竞争的片面倾向。

第二，保持灵活战略和独立地位的原则。竞争环境的动态性和不确定性，要求企业要有迅速适应环境变化的战略，当企业因为协作而失去战略的灵活性时，一旦环境改变，就会遇到巨大的风险。同时，协作若使企业失去战略的灵活性，也就违背了协作的目标。协作研发网络是建立在平等互利和相互信任的基础上的，一旦某一协作方式失去了独立地位，协作就有可能演变成为兼并，这样，对方的投机就会造成对自身的侵害，而这种风险往往是企业本身所无法承担的。

第三，网络管理的柔性协调原则。协作研发网络的虚拟性、灵活性、疏松性等组织特性决定了其管理模式需要更加柔性化，选择柔性的协调管理模式可以有效地达到增加网络绩效、实现组织目标的目的。当然在制定或选择协调管理方式时，还需要根据组织特点和实际情况来进行动态的选择，网络的管理控制模式不会是一成不变的，在合适的时机选择恰当的管理模式是网络管理的关键。在网络成员的冲突管理过程中，也需要确定网络成员的关键冲突点，选择关键点进行有效的管理和控制，这样才能达到事半功倍的效果。总的来讲，网络管理的机制设计需要符合科学性、合理性、有效性和动态性等原则。

第四，成果分配的科学性原则。协作研发网络成员间的竞争与合作的关系决定了研发成果的分配需要顾及成员的共同利益，符合科学性的原则，总的来讲，成果的分配应该符合以下几个原则：

（1）收益与努力程度相一致的原则。分配方案应当保障每个网络成员的基本利益，保证成员从网络中获得的收益与其努力程度相匹配。

（2）收益与风险相一致的原则。在制定成果分配方案时，应该充分考虑各成员所承担风险的大小，风险大的成员应得到适当的风险补偿，以体现分配方案中收益与风险相匹配的原则。

（3）个体合理性原则。各成员参与协作研发网络所得到的利益应大于自主研发所获得的利益，否则成员没有足够的协作动机。这就需要在制定协作成果分配方案时要体现出协作收益大于自主研发收益的基本思想。

具体的成果分配方案多种多样，这就需要根据协作网络的实际情况来制定。在这里我们列出常见的两种形式：

一种是在协作前制定分成合约。由协作成员共同协商确定各自在网络中的作用和地位，以此为基础来确定各自的基本收益，并形成成果分配草案。这种形式一般是在可预见性程度比较高的协作研发网络中使用，否则在协作过程中成员存在的"搭便车"或偷懒的思想会使研发活动不能顺利地开展。

另一种是在协作后制定分成方案。根据在协作过程中成员实际的研发投入或承担的技术风险来划分成员的研发收益。这就需要在协作研发前制定详细的成果分配原则，提供可靠有效的成果分配依据，以免出现事后的纠纷与矛盾。

4.3.2　行业的相关政策建议

在协作研发过程中，还需要积极发挥行业的作用，特别是有效地发挥行业组织的作用。行业组织是行业的自律性组织，行业组织的成立有利于整合行业内的相关资源，提高行业的协同生产能力，行业组织作为一个行业内统一规范的组织具有信息、人才、资金和地位等多方面的优势。因此在企业的协作研发过程中需要积极发挥行业组织优势，为整个行业的发展发挥必要的作用。总的来讲，行业组织在企业协作 R&D 活动中的作用应该包括以下几个方面。

（1）发挥行业组织在人才方面的优势，整合行业内企业的知识资产，促进行业内企业间的技术协作，共同攻克和解决行业的技术难题，提高行业的技术水平。企业一般会集聚一批高素质的专业技术人才，但是企业之间的竞争性导致这些人员之间的沟通和交流的有限性，这就需要行业组织能够有效地起到一个桥梁的作用，引导行业专业技术人才的整合，实现人才之间的合理交流与协作，实现行业技术协作 $1+1>2$ 的效应。

（2）发挥行业组织的信息灵通、广泛、全面的优势，为行业内的企业选择合适的协作伙伴提供有力的支持。行业组织相对于企业来说，在信息获取上，具有企业所无法达到的优势，因为行业组织，特别是一些专业性质的行业组织，在技术信息上具有信息灵通、广泛和全面的优势，这就可以为企业的技术发展，特别是在协作研发过程中协作伙伴的选择方面提供有力的支持。具体的工作有：

第一，对行业内外的技术信息进行分类与整合，并及时地发布，做到准确地把握领先技术的发展动态，掌握领先企业的发展趋势，并能够建议和促使本行业内的企业与技术领先企业之间开展技术协作与交流。

第二，定期地组织行业内外的高技术专业人才进行研讨与交流，对行业组织获取的技术信息进行分析与探讨，抓住技术发展的关键，进行合理的预测与跟踪。

第三，需要对本行业的技术发展状态进行合理的宣传和公布，通过与其他行业协会的交流与互动来选择技术协作的空间。

（3）为具有良好发展前景的技术提供必要的资金支持，特别是需要在资金上支持和鼓励一些中小企业利用其研发灵活性的优势来进行探索性的协作研发活动，挖掘行业内可能存在的技术卖点：

首先，需要在资金上支持一些中小企业的技术协作与交流。特别是对一些具有良好发展前景的技术开发项目，行业更是要进行有力的扶持，不能因为其在资金等方面的限制而受到影响。

其次，对企业的协作资金预算和投入需要提供合理的建议与意见，当行业组织提供资金支持时，要监督技术创新资金的使用情况，保证专款专用。

最后，需要对资金的投入效率进行合理的评估，通过研发的效果来决定是否继续进行资金支持。

（4）发挥行业组织的地位优势，为行业内的企业开展协作研发活动做好后勤保障工作。企业作为一个竞争的主体，有其自身的局限性，相对来说，行业组织比企业站得更高，看得更远，它更关注于行业的发展，同时作为一个非营利性的组织，它是承担对外技术交流与合作的倡导者与推动者，更能获得合作双方的认同和信任。因此行业组织就需要充分发挥其自身的优势，为行业内企业的协作研发提供有力的后勤保障。

具体表现在：在与协作伙伴进行谈判时，行业组织可以提供一些生产经营、谈判等方面的专家，为企业合约的制定提供帮助；在协作过程中，行业组织可以在技术的发展方向方面提供信息支持；在协作活动结束后，行业组织也可以组织相关的专家对产生的新技术进行评估与鉴定，为企业从协作网络中获得应得的成果提供评估等方面的支持。

4.3.3　政府政策分析

从政府的角度来讲，高技术产业可以提高国家的国际竞争能力，促进民族产业的发展，因此为了提高企业的创新能力，推动企业的研究与开发活动，政府应该从以下几个角度来做好企业研究与开发活动的政策保障工作。

第一，完善国家科技决策咨询体系和管理控制体系，强化政府在科技发展中的战略决策能力和宏观调控能力。

高技术产业的发展已经成为了世界经济发展的重要推动力，一个国家或地区的高技术发展的状况会直接影响其经济与社会的发展。提高政府对于科技的宏观决策层次，强化政府的科技决策能力，也是各主要国家的共同选择。美国的白宫科技政策办公室（OSTP）和总统科技顾问、印度的内阁科学顾问委员会、英国的科学技术委员会、韩国的国家科学技术咨询会议等，都体现了各国政府对科技决策民主化、科学化的关注和重视，体现了科学技术在国家最高决策层次上的重要地位。我国政府可以参照国际先进的实践经验，建设国家高技术发展的决策机构，为国内高技术发展提供战略和政策问题的咨询建议（薛澜等，2003）。

同时，应该加强政府对协作研发网络的宏观调控。政府对协作研发网络的作用和影响主要体现在制定合理的政策、完善相关法律法规、创造良好的社会环境、规范企业的协作行为。首先，应该制定有关协作的长远规划和短期实施计划，引导网络朝着有利于优化产业结构、行业结构、产品结构和企业规模结构的方向发展，对产业结构调整、优化及产业发展顺序作出规定。还需构建一个适应国际规范的政策法规支撑体系，进而促进我国企业与国外企业之间的协作。一是要研究国外相关的管理制度，从政府管理和法律角度界定政府和企业的责、权、利。二是要尽快构建与之相适应的知识产权保护体系。一方面要保护国外跨国公司在我国的合理合法权利；另一方面要保护本国科技成果的合法转移、推广和商品化。三是要在宏观上实行统筹兼顾，合理布局，要保持战略联盟与自主创新的合理比例，注重高质量的协作研发网络的开展，而不是盲目追求协作的数量。

第二，构建研究与开发协作的网络平台。

研究与开发协作的网络平台也是制约企业开展协作研发的重要因素。事实上，正是由于我国科研基础条件的相对薄弱，许多研究与开发的项目在与国际同行的竞争中往往输在了起跑线上。同时，由于部门分割、体制不完善等弊端，我们在研究与开发活动投入方面重复建设、资源浪费的问题很突出。因此，国家应大幅度增加投入，支持有关部门以整合现有资源为重点，以建立共享机制为核心，加速建立一个面向全社会科研单位的研究与开发网络平台，为企业间研究与开发的协作活动提供技术和信息等方面的支持。

我国企业的发展现状决定了单纯依靠单个企业的研发能力是很难达到技术的完全创新和创新技术的完全领先。这就需要政府的相关部门能够给予必要的引导，能够从协作信息的提供、协作伙伴的选择、协作方案的设计、协作成果的分配等方面给予建议与帮助，构建研究与开发协作的网络平台可以较好地完成政府的各项职能，推动企业间的 R&D 协作。

第三，适当鼓励国内企业的自主研发活动，倡导国内企业间研究与开发的协作，提高国内技术在世界同行业技术上的地位。

企业要发展，要创造出全新的工艺和技术，就需要开展必要的自主研发活动。但是由于国内企业的规模和能力的限制，往往单个企业难以完成技术的独自研发活动，因此就需要通过企业间的协作来实现研究与开发项目的成功。因此，我国政府在政策制定上突出鼓励企业自主研究与开发的同时，还需要重点扶持国内企业间研究与开发的协作活动。

2004 年 6 月出台的《汽车产业发展政策》在支持自主开发汽车产品方面有较好的体现，它明确提出支持自主开发。"自主开发可采取自行开发、联合开发、委托开发等多种形式"，表明国家在鼓励自主开发的时候，主张的是开放的自主而不是封闭的自主。"支持大型汽车企业集团、企业联盟或汽车零部件生产企业开发具有当代先进水平和自主知识产权的整车或部件总成"，这也表明了国家在支持企业技术协作联盟上的原则与立场（唐杰等，2007）。

同时，为了支持企业间的技术协作，加快国内企业研发具有自主知识产权的产品和技术的步伐，提高国内高技术产品的国际竞争力，可以采取以下一些措施：

（1）由国内企业自主或共同承担的技术创新项目，可优先获得拨款或政策性贷款支持；对国内企业具有自主知识产权的创新设计项目，给予资金贴补；对技术开发联合项目，给予政策优先支持。

（2）对符合产业导向、行业自主开发的产品，全额补贴其国内外技术专利的申请费，部分补贴专利代理费和专利维持费。

（3）政府鼓励企业，特别是中小企业间的协作研发活动，对于企业间联合申请的国内外技术专利给予重点考虑和支持。

（4）政府应该采取切实可行的措施，加快国内企业自主品牌的建立，并给予自主品牌产品一定程度上的政策倾斜和税收优惠；为了鼓励我国高技术产品的生产与销售，政府应加大宣传自主开发的国产高技术产品，引导消费者对国内品牌的消费意识。

第四，制定完善的税收政策体系，规范企业的税收立法。

我国在企业所得税上对内外资企业执行了不同的税率，外资企业所得税税率为15％，内资企业所得税税率为33％，内资企业所得税税负重于外资企业。具体到高技术产业，内外资企业也存在着不平等现象，如生产型外资企业自赢利之日起，两年免征企业所得税，后3年减半征收企业所得税。购买国产设备投资，还可以抵免企业所得税。但对新办内资高科技企业，自投产之日起，只能两年内减免企业所得税。事实上，很多高科技企业很难真正享受到这一优惠，因为高科技项目从研究开发到批量生产，再到开辟市场，其周期一般较长，大多要超过两年。除了内外资企业所得税的差别外，我国执行的区域性税收优惠政策也存在着一定的功能缺陷。具体表现为高新技术产业开发区、经济技术开发区和经济特区，区内企业和区外企业科技税收优惠政策不一样，其弊端越来越明显。在区内的企业，有些企业并不是高新技术企业，也享受所得税的税收优惠。而某些区外的企业却享受不到优惠政策支持。企业在创新过程中，面临着巨大的市场风险、开发风险和技术流失风险，而当前我国在税收政策设计上忽略了技术创新的风险性，税收政策只是对企业技术开发的新产品所带来的利润予以一定的税收减免，对企业用于科研开发的投资以及开发过程中可能的失败，在税收上没有给予更多的考虑（韩凤芹，2004）。

因此，国家在企业税收政策上要给予重点的支持与考虑。这就需要从以下几个方面来加以完善。

首先，完善所得税优惠政策，鼓励多种经济实体加大研究与开发投入。根据企业发展的特点和需要，改变对不同企业给予不同优惠的行为，有针对性地对关键环节给予较大幅度优惠。同时，对于企业间技术协作的创新成果，给予协作成员共同的税收优惠，特别是对于一些国际领先的创新技术，更需要给予更大的税收政策优惠以激励企业间的创新行为，为今后的协作创新提供更大的激励。

其次，制定政策法案，规范科技成果税收立法。我国现有的科技税收政策还不完善，并且没有形成一个完整的系统，没有一部完整的企业税收法案。为此，需要制定符合企业的税收法律法规，特别是要对国内企业的自主或协作研发创造出来的成果给予重点扶持，从法律上来强化国家对企业研究与开发的认同。

最后，积极探索建立与完善风险投资税收优惠政策体系。企业发展的高风险也需要在税收政策制定上给予充分的考虑。应从税收角度制定一些优惠政策鼓励风险投资的发展。在投资失败后，在税收上也需要给予必要的优惠。同时，企业发展周期长的特点也需要在税法中充分地体现出来，在研究与开发成果应用后国家税收政策也需要给予必要的优惠。

第 5 章　专利联盟决策及其对自主创新能力的影响

5.1　专利联盟的内涵与作用分析

5.1.1　专利联盟的内涵分析

对专利联盟的定义各有不同。美国专利商标局给专利联盟下的定义是："两个或两个以上的专利所有人之间将其一个或多个专利许可给一方或第三方的协议"。专利联盟中有众多成员，集中了一个行业中大部分甚至是全部专利。许可费按各成员投入专利联盟中的各自专利价值的比例来分配。日本《标准化和专利联盟安排指南》中的定义为：专利联盟是一种组织，多个专利权人授权该组织向用户发放他们专利的许可，并且用户从该组织获得必需的各种许可。这些组织可以有多种形式，一些专利联盟是新设立一个机构，有些专利联盟是由现存的某个组织来担任这个角色。欧洲共同体立法中没有对专利联盟作过专门的定义，但是有一个类似的概念，就是技术联盟，它是指两个或多个成员通过一种安排将一些技术打包集合起来，向联盟中技术的贡献者或者第三方进行许可。技术池在结构上可以表现为数量有限的几方之间简单的安排，也可以表现为精心设计的组织性安排，通过这种安排委托一个独立的实体来许可"池"中的技术。无论在哪种情况下，技术池都允许被许可人以一种价格来获得许可。李韵认为，专利联盟是不同企业联盟合作，注入自己的专利共同建立一个共用的"专利储备库"，其他企业如果要使用该"储备库"里的专利技术，就要支付相应的价款。专利联盟成立的初衷是为了减少交易成本，把一揽子专利许可协议放入享有专利权的各企业组成的联盟中。Shapiro 认为，专利联盟是"涉及一个个体（不论是一个新个体或者是原来的专利权人之一）将两个或以上公司的专利权以打包集中授权的方式授予第三方"。这种打包的方式有多种，有的是专门成立一个专利许可公司，依专利权人的授权收取许可费，有的是专利权人直接收取费用。Klein 认为，专利联盟是指"两个或两个以上专利所有人间的协定，用以相互间或向第三方授权他们的一个或多个专利"，也可定义为"交叉授权标的知识产权集合体，不论其是由专利权人直接授权还是通过其他组织（如合资企业）来专门管理"。Merges 将其定义为"一种多个专利所有人之间汇集其专利的协议安排，在一个典型的专利池（patent pool）中，成员间共享汇集的所有专利，并且通常也向专利联盟成员之外的企业提供标准的许可条款"。

本书认为，专利联盟是指由多个专利拥有者，为了能够彼此之间分享专利技术或者统一对外进行专利许可而形成的一个正式或者非正式的联盟组织（Shapiro，2001；李玉剑等，2004；Ted 等，2005；Goldstein 等，2005；朱振中等，2007）。专利联盟作为一种企业竞争战略，能够有效提升我国企业的竞争力（顾保国等，2007）。由于得到许可，专利联盟内的企业能够自由地（或以较低成本）使用制造产品所需要的牵制性专利和互补性专利（刘林青等，2006）。这不仅可以在一定程度上降低累积创新专利所带来的协调成本、机会主义成本和诉讼成本等交易成本，而且可以提高专利的使用效率（任声策等，2006）。

5.1.2　专利联盟对自主创新的作用分析

Merges（1999）指出，目前有许多专利联盟是在形成行业标准的驱动下成立的。这是因为，即使不存在必需的一个单独专利或一组专利，企业也常常发现由于形成行业标准需要经常进行协商，成立拥有正式规则，甚至是统一指导的管理机构将有助于减少交易成本（transaction costs）。Robert 等（1999）认为，传统的专利制度没有考虑到产品的多专利持有问题。他指出，当前需要研究的是专利技术发明人获得专利后如何对待他的专利。他认为，专利联盟是一个前后专利持有人之间达成的契约，通过它可以降低专利许可的交易成本。Shapiro（2001）指出，当前专利制度在下面几种情况下提高了交易成本：①生产的专利许可问题。产品生产无意之中就侵犯了专利持有人的权益，因此，产品生产需要得到多个专利持有人的专利许可，这在一定程度上增加了生产的协调成本。②敲竹杠（hold up）问题。专利持有人彼此之间依赖程度的提高以及合作契约的不完备性，很容易诱使个别专利持有人凭借手中的专利采取"敲竹杠"行为。他提出，上述情况的改变需要专利制度的改革，但企业也可以通过组建专利联盟来降低上述交易成本。Choi（2003）提出，多数专利联盟成立的目的在于解决或者避免由于专利侵权或专利有效性的争议所引起的专利诉讼。Brenner（2004）建立了专利联盟的非合作（non-cooperative）形成过程静态模型，分析了专利联盟形成的两种机制：排他机制（exclusive mechanism）与非排他机制（non-exclusive mechanism）。其研究发现，如果形成机制是非排他的，增加社会福利的联盟会出现稳定问题，而对于减少社会福利的专利联盟来说，不论形成机制是排他的还是非排他的，联盟都是稳定的。

由于得到许可，专利联盟内的企业得以自由地（或以较低成本）使用制造产品所需要的牵制性专利和互补性专利（刘林青等，2006）。这不仅可以在一定程度上降低累积创新专利所带来的协调成本、机会主义成本和诉讼成本等交易成本，而且可以提高专利的使用效率（李玉剑等，2005）。专利联盟的这一特性可以让企业在技术创新过程中能够充分利用自身的专利技术，获取更多专利使用权，增强专利聚集效应，从而为企业自主创新能力的培养提供更加高效的技术组合。

由于科技领域的激烈竞争，企业在技术和新产品开发过程中均必须时刻关注技术的改变，努力避开缺乏专利权的束缚。但是单个企业，特别是单个民营企业，很难有效解决缺乏专利权所带来的发展瓶颈，而专利联盟则可以为打破此瓶颈提供有利的尝试。专利联盟可以为企业自主创新提供有利的范式，为企业自主创新能力的培养提供有力的保障。专利联盟对高科技企业自主创新的主要作用表现在：可以整合专利知识，让高科技企业获得更多创新技术和创新产品；可以让高科技企业获得更多的专利使用权，增强企业的核心竞争力；可以让高科技企业共同抵御其他竞争对手的恶性攻击，维护企业在技术竞争市场的权益。

5.2　基于动态规划的专利联盟的决策模型

从战略上讲，对专利进行管理首先意味着要把技术活动和经营战略结合起来，然后再从组织流程的角度对专利活动进行全方位的管理。在实际运作过程中，技术专利应该对产品营销、生产工艺以及管理者的投资决策起到促进作用。实际上，专利化决策由企业的战略目标所决定，并随之不断进行调整与整合。总的来讲，技术专利化的战略管理目标就在于确保现金流的持续增长，这与资产投资的目标相类似。由于专利联盟活动各个阶段决策是相互联系的，同时考虑到市场竞争和专利联盟决策过程，在借鉴宿洁等（2001）相关研究成果的基础上，建立了多阶段专利联盟决策的动态规划模型。

设 $N = \{1, 2, \cdots, n\}(n \geqslant 1)$ 是市场上的企业集，企业 i 结合自身的战略目标制订研发计划。同时，在市场集中企业 i 有 $n-1$ 个协作企业可以选择，为了对研发过程进行有效的管理，企业将专利联盟过程分为 $m(m \geqslant 1)$ 个阶段，在每一阶段初企业 i 都可以根据前期的专利联盟实施状况和对下一阶段研发的期望值，在这 $n-1$ 个专利联盟企业中重新进行选择。设企业 i 在阶段 $k(k = 1, 2, \cdots, m)$ 初期与企业 $j(j = 1, 2, \cdots, n)$ 组成专利联盟，若 $j = i$，则表示企业 i 要进行自主研发。到阶段 $k(k = 2, \cdots, m)$ 末期时，与企业 j 研发投入的期望价值率为 v_{ij}^k，平均风险损失率为 r_{ij}^k。根据实际情况，企业对专利联盟各个阶段的评估分析直到作出决策，需花费一定的组织管理费用，而这部分费用由于不能得到协作企业的回报，因此不能记入对专利联盟企业的研发投入，应按阶段 k 的投入额花费一定比例的决策费用，不妨假设在阶段 $k(k = 1, 2, \cdots, m)$ 中的决策费用率为 p_{ij}^k。

多阶段专利联盟的决策就是要求设计企业 i 的一种专利联盟组合方案，使得研发管理与企业 i 战略目标相结合，分阶段对专利联盟进行有效的决策，规避不确定性带来的风险，并保证在研发投入低于一定研发费用上限的前提下，确保到

阶段 m 末期时，取得研发的成功。

5.2.1　假设条件与变量描述

为了便于研究，减少外部环境的不确定性影响，我们作出以下几点假设：

假设 5.1： 企业 i 在研发开始时（第 1 阶段初）就计划了研发资金的总投入（确定了研发投入的资金上限），在其后的 $m-1$ 个阶段中不再追加对企业研发资金总投入；同时，也不把在研发过程中获得的收益从研发成本中抽出。也就是说，企业 i 最终持有的技术和资金只是由最初的研发成本进行了 m 次决策后获得的。

假设 5.2： 研发活动的生产函数 $f(q)$ 是二次可微的凸函数，$f(0)=0$，对所有的 $q \geqslant 0$，有

（1）$f(q) < C$，且 $f'(q) > 0$，表示企业有足够的动机投资于研发活动，并保证了所有协作企业投入研发活动均可以获得一定的研发收益。

（2）$f''(q) > 0$，表示企业的研发投资活动所获得的边界收益递减，也保证了企业的投资活动存在着最优解。

假设 5.3： 参与专利联盟的企业越多，研发风险就越小，而且，该企业的研发风险不能高于一个固定的风险上限。

假设 5.4： 整个研发过程是持续的，在相邻两阶段间没有研发突发事件。这样，任一阶段末期时企业研发投入和收益与下一阶段初时的情况相同。

假设 5.5： 在专利联盟活动中企业均为理性投资者，不会随意违反合作协议。

为构造和求解多阶段专利联盟决策的动态规划模型，我们首先确定 x_{ij}^k 为第 k 阶段企业 i 与企业 j 继续专利联盟投入的金额，其中：$x_{ij}^k = 0$ 表示在阶段 k 企业 i 与企业 j 未开展专利联盟；$x_{ij}^k > 0$ 表示在阶段 k 企业 i 与企业 j 开展专利联盟。

在阶段 k 初期，企业 i 与企业 j 专利联盟投入总金额为 u_{ij}^k，企业 i 研发投入预算的剩余资金总额为 t_i^k。因此，阶段 k 初期企业 i 对网络中的各专利联盟企业的投入和未使用的研发资金的状态为 $(u_{i1}^k, u_{i2}^k, \cdots, u_{in}^k, t_i^k)$，我们称之为阶段 k 初期企业 i 研发投入的状态变量，简记为 $ut_i^k (k=1,2,\cdots,m)$。

阶段 k 企业 i 的研发投资分配情况为 $(x_{i1}^k, x_{i2}^k, \cdots, x_{in}^k)$，作为阶段 k 的研发投资决策变量，简记为 $X_{ij}^k (k=1,2,\cdots,m; i,j=1,2,\cdots,n)$。

由假设 5.1 可知 $u_{ij}^1 = 0 (i=1,2,\cdots,n; j=1,2,\cdots,n; i \neq j)$，确定企业 i 研发的总投入（C），可知 $t_i^1 = C$。

5.2.2　状态转移方程与约束条件

由决策变量的定义知，当阶段 $k(k=1,2,\cdots,m)$ 初期的研发投资状态为 $ut_i^k (k=1,2,\cdots,m)$ 时，企业在专利联盟投入的决策 $X_{ij}^k (k=1,2\cdots,m; i,j=1,2\cdots,n; i \neq j)$ 会影响其在阶段 k 末期的投资状态 ut_i^{k+1}。由于各阶段企业 i 专利联

盟决策的选择是相互联系的，我们不妨设状态转移方程为

$$u_{ij}^{k+1} = \tau(u_{ij}^k, x_{ij}^k) \tag{5.1}$$

进一步分析简化问题，可认为企业 i 对协作企业 j 的研发投入在阶段 k 末期等于前 $k-1$ 个阶段的投入总和加上本阶段的投入 x_{ij}^k，即 $u_{ij}^k + x_{ij}^k$。所以，企业 i 对企业 j 专利联盟投入 x_{ij}^k 时，对企业 j 专利联盟所得的期望价值增长为 $v_{ij}^k(u_{ij}^k + x_{ij}^k)$。因此，阶段 k 末期企业 i 对专利联盟企业 j 的研发投入 u_{ij}^{k+1} 就为

$$\tau(u_{ij}^k, x_{ij}^k) = u_{ij}^k + x_{ij}^k + v_{ij}^k(u_{ij}^k + x_{ij}^k)$$
$$(i = 1, 2, \cdots, n; j = 1, 2, \cdots, n; i \neq j) \tag{5.2}$$

同时企业 i 对协作企业 j 的研发投资 x_{ij}^k 也会影响阶段 k 末期时的自由研发费用的持有量，即等于研发投入金额 $\sum\limits_{j \neq i}^{n} x_{ij}^k$ 与决策费用 $\sum\limits_{j \neq i}^{n} p_{ij}^k \mid x_{ij}^k \mid$ 的总和。因此，阶段 k 末期时企业 i 所持有的研发资金 t^{k+1} 就为

$$t^{k+1} = t^k - \sum_{j \neq i}^{n} (x_{ij}^k + p_{ij}^k \mid x_{ij}^k \mid) \tag{5.3}$$

由假设 5.1 可知，企业 i 进行研发时所消耗的资金额不能超过其可利用研发费用的总额，阶段 k 末期时企业的自由资金量不能为负值，即 $t^{k+1} \geqslant 0$，代入式（5.3），可得

$$\sum_{j \neq i}^{n} (x_{ij}^k + p_{ij}^k \mid x_{ij}^k \mid) \leqslant t^k \tag{5.4}$$

同时由假设 5.5 可知

$$u_{ij}^{k+1} \geqslant 0 \tag{5.5}$$

考虑到企业在第 $k(k = 1, 2, \cdots, m)$ 阶段中进行投资的总体风险是由其在阶段 k 末期时所持有的总投资产生的。其中，阶段 k 末期企业 i 对协作企业 j 的总投资量为 $u_{ij}^k + x_{ij}^k$，故企业 i 与协作企业 j 的研发投入风险就为 $r_{ij}^k(u_{ij}^k + x_{ij}^k)$。因此，由假设 5.3 知，企业 i 在第 $k(k = 1, \cdots, m)$ 阶段进行投资的总体风险超过企业 i 与协作企业 j 的研发投入风险，即

$$r_{ij}^k(u_{ij}^k + x_{ij}^k) \leqslant R \tag{5.6}$$

同时，由假设 5.2 可知，生产函数对专利联盟决策存在约束

$$f(q) < C, f'(q) > 0, f''(q) > 0$$

根据以上分析，当企业 i 在阶段 $k(k = 1, \cdots, m)$ 的决策变量为 X_i^k 时，其对专利联盟企业 j 的选择必须满足式（5.4）～式（5.7）的约束方程，即

$$\text{s. t.} \begin{cases} \sum\limits_{j \neq i}^{n} (x_{ij}^k + p_{ij}^k \mid x_{ij}^k \mid) \leqslant t^k \\ u_{ij}^{k+1} > 0 \\ r_{ij}^k(u_{ij}^k + x_{ij}^k) \leqslant R \\ f(q) < C, f'(q) > 0, f''(q) > 0 \end{cases} \quad k = 1, 2, \cdots, m; i, j = 1, 2, \cdots, n \neq j$$

$$\tag{5.7}$$

5.2.3　过程指标函数

令 $f_k(X_i^k, \cdots, X_i^m) = [t_i^{m+1} + \sum\limits_{j\neq i}^{n}\tau(u_{ij}^k, x_{ij}^k)] - [t_i^k + \sum\limits_{j\neq i}^{n}\tau(u_{ij}^k, x_{ij}^k)](1 \leqslant k \leqslant m)$，表示企业 i 从第 k 阶段初的状态 $ut_i^k(k=1,2,\cdots,m)$ 开始，依次按决策变量 $X_i^k, \cdots, X_i^m$ 进行投资，到阶段 m 末时所得的实际收益值。

因此，专利联盟的 m 阶段决策，就是在满足条件式（5.1）～式（5.7）的前提下，寻找每个阶段中的投资决策变量，使得这 m 个阶段投资的总收益 $f_m(X_i^1, \cdots, X_i^m)$ 尽可能大。

而由前面动态规划模型各要素的分析可知，相邻阶段的状态是相关的，因此，可以根据阶段状态变量间的递推关系描述出企业 i 专利联盟决策目标：

$$\begin{cases} f_1^*(u_i^1) = C \\ f_k^*(u_i^k) = \mathrm{opt}[t_i^k + \sum\limits_{j\neq i}^{n}\tau(u_{ij}^k, x_{ij}^k) + f_{k-1}^*(u_i^{k-1})], k=1,2,\cdots,n \end{cases} \tag{5.8}$$

5.2.4　动态规划方程

企业 i 从阶段 k 初开始，依次按决策变量 $X_i^k, \cdots, X_i^m$ 进行选择，到阶段 m 末期时企业 i 所能获得研发的最大总收益 $F_K = \max\limits_{X_i^k, \cdots, X_i^m} f_k(X_i^k, \cdots, X_i^m)(1 \leqslant k \leqslant m)$。根据决策变量的无后效性及状态变量间的关系带入式（5.8）可得

$$\begin{aligned} F_k = \max\limits_{X_i^k, \cdots, X_i^m} \{ f_{k+1}(X_k, \cdots, X_m) + t_i^k \\ + \sum\limits_{j\neq i}^{n}\tau(u_{ij}^k, x_{ij}^k) + f_{k-1}^*(u_i^{k-1})\} \end{aligned} \tag{5.9}$$

进一步化简目标方程，可得

$$\begin{aligned} F_k &= \max\limits_{X_i^k, \cdots, X_i^m} \{ F_{k+1} + t_i^k + \sum\limits_{j\neq i}^{n}\tau(u_{ij}^k, x_{ij}^k) + f_{k-1}^*(u_i^{k-1})\} \\ &= \max\limits_{X_i^k, \cdots, X_i^m} \{ F_{k+1} + \sum\limits_{j\neq i}^{n}v_{ij}^k(u_{ij}^k + x_{ij}^k) - \sum\limits_{j\neq i}^{n}p_{ij}^k \mid x_{ij}^k \mid\} \end{aligned} \tag{5.10}$$

综上所述，专利联盟各阶段的决策就可以表示为一个动态规划模型。该动态规划模型的基本方程为

$$F_k = \max\limits_{X_i^k, \cdots, X_i^m} [F_{k+1} + \sum\limits_{j\neq i}^{n}v_{ij}^k(u_{ij}^k + x_{ij}^k) - \sum\limits_{j\neq i}^{n}p_{ij}^k \mid x_{ij}^k \mid]$$

$$\text{s. t.} \begin{cases} \sum_{j \neq i}^{n} (x_{ij}^k + p_{ij}^k \mid x_{ij}^k \mid) \geqslant t^k \\ u_{ij}^{k+1} > 0 \\ r_{ij}^k (u_{ij}^k + x_{ij}^k) \leqslant R \\ f(q) < C, f'(q) > 0, f''(q) > 0 \end{cases} \quad k = 1, 2, \cdots, m; i, j = 1, 2, \cdots, n \neq j$$

$$(5.11)$$

式中，

$$u_{ij}^1 = 0, \qquad i = 1, 2, \cdots, n; j = 1, 2, \cdots, n; i \neq j$$

$$t_i^1 = C$$

$$u_{ij}^{k+1} = \tau(u_{ij}^k, x_{ij}^k)$$

$$t^{k+1} = t^k - \sum_{j \neq i}^{n} (x_{ij}^k + p_{ij}^k \mid x_{ij}^k \mid)$$

利用最优化方法（韩大卫，2001；袁亚湘等，2003）可以求解上述动态规划模型，从而得到专利联盟投资的最优决策。

5.3　专利联盟影响自主创新的机理模型

为了进一步分析专利联盟影响自主创新能力的内在机理，本节结合研发联盟分析专利联盟对自主创新能力的影响方式。

5.3.1　技术联盟和自主创新能力协调发展的理论分析

专利联盟是一种特殊的技术联盟形式，在发展过程中通常与研发联盟相辅相成，共同促进自主创新能力的提升。研发联盟、专利联盟和自主创新能力的协调发展主要表现在它们之间的相互促进和相互协调机制上。通过对研发联盟、专利联盟和自主创新能力的协调发展进行研究，可以实现自主创新能力培育链上关键环节的有效链接，促进研发联盟、专利联盟和自主创新能力的持续健康发展。

1. 研发联盟与自主创新能力的协调发展

研发联盟与自主创新能力的协调发展主要表现为研发联盟是自主创新能力提升的重要途径，而自主创新能力的提升又可以促进研发联盟活动的开展。具体表现在以下两点。

（1）研发联盟是实现自主创新能力快速提升的重要途径和方法，研发联盟"合作—吸收—利用"的学习方式可以为我国自主创新能力的提升积累雄厚的技术资本。具体来讲，研发联盟可以为技术创新提供必要的创新知识，扩大创新知识的来源，从而节省创新知识的获取成本，提高技术创新的速度。特别是对于生产性组织来讲，在技术开发过程中获得领先就为其在产品市场的博弈中获得先动优势，从而为自主创新能力的提升提供有利的条件。

（2）自主创新能力具有对研发联盟活动的促进和推动作用。一方面，自主创新能力是研发联盟活动的基础，技术能力的强弱决定着合作成员在联盟中的地位，技术能力强可以为参与者从联盟中获得更多的创新知识提供有利的条件；另一方面，自主创新能力的提升还可以促进合作组织参与更多的研发合作活动，特别是可以与世界上技术领先的研究机构进行合作，可以进一步增强研发联盟活动的技术层次和级别。

2. 专利联盟与自主创新能力的协调发展

通过组建专利联盟，在很大程度上更会提升组织的自主创新能力。两者之间的互动关系表现在以下两点。

（1）与潜在强大的竞争对手建立专利联盟，有助于组织推广专利技术，获取某种程度上的技术垄断优势，扩大市场占有率，共同对付其他竞争对手。从这一点来看，专利联盟可以有效地提升联盟成员在世界技术领域的地位，增强联盟成员的核心优势，提升其自主创新能力。

（2）专利联盟的建立是基于技术和产品领先的市场地位，只有具有领先技术的组织才有可能参与专利联盟的创建，因此提升自主创新能力就成为了组织参与创建专利联盟的必要条件。当前，我国组建专利联盟可采用两种方式：其一是积极加入国外组织发起的专利联盟，尤其是技术和标准共同开发的联盟。这不仅可保证我国自主开发的技术与随后产生的国际标准相容，而且也有利于我们学习国外的先进技术和成熟的商业运作模式。其二是行业内的科研组织和企业共同组建战略联盟，围绕核心技术进行联合投资、合作开发，充分利用自身丰富的技术与市场优势，推动专利技术的形成。当然，这两种方式的专利联盟都是建立在专利联盟创建成员必须具有足够的自主创新能力和核心竞争优势的基础之上的。

5.3.2　研发联盟、专利联盟和自主创新能力协调发展的系统动力学模型

1. 研发联盟、专利联盟和自主创新能力协调发展的系统动力学流程图

根据协作研发、专利联盟和自主创新能力协调发展的理论分析，我们构建研发联盟、专利联盟和自主创新能力协调发展的系统动力学流程图，如图 5.1 所示。

据此，可分别构建两种系统动力学流程图，如图 5.2、图 5.3 所示。该系统动力学流程图主要是从研发联盟和专利联盟的角度来分析自主创新能力的提升问题，建立基于技术联盟的自主创新能力培育的流位流率系。

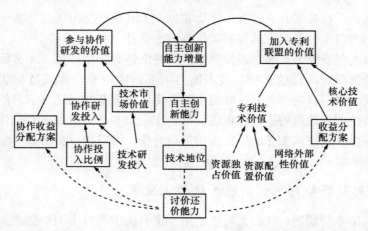

图 5.1　研发联盟、专利联盟和自主创新能力协调发展的系统动力学流程图

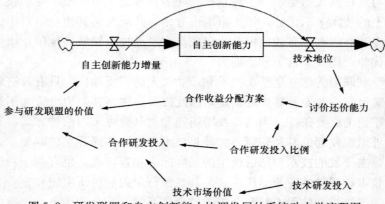

图 5.2　研发联盟和自主创新能力协调发展的系统动力学流程图

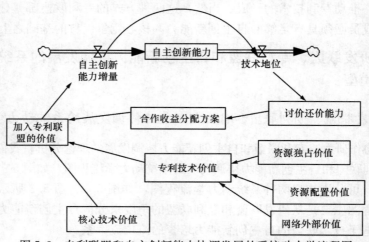

图 5.3　专利联盟和自主创新能力协调发展的系统动力学流程图

2. 模型的描述

根据研发联盟和自主创新能力协调发展、专利联盟和自主创新能力协调发展的系统动力学流程图，我们可以看到这两个系统动力学流程图的反馈回路主要有以下两种。

1）研发联盟与自主创新能力协调发展的反馈回路

研发联盟与自主创新能力之间是一个正反馈回路，它们之间存在相互推动、相互加强的关系。一方面，研发联盟活动的开展有利于组织获得足够的创新知识，从而使组织进一步提升其核心竞争优势，增强自主创新能力。另一方面，自主创新能力的提升又会增强组织在技术市场的竞争优势，提高其技术地位，组织的技术地位提升会增加组织在合作过程中的讨价还价能力。这就使得组织在研发联盟博弈中获得比较优势，使其在研发联盟过程中投入更少的资源，而在成果分配中获得更多的研发收益，以此推动组织研发联盟活动的持续健康发展。

2）专利联盟与自主创新能力协调发展的反馈回路

专利联盟与自主创新能力也是一个正反馈回路，自主创新能力的提升推动专利联盟的组建，而专利联盟也推动自主创新能力的培育和提升。一方面，专利联盟的组建有利于组织获得技术垄断的权利，从而为自主创新能力的培育打下坚实的基础。另一方面，自主创新能力的提升又会增强组织在技术市场的竞争优势，提高其技术地位，组织的技术地位提升会增加组织在联盟过程中的讨价还价能力。这就使得组织在专利联盟的组建中获得优势地位，在专利联盟收益的分配上获得更多的资源，从而增强组织参与专利联盟组建的积极性和主动性。在本回路中，我们认为专利联盟的价值不仅仅取决于组织从标准中获得的价值，还取决于企业自身专利的价值，当组织加入专利联盟的价值小于专利自身价值时，理性的组织就会选择放弃加入专利联盟。

3. 系统动力学方程的构建

在理论分析和系统动力学流程图的基础之上，本书进一步建立研发联盟、专利联盟和自主创新能力协调发展的系统动力学方程组。

参与研发联盟的价值＝技术市场价值×合作收益分配方案－研发联盟投入；

专利技术价值＝f（网络外部性价值，资源独占价值，资源配置价值）；

技术地位＝f（自主创新能力）；

技术市场价值＝f（技术研发投入）；

技术研发投入＝C；

加入专利联盟的价值＝IF THEN ELSE［（专利技术价值×收益分配方案－核心技术价值）＞0，专利技术价值×收益分配方案，核心技术价值］；

　　合作收益分配方案＝ƒ（讨价还价能力）；

　　合作研发投入比例＝ƒ（讨价还价能力）；

　　合作研发投入＝技术研发投入×合作研发投入比例；

　　收益分配方案＝ƒ（讨价还价能力）；

　　讨价还价能力＝ƒ（技术地位）；

　　网络外部性价值＝C；

　　专利技术价值＝C；

　　资源独占价值＝C；

　　资源配置价值＝C；

　　自主创新能力＝ƒ（自主创新能力增量）；

　　自主创新能力增量＝ƒ（参与研发联盟的价值，加入专利联盟的价值）。

5.3.3　系统动力学模型仿真分析

1. 模型参数设置和系统动力学方程的构建

　　根据建立的系统动力学方程组，本书通过对相关参数进行调整，对研发联盟、专利联盟与自主创新能力的协调发展进行仿真与分析。仿真的方程组如下：

　　参与研发联盟的价值＝技术市场价值×合作收益分配方案－研发联盟投入；

　　专利技术价值＝网络外部性价值＋资源独占价值＋资源配置价值；

　　技术地位＝WITH LOOKUP［自主创新能力,（（0，0）－（80，5）），（0，0），（15，1），（30，2），（45，3），（55，4），（65，4.8）］；

　　技术市场价值＝EXP（技术研发投入）；

　　技术研发投入＝3；

　　加入专利联盟的价值＝IF THEN ELSE（（专利技术价值×收益分配方案－核心技术价值）＞0，专利技术价值×收益分配方案，核心技术价值）；

　　合作收益分配方案＝WITH LOOKUP［讨价还价能力,（（0，0）－(10，1)），（0，0），（1，0.1），（2，0.3），（3，0.6），（4，0.8），（5，0.9）］；

　　合作研发投入比例＝WITH LOOKUP［讨价还价能力,（（0，0）－(5，1)），（0，0.9），（1，0.7），（2，0.6），（3，0.4），（4，0.2），（5，0.1）］；

　　合作研发投入＝技术研发投入×合作研发投入比例；

　　收益分配方案＝WITH LOOKUP［讨价还价能力,（（0，0）－（10，1)），（0，0），（1，0.1），（2，0.3），（3，0.6），（4，0.8），（5，0.9）］；

　　FINAL TIME＝12；

·　　INITIAL TIME＝0；

　　讨价还价能力＝WITH LOOKUP［技术地位,（（0，0）－（10，5）），（0，0），

(1，1)，(2，2)，(3，3)，(4，4)，(5，5)]；

　　网络外部性价值＝210；

　　专利技术价值＝50；

　　资源独占价值＝110；

　　资源配置价值＝100；

　　自主创新能力＝INTEG（自主创新能力增量，10）；

　　自主创新能力增量＝LN（参与研发联盟的价值＋加入专利联盟的价值）。

2. 数据模拟结果及分析

利用系统动力学专用软件 Vensim PLE，把以上流程图和模型输入到软件当中，可以获取系统动力学模型输出数值表和曲线，见表 5.1 和图 5.4。

表 5.1　系统动力学模型输出数值表

时间/年	自主创新能力	自主创新能力增量	加入专利联盟的价值	参与研发联盟的价值
0	10.00	3.89	50.00*	−0.96
1	13.90	3.91	50.00*	−0.28
2	17.80	4.07	57.67	0.71
3	21.87	4.41	80.45	1.88
4	26.28	4.68	105.15	3.15
5	30.96	4.93	134.01	4.65
6	35.89	5.21	175.51	6.83
7	41.10	5.43	219.24	9.13
8	46.53	5.61	260.58	11.32
9	52.14	5.72	291.97	13.05
10	57.86	5.83	324.00	14.81
11	63.68	5.89	343.73	15.89
12	69.57	5.92	356.09	16.57

＊为专利技术的初始价值。

从以上输出曲线和数值表，可以得出以下分析结果。

（1）组织加入专利联盟的价值随着加入专利联盟时间的增长而增加。如前分析，我们在对标准价值的设定中使用了 IF THEN ELSE 函数，这是因为当组织参与专利联盟的价值为明显负值，即（专利技术价值×收益分配方案－核心技术价值）＜0 时，理性的组织必然会选择继续单独使用专利技术，而不参与专利联盟。随着组织自主创新能力的增强，当其发现参与专利联盟的价值为明显正值，即（专利技术价值×收益分配方案－核心技术价值）＞0 时，便会参与专利联盟的组建，以从中获取额外价值。在图 5.4 中，可以发现有一个拐点 A ，该拐点对应的时间正是组织发现适宜加入专利联盟的时机。

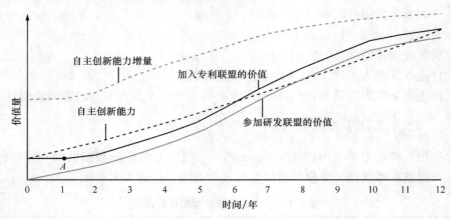

图 5.4　系统动力学模型输出曲线示意图

（2）组织加入专利联盟的价值随着加入研发联盟时间的增长而增加。组织参与研发联盟的价值在开始一段时间内为负值，这是因为在组织参与研发联盟活动的前期，由于其自主创新能力比较弱，在合作过程中必然会处于劣势地位，讨价还价的能力相对较少。因此在这一阶段可能会获得负收益，但是随着组织自主创新能力的增强，组织从研发联盟中获得的收益也会越来越多，从图形中我们可以看到组织从研发联盟中获得的价值在不断地增加。

（3）组织自主创新能力随着技术联盟的良性发展而快速提升。在研发联盟和专利联盟的共同作用下，自主创新能力随着时间的推移而迅速提升，可以得到结论：研发联盟和专利联盟的良性发展可以有效提升组织的自主创新能力，增强组织的核心竞争优势。

3. 基本结论

通过对研发联盟、专利联盟和自主创新能力协调发展的系统动力学分析，我们可以从中得到一些相关的研究启示。

（1）自主创新能力是一个组合概念，贯穿 R&D—知识产权—标准化—产业化的整个过程。技术专利化能力以及进入专利联盟的谈判力是自主创新能力得以实现的重要因素。因此，在培养自主创新能力的过程中，除需要考虑技术创新能力外，更应综合考虑合作化能力、技术专利化能力和技术产业化能力等方面的组合影响。在实践过程中，通过研发联盟、专利联盟等活动来加强自主创新能力的培育是一条有效的途径，政府、行业等相关部门应该加强对研发联盟、专利联盟等活动的引导和管理，推动研发联盟、专利联盟等技术创新活动的高效成长和发展。

（2）自主创新并不是单个组织或行业的单打独斗，需要多个组织、行业之间的联合与合作，研发联盟能够为我国自主创新能力的培养赢得更多的竞争优势，为自主创新能力的提升积累更多的技术资本。在实际操作过程中，基于合作的自主创新能力提升路径和方法的设计需要具体与合理，要综合考虑研发能力、政策导向、行业特征等多种因素，以达到全面掌控基于研发联盟的自主创新能力的培育。当然，组织自主创新能力的提升也必然会增强其对研发联盟活动的控制能力，以便从中获取更多的研发收益，提高组织研发联盟的价值。可以说，自主创新能力和研发联盟活动是一个良性循环的过程。

（3）专利联盟是我国企业和行业等参与创建技术标准的重要方式和途径，通过专利联盟，可以让我们更多地拥有专利、使用专利和实现技术的兼容，可以让我们能够学习到新的技术和知识，从而实现自主创新能力的提升。同时，当自主创新能力达到一定程度时，又可以提升企业和科研组织等的技术创新竞争优势，最终实现自主开发技术的目的。因此，自主创新能力和专利联盟的成长与发展是一个相互促进、相互协调的过程。

第6章　专利联盟对自主创新能力提升的实证研究

6.1　基于专利联盟的企业自主创新分析

6.1.1　基于专利联盟的自主创新能力提升类型分析

基于专利联盟的自主创新能力提升类型可以从两个维度进行划分，如图 6.1 所示。横向维度描述的是联盟方的技术关联度，表示各联盟主体在关键技术上的相关性程度；纵向维度描述的是联盟主体在产业发展上的相似性程度，主要是指各联盟主体在产业化市场上产品之间的直接竞争关系。据此我们可以把自主创新能力提升的专利联盟类型分为四大类：竞争型、博弈型、缺乏型和理想型。

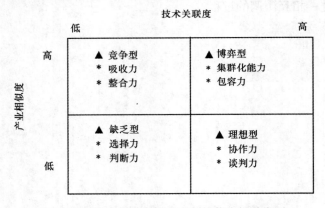

图 6.1　基于专利联盟的自主创新能力提升类型

竞争型位于图 6.1 左上角方格，是指开展联盟成员的产业相似度高而技术关联度低。这一类型的联盟主要表现在组织的吸收力和整合力力上。吸收力是对联盟方创新知识和自身核心知识的融合，包括吸收知识的能力（学习能力）、创造新知识的能力（解决问题的技能）。整合力要求一方面获取和消化组织外部的知识，另一方面实现组织内外部规则、职能和专业间的整合。这种类型的联盟主要有同行业内生产不同产品的企业间合作等。

博弈型位于图 6.1 右上角方格，是指开展联盟成员的技术关联度和产业相似度均高，也就是说开展联盟的成员间具有相同或相关的核心技术，并且在产业市场上处于竞争性行业，联盟成员之间具有直接的竞争关系。这一类联盟主要表现在集群化能力和包容力方面。集群化能力会使联盟成员在技术市场和产业市场上产生规模化效应，而包容力则可以保证专利联盟活动的顺利开展。这种类型的联盟主要有同行业内生产同类产品企业间的合作等。

缺乏型位于图 6.1 左下角方格，是指开展联盟成员的技术关联度和产业相似度均低。对于技术关联度和产业相似度均低的组织来讲，组织之间形成联盟关系的产业和技术基础较弱。在这一类型的联盟中，组织更多地表现在选择力和判断力上。通过组织良好的判断力和选择力来发掘符合组织技术发展需要的联盟成员，以获取优良的技术资源。这种类型的联盟主要有非相关企业之间的专利联盟等。

理想型位于图 6.1 右下角方格，是指开展联盟成员的技术关联度高而产业相似度低。联盟成员之间的这种关系使得组织之间的联盟目标明确，联盟过程简单以及联盟关系稳固。这种类型的联盟方式较为简单，成员之间的竞争关系表现不是特别明显，一个成功的联盟更多地取决于组织在联盟和谈判等方面的能力。这种类型的联盟主要有产学研合作、技术服务外包等。

6.1.2　基于专利联盟的自主创新路径分析

专利联盟提升企业自主创新能力的作用机理与知识传导的复杂性是联系在一起的，图 6.2 描述了专利联盟提升自主创新能力的作用路径。该路径依据两个维度，横向维度是知识可控性，表示各联盟成员对关键技术的控制能力；纵向维度是知识存量，表示各联盟成员的知识含量。基于此，我们把专利联盟提升企业自主创新能力的作用路径分为四阶段：联盟伙伴的选择、专利联盟过程的设计、专利知识的整合和自主创新能力的提升。这四个阶段构成了基于专利联盟的自主创新能力提升循环链上的一个基本单元。

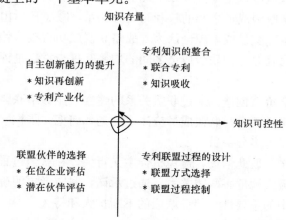

图 6.2　基于专利联盟的自主创新路径图

第一阶段：联盟伙伴的选择。

联盟伙伴的选择涵盖两层含义：一方面是联盟在位企业对自身创新能力的评估；另一方面是联盟者对潜在合作伙伴的搜寻和选择。

从联盟者角度看，联盟者在作出联盟决策前，也会面临加入哪一个联盟组织更合适的选择。同时，联盟者需要对自身的自主创新能力进行定位，以确定在联盟中的位置。联盟者的决策主要取决于两个方面：一方面是联盟者自身的现实情况；另一方面是考虑专利联盟对自身今后的市场、技术等战略选择的影响。对于联盟组织者来说，这一过程还包括寻找和劝说潜在联盟成员和潜在成员的推荐或自荐，也包括对候选者的筛选、淘汰及对不合适者的限制。选择合适的成员和安排潜在参与者加入联盟的顺序和模式都有赖于联盟组织或管理者的严密思考和计划。联盟成员选择的公正性和公平性将影响其他潜在成员对联盟的认识，公正性、相关性、投入努力的可信性在很大程度上决定了联盟成员的组成。

联盟成员的选择一般有三种途径：第一，联盟组织或管理者评估潜在的联盟伙伴，与之直接联系，给予它们参与联盟的机会；第二，愿意加入联盟的组织在获悉联盟信息后直接联系联盟管理者，寻求加入；第三，当联盟成员发现其他的适合潜在伙伴，直接与它们联系之后，潜在的联盟者与联盟管理者联系以商讨加入的有关事宜。当然，联盟组织或管理者是接受还是拒绝其他组织加入的主要决策者。因此联盟组织或管理者在加入过程中扮演两大角色：说服潜在的组织加入联盟和拒绝愿意加入但不适合的组织。

第二阶段：专利联盟过程的设计。

联盟过程的演进反映了联盟者从联盟过程中获得知识的能力，是保证长期成功联盟的根本要素，缺乏合理有效的联盟过程将危及联盟的连续性，导致联盟关系的解体。专利联盟应该主要强调以下几个方面的内容。

（1）明确界定联盟成员之间的权利与义务关系，减少日后由于行为不确定性而产生争端的成本。交易成本理论认为，战略联盟成功直接依赖于成员之间的权利与义务关系的明确界定。联盟成员之间的均等互惠与贡献是评价专利联盟成功与否的重要维度。

（2）强调联合价值创造。通过联盟关系的建立，能够给联盟者带来更多的利益，在成功的战略联盟中，联盟成员应注重的是如何把"蛋糕"做大而不是如何在已有的"蛋糕"里多分一份。

（3）各方承诺，彼此信任，避免机会主义行为。在联盟过程阶段若存在机会主义行为，将会极大地危害联盟关系。通过承诺，联盟者更明确认识自我和其他成员在联盟组织中的重要性，保证联盟的不断扩大和持久。

第三阶段：专利知识的整合。

组织获取创新知识的途径根据创新知识的来源可以分为外部学习方式与内部

学习方式。内外部学习方式在组织的学习过程中起着不同的作用，组织要增强自身独一无二的核心竞争优势，最好的途径还是在于内部学习，也就是新知识主要通过组织内部创造出来。但是在当今的技术环境下，组织单独依靠自身的专利知识一般是很难完成知识的创新过程，也很难跟上技术的发展步伐。因此，组织专利知识的获取可以通过外部知识内部化，加快知识整合过程的方式来提高组织的创新速度，增强知识的专利化能力。

所谓外部知识内部化主要是指组织在学习过程中不断地消化和吸收外部专利知识，使外部专利知识逐渐成为组织知识的一部分。通过这种"学习—消化—再学习"的知识创造过程来完成知识的整合，具体的整合模式可以通过图 6.3 来表示。

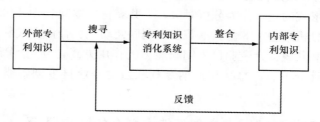

图 6.3　专利知识整合系统

从图 6.3 我们可以看到组织的学习方式是一个相互联系、相互衔接的过程。外部专利知识通过组织内部的知识消化系统融入组织之中，转化为组织内部专利知识的组成部分。同时组织通过对内部知识测度与评估来发现组织知识存量的不足，从而进一步指导组织对外部专利知识的选择与索取。

第四阶段：自主创新能力的提升。

自主创新并不是单个组织的单打独斗，而是需要多个组织的联合与联盟，通过专利联盟能够为组织自主创新能力的提升赢得更多的竞争优势。通过基于专利联盟自主创新路径的判断与选择，可以有效实现组织自主创新能力的培育与提升。

自主创新能力的提升是一个系统工程，它是自主创新能力培育策略的有效组合，也是创新知识的再创新过程。专利联盟是组织提升自主创新能力的有效途径，通过专利联盟可以有效引导组织研发活动健康有序地发展，让更多组织参与到联盟当中，使组织的技术创新产生巨大的核聚变效应。同时，通过"联盟—吸收—利用—再联盟"的学习过程，为自主创新积累雄厚的技术资本，为组织自主创新能力的培育提供新的动力。

自主创新路径分析不仅有利于掌控自主创新能力的演进路径，更有利于自主创新能力的有效培育。本书从专利联盟视角设计的自主创新路径是遵循技术创新的基本模式和演进阶段的，从技术创新的根源上挖掘自主创新方式，可以为企业自主创新提供良好的借鉴。

6.2　专利联盟对自主创新能力的影响：基于浙江民营科技企业的实证

实证分析采用 Chiesa 等（1996）在欧洲推广的技术创新标杆测试审计方法，对所测度的问题进行标杆定位。该审计工具适用于以市场为导向的企业，在欧洲被越来越多的学者和管理人员所使用。本书研究对象是基于专利联盟的企业自主创新活动，应用标杆定位方法进行统计分析具有较好的可行性和适用性。本书的数据来源于浙江省科技厅《浙江省企业产学研合作制度调研》课题组调研回收的576 份实证问卷，通过控制变量，在总样本中提取组建了专利联盟或组建了类似专利联盟组织形式的企业作为分析对象，一共获得样本问卷 162 份。通过问卷筛选，得到有效分析问卷 148 份。本节从专利联盟动机、合作方式和成果形式三个角度来分析专利联盟提升企业自主创新能力的作用方式，利用 SPSS17.0 对数据进行相关性统计分析后，总结和归纳专利联盟对企业自主创新能力的内在作用机理。

6.2.1　专利联盟动机对自主创新能力提升的影响分析

专利联盟可以为企业创新活动提供必要的创新知识，扩大创新知识的来源，从而为企业自主创新能力的提升提供有力的支撑。但专利联盟对企业创新能力提升并不完全呈现积极的影响，如果不能树立良好的联盟动机，在一定程度上专利联盟甚至会对企业自主创新能力的提升产生消极作用。正如朱雪忠等（2007）分析认为，在联盟形成过程中可能导致重复研发和创新的"搭便车"行为，在形成后产生知识产权滥用行为而消极影响自主创新。因此，在专利联盟形成和发展过程中，需要联盟在位企业准确研判和引导成员的联盟动机，促进联盟成员自主创新能力的共同提升。依据对浙江企业的实证调研，我们把企业的专利联盟动机归纳为推动企业发展、获取技术领先优势和提升产品的竞争优势三个方面。通过相关性分析（表 6.1），可得浙江企业专利联盟的不同动机对自主创新能力提升的作用程度。

表 6.1　专利联盟动机与自主创新能力的相关性分析

	项目	自主创新能力	推动企业发展	获取技术领先优势	提升产品的竞争优势
自主创新能力	Pearson 相关性	1	0.088	0.392 **	0.185 *
	显著性（双侧）		0.286	0.000	0.025
	N	148	148	148	148

项目		自主创新能力	推动企业发展	获取技术领先优势	提升产品的竞争优势
推动企业发展	Pearson 相关性	0.088	1	−0.023	−0.028
	显著性（双侧）	0.286		0.780	0.736
	N	148	148	148	148
获取技术领先优势	Pearson 相关性	0.392**	−0.023	1	0.144
	显著性（双侧）	0.000	0.780		0.080
	N	148	148	148	148
提升产品的竞争优势	Pearson 相关性	0.185*	−0.028	0.144	1
	显著性（双侧）	0.025	0.736	0.080	
	N	148	148	148	148

空白处表示统计分析软件输出；＊表示在 0.05 水平（双侧）上显著相关；＊＊表示在 0.01 水平（双侧）上显著相关。

从表 6.1 可以看出，专利联盟动机与自主创新能力提升有着正的相关性，但不同的联盟动机对自主创新能力提升有着不同的作用程度，其中获取技术领先优势和提升产品的竞争优势对企业自主创新能力的提升作用较为显著。这说明在联盟形成之初，联盟成员需要制订有效计划、明确目标，以此来指导企业的专利联盟活动。只有这样，才能确保专利联盟在推动企业自主创新能力提升过程中更好地发挥作用，同时也规避专利联盟过程中"搭便车"和"偷懒"等行为的出现。

6.2.2 专利联盟合作方式对自主创新能力提升的影响分析

合作方式直接影响着专利联盟的运行，影响着成员企业自主创新能力的提升。选择适当的合作方式是专利联盟高效运行、获得高水平成果和提升自主创新能力的关键所在。为此，本书把专利联盟合作方式归结为四种，通过统计分析合作方式与自主创新能力提升之间的相关性程度，验证不同合作方式对自主创新能力提升的作用程度。这四种方式分别为："资金＋技术"的合作方式，即在专利联盟中部分成员提供专利开发所需的技术，其他成员则提供专利技术开发所需的资金；"技术＋技术"的合作方式，即在联盟中成员企业共同提供专利开发所需的核心技术和必要资金，并开展不定期的合作研发活动；共建研发机构的合作方式，即联盟成员通过共同出资、共同派遣研发人员的方式组建合作研发机构；共建技工贸实体的合作方式，即专利联盟成员的合作不仅仅局限在技术开发领域，还延伸到产业化领域，共同分享专利技术所带来的产业化收益。

从表 6.2 可以看出，专利联盟不同合作方式与自主创新能力提升之间有着正的相关性，但专利联盟不同合作方式对自主创新能力提升的作用程度不尽相同，其中"技术＋技术"和共建研发机构的合作方式与企业自主创新能力提升之间存在显著的正相关关系。这说明在专利联盟过程中，联盟成员通过共投技术的合作开发形式，可更好地促进自主创新能力的提升，这在一定程度上也说明专利联盟的高效运行与成员间技术互补程度紧密相关。但当联盟成员在专利技术所支持的产品领域存在竞争关系时，专利联盟则难以高效地提升成员企业的自主创新能力。

表 6.2　专利联盟的合作方式与自主创新能力的相关性分析

项目		自主创新能力	"资金＋技术"的合作方式	"技术＋技术"的合作方式	共建研发机构的合作方式	共建技工贸实体的合作方式
自主创新能力	Pearson 相关性	1	0.089	0.180*	0.170*	0.156
	显著性（双侧）		0.281	0.029	0.039	0.059
	N	148	148	148	148	148
"资金＋技术"的合作方式	Pearson 相关性	0.089	1	0.041	−0.117	−0.583**
	显著性（双侧）	0.281		0.622	0.157	0.000
	N	148	148	148	148	148
"技术＋技术"的合作方式	Pearson 相关性	0.180*	0.041	1	−0.193*	0.002
	显著性（双侧）	0.029	0.622		0.019	0.982
	N	148	148	148	148	148
共建研发机构的合作方式	Pearson 相关性	0.170*	−0.117	−0.193*	1	0.141
	显著性（双侧）	0.039	0.157	0.019		0.087
	N	148	148	148	148	148
共建技工贸实体的合作方式	Pearson 相关性	0.156	−0.583**	0.002	0.141	1
	显著性（双侧）	0.059	0.000	0.982	0.087	
	N	148	148	148	148	148

　　空白处表示统计分析软件输出；＊表示在 0.05 水平（双侧）上显著相关；＊＊表示在 0.01 水平（双侧）上显著相关。

6.2.3　专利联盟成果对自主创新能力提升的影响分析

每个联盟成员均期盼能从专利联盟中获得自身所需要的技术成果，从而提升核心竞争力，增强竞争优势。但由于联盟博弈行为的存在，联盟成果形式的选择也会直接影响着联盟成员企业自主创新能力的提升。为了进一步检验不同联盟成果形式对企业自主创新能力提升的作用程度，本书设计市场的融合、技术的融合、资金的融合和专利的融合 4 种专利联盟成果形式，实证检验联盟成果形式对企业自主创新能力提升的影响程度（表 6.3）。

表 6.3　专利联盟成果形式与自主创新能力的相关性分析

项目		自主创新能力	市场的融合	技术的融合	资金的融合	专利的融合
自主创新能力	Pearson 相关性	1	0.219**	0.309**	0.072	0.244**
	显著性（双侧）		0.008	0.000	0.382	0.003
	N	148	148	148	148	148
市场的融合	Pearson 相关性	0.219**	1	0.358**	0.406**	0.070
	显著性（双侧）	0.008		0.000	0.000	0.400
	N	148	148	148	148	148
技术的融合	Pearson 相关性	0.309**	0.358**	1	0.238**	0.191*
	显著性（双侧）	0.000	0.000		0.004	0.020
	N	148	148	148	148	148
资金的融合	Pearson 相关性	0.072	0.406**	0.238**	1	0.077
	显著性（双侧）	0.382	0.000	0.004		0.350
	N	148	148	148	148	148
专利的融合	Pearson 相关性	0.244**	0.070	0.191*	0.077	1
	显著性（双侧）	0.003	0.400	0.020	0.350	
	N	148	148	148	148	148

　　空白处表示统计分析软件输出；* 表示在 0.05 水平（双侧）上显著相关；** 表示在 0.01 水平（双侧）上显著相关。

　　从表 6.3 可以看出，专利联盟成果形式的确定对自主创新能力提升有着积极的影响，但专利联盟不同成果形式对企业自主创新能力有着不同的影响程度。资金融合的成果形式虽对企业自主创新能力有着一定的正影响，但作用并不明显，而市场融合、技术融合和专利融合的成果形式则对企业自主创新能力提升的作用显著。这一实证结果与前述动机、合作方式的相关性分析结果遥相呼应，也间接地验证了它们的有效性。在专利联盟合作中，技术和专利的融合是专利联盟成员参加专利联盟的主要目标和动机所在，只有高效地实现了这些目标才能有效地提升企业自主创新能力，才能顺利地推动专利技术的产业化。

6.2.4　推动专利联盟提升自主创新能力的政府政策分析

　　专利联盟的顺利组建和高效运作离不开政府部门的推动和引导。这就需要政府在政策设计、外部环境建设等方面为企业专利联盟提供有利的政策支撑。为此，本书从企业的角度统计分析了政府在专利联盟运作中的作用，统计分析结果采取 5 分制法来评判，即最高得分 5 表示企业认为政府起着非常重要的作用，最低得分 1 表示企业认为政府起的作用非常小，统计结果见表 6.4。

表 6.4　推动专利联盟提升自主创新能力的政府政策分析

政府政策	非常小/% (1)	较小/% (2)	一般/% (3)	较大/% (4)	非常大/% (5)	均值
完善专利联盟的各种法规制度建设	4.1	6.1	12.8	43.9	33.1	3.96
政府支持专利联盟信息平台的建设	2.7	10.8	31.1	39.2	16.2	3.55
政府对专利联盟建设在资金方面提供支持	1.4	2.7	19.6	37.8	38.5	4.09
政府对专利联盟建设在人才培育方面提供支持	2.7	3.4	33.1	41.2	19.6	3.72
政府直接参与专利联盟成果转化事宜	6.1	14.2	41.9	28.4	9.5	3.21
政府支持知识产权保护数据库的建设	2.0	8.8	33.8	35.1	20.3	3.63

　　从表 6.4 可以看出,在专利联盟的形成和运作过程中,浙江民营科技企业认为政府政策会起着较好的支持和引导等作用,特别是在资金支持、提供潜在的专利联盟成员信息、人才培育等方面起的作用较大,这表明当前专利联盟的形成与发展还依赖于更多的政府政策、信息、人才和资金等方面的支持。

6.3　引导专利联盟促进浙江民营科技企业自主创新的对策

6.3.1　发挥政府引导作用提升专利联盟成果的产业化水平

1. 政府出资购买科研院所的闲置发明专利进行免费推广

　　企业专利开发活动一般都是面对各企业自身经营需要进行研发,应用方向非常明确,企业为获取经营优势,一般也不会无偿扩散。而科研院所专利开发活动一般都源自基础研究或理论创新的成果,往往具备较广泛的适用性,应用领域也比较广阔,但一般还需要企业根据自身经营需要进行一定的适用性开发,只有这样方能投入使用。由于需要进行二次开发,科研院所发明专利的应用价值难以得到准确评估,因此科研院所、企业双方往往很难达成一致,导致很多科研院所发明专利没有顺利得到转化和应用,造成了巨大的无形损耗。建议政府部门设立专项基金,对闲置 3~5 年的科研院所发明专利进行筛选后统一收购,作为公共技术资源供企业免费使用。为保证专利收购资金能再投入研发活动,建议专利转让所得的 70％以科技项目经费的形式拨付。原专利所有人在专利转让后，仍然保留在该专利基础上进行二次开发的权利，以便系统的研发活动能够持续。对于作为公共技术资源的发明专利，为保证不会因为免费使用造成重复性开发和企业无序竞争，由企业提出使用申请，经技术专家和管理专家组成的论证委员会对企业技术能力、资金实力、研发人员情况等条件进行评估遴选，每项发明专利授权给3～5 家企业免费使用。

2. 建立科研院所技术转化基地，推动专利联盟的发展

当前，浙江省区域科技创新服务中心承担着为本地区企业技术创新活动提供信息服务和创新支持的功能。但由于区域科技创新服务中心一般都位于各区县，往往缺乏集聚高层次创新人才和购买先进研发测试设备的资源，因此很少能独立开展技术研发活动。基于浙江各产业集群专业化强、产品门类单一的特点，由科研院所主动申报，政府部门从中遴选部分具有代表性的技术研发基地（团队），资助其与现有的区域科技创新服务中心进行共建，具体负责区域产业集群中的技术推广、技术服务、技术开发等活动，为产业集群内企业技术创新和专利联盟活动提供系统化全面支持。针对广大中小民营企业管理水平相对落后、员工素质较低的情况，由科研院所主动申报，政府部门从中遴选部分管理促进基地（团队）进行资助，对口各区域科技创新服务中心，为企业提供经营咨询、员工培训、管理服务等活动，提高企业的专利化水平。

3. 建立以科研院所为主体的技术研究院，激发专利联盟的集群效应

合理吸收我国台湾地区新竹工业技术研究院（ITRI）运营模式的优点，由政府出资支持，建立非营利性的浙江省技术研究院，着力加速提升浙江企业技术水平，提高工业效益，促进企业的技术专利化能力，重点开展行业技术专利化，兼顾为企业进行引进技术的二次开发，提供技术研发服务，进行研发人员后续培训。当然，技术研究院除一般职能外，在促进专利联盟发展方面还应承担一些具体职能：通过市场化运作专业化的前景预测与评估，关注国际研究前沿发展，密切联系以科研院所为主体的专利联盟，共同开展前瞻性技术研发，帮助企业摆脱在产业发展中技术追随者的弱势，并保证专利联盟及时获得必要的经费支持；关注企业技术需求，强化产业服务，协助企业进行专利开发活动，为其提供技术服务；通过专业化的技术成果推介工作，使专利联盟的科技研究成果能够顺利转移到企业并及时获得转化，这样既可大量节约成果的专利转化成本，也可以大大提高科技成果的转化率并增强转化时效性；加强联盟成员的沟通制度和渠道建设，作为专利联盟中的专业性第三方机构，弥补专利联盟上的政府失灵和市场失灵所带来的低效率，进行专利联盟利益分配协调，支持合作研发。

4. 科研院所在注重研究的同时要面向市场推广技术

以科研院所为主体的专利联盟应认真思考如何改变多年形成的传统思维及实践模式，将专利联盟落到实处。对科技人员要建立科学的评价体系，把科技成果转化率与产生的社会经济效益作为重要考核指标。注重基础研究和应用研究，科研机构要发挥研发基础和智力密集的优势，加强基础研究，提高自身在专利联盟中的基础和支撑作用。同时更要面向市场需求，着重解决企业技术专利产业化面临的瓶颈问题。在我国，科研院所创办的公司促成了一大批联盟的出现，但是创办的新公司比现成公司获得专利所需的资源密度率要高。因此，以科研院所为主体的专利联盟要慎重权衡科技成果转移和自主产业化的关系。

6.3.2 发挥政府引导作用提升企业专利联盟的层次

1. 突出专利联盟中企业的主体地位

企业是产业发展和科技创新的主体，提升自主创新能力，首先是要发挥企业作为投入主体、研发主体、受益主体和风险承担主体的作用。只有以企业为主体，才能坚持技术创新的市场导向，有效地整合专利联盟的力量，加快技术创新成果的产业化。只有企业成为专利联盟的主体，才能在第一时间将科研院所的成果转化为生产力，才能使企业在激烈的市场竞争中立于不败之地。因此，必须明确专利联盟中企业的主体地位，以企业为中心的专利联盟可以尽快整合资源，充分发挥科研机构和高等院校的作用，推进创新活动的可持续发展。

2. 鼓励企业参与专利联盟，加大 R&D 的投入力度

要增强浙江企业的市场竞争力，提高浙江省企业专利联盟的质量，就要求企业首先要树立重视专利联盟的意识。在发展观念上，企业要增强科技创新意识、市场竞争意识和危机意识，加强自身的科技创新能力，自觉投身到专利联盟中，充分利用科研机构的科研实力，构筑研发新产品、推广新技术、占领新市场的专利联盟格局；在发展体制上，要处理好自主创新、技术引进和合作研发的关系，不宜过分地依赖国外技术的引进，企业要立足自身发展，重视通过专利联盟增强自主创新能力；在发展模式上，要以市场为导向，以市场的需求和企业的需要为出发点，形成以企业为主体的专利联盟技术创新模式；在发展规划上，把 R&D 投入作为企业总体发展战略的有机构成部分。增加 R&D 人员投入、R&D 经费投入、R&D 机构投入占企业销售收入的比重，以增强企业的自主创新能力和技术消化吸收能力。

3. 增强企业与科研机构组建专利联盟的深度和广度

由于知识技术传递的地域特性，距离的远近将直接影响企业与科研机构合作的效果，因此，对大多数企业而言，要立足于加强与自己区域内的科研机构的合作，建立长期稳定的合作关系，充分享受本区域内科研机构的专利成果。另外，对于一些集群的企业，可以利用集群链与区域内外的科研机构广泛合作、集群内的多家企业联合征集技术难题、组团与某家科研机构合作或者集群内的多家企业联合征集技术难题、组团与多家科研机构合作等专利联盟方式，寻求技术解决方案。而对于一些实力雄厚的大企业，可以采用博士后流动站、在科研机构建立实验室等方式开展专利化活动，提高企业的技术创新能力。

4. 推动大企业成为专利联盟中心，鼓励中小企业积极参与专利联盟

大型企业所拥有的科技创新基础是其他类型企业所无法比拟的。一批大型的集团公司，应该充分调动大企业的优势资源，主动成为专利联盟的主体，成为专利联盟的中心和催化剂，成为专利联盟的倡导者和主导者。中小企业是浙江企业技术创新的主要载体和主力军，也是新兴产业发展、高新技术产业孵化的主要对象。在良好的形势下，中小企业要总结经验，继续提升对市场的快速反应能力，加强生产能力的柔性，及时适应需求变动，积极参与以大企业为中心的专利联盟，充分利用专利联盟的技术，增强自身的自主创新能力。

6.3.3 优化发展环境，推动专利联盟快速发展

1. 积极探索有效的专利联盟机制

1) 构建利益与风险共担的专利联盟创新机制

鼓励专利联盟各方主动探索，建立专利联盟科学合作发展中的利益分配与风险共担机制，在分配中减少先期技术转让费预付的金额，实现提成、技术入股、技术持股等多种分配方式相统一的分配制度，将科研机构应得的报酬与企业的经济效益挂钩，形成风险多方共担、利益多方共享的分配机制。并通过政府政策的引导，支持和鼓励科研院所与企业建立长期合作的机制，以长期合作的方式降低利益和风险分担的不对称。

2) 大力支持构建地区专利联盟创新群

不同的行业有不同的技术特征，不同的学科有不同的知识特性，再加之知识传递管理的特殊性，不同的技术和知识对专利联盟的模式也有不同的要求。因此，必须大力支持建立地区专利联盟技术交流网络，充分发挥浙江省区域集群发展的产业优势，因地制宜，发展有优势产业和学科的专利联盟，将专利联盟的创

新群与地区优势产业群结合起来，提升地区自主创新能力，促进地区的经济发展。同时政府应该依托当地的科研机构资源，建立地区性的技术交流网络和技术创新集群，促进地区经济的发展。

3）推动区域产业集群价值链升级，实现专利联盟各方互赢

充分利用浙江区域的产业集群优势，推动区域产业集群的价值链升级。在提升产业集群价值链时，一方面从原有的价值链跨越到附加值更高的价值链上的低附加值处；另一方面从原有的价值链直接跨越到附加值更高的价值链的高附加值处。在提升价值链过程中，鼓励专利联盟内互惠互利、真诚相待、严格履行协议中有关技术共享等规定，以保证专利联盟的动力，不断激发合作的活力，实现专利联盟各方的互利共赢。

4）吸引和集聚创新型人才

依托科研院所，采取定向、委培等形式，加快培养造就高层次科技研发人才、实用技术人才；结合重大科技专项和重点创新项目的实施，采取团队引进、核心人才带动等多种方式，引进学科技术带头人等领军人才和复合型人才；重视企业家教育培训，培养造就一支政治素质好、驾驭能力强、熟悉国际惯例、具有战略眼光的优秀企业家队伍；完善企业职业教育培训体系，积极鼓励兴办一批与技术创新和工业经济发展相关的高等职业院校和特色学科，建立和完善首席技师培养选拔机制，形成各具特色的人才群体；针对经济波动情况下企业人员冗余问题，由政府出资，在科研院所为企业管理人员、研发人员和技术工人进行继续教育培训，提升企业员工技术素养和管理素质。

2. 完善区域专利联盟的服务体系

1）大力推动信息服务体系建设

信息是创新的重要资源，尤其是技术信息和市场信息，它们是企业创新的基础依据，如政府支持企业技术创新的计划、政府合同，企业与大学的合作、与研究机构的合作，科学技术文献、专利、商业文献以及各种法规、准则、规章、标准和税收等。在实际工作中，政府一要把工作重点与企业的实际需要有机结合起来，有效推动和引导企业的专利联盟；二要把企业的实际需要与公共研究机构的服务衔接起来；三要保障科技信息的权威性、真实性和高效性。

2）推动科技中介服务组织体系的建设与完善

在市场经济条件下，科技中介服务机构是知识和技术流动、扩散与转移的桥梁；是科技与应用、生产及消费不可缺少的服务纽带；是高科技成果转化为现实生产力、体现技术创新水平的一个明显标志。在实际工作中，政府部门需要进一步引导科技中介机构进行中长期发展规划，建立良好的发展环境；建立现代化的科技中介网络服务平台；同时积极为科技中介创造市场需求；大力培养科技中介

人才，提升队伍整体素质。

3）建设科技创新服务平台，促进专利联盟成果产业化

科技创新服务平台在组织社会科技力量、整合社会各类资源、推动企业（特别是中小企业）技术进步等方面有着不可替代的作用。为了加强专利联盟，促进大学科研成果向民间企业转移和研究成果产业化，必须大力发展生产力促进中心等科技创新服务平台建设，为专利联盟服务，促进联盟成员的科研成果在本地转化，为中小企业申报科技项目、申请专利等提供专业化服务。

4）建设产业科技合作项目库和专家资料信息库

通过开展对联盟成员单位的专利联盟情况调查，征集技术支持信息、科研合作需求信息、科技合作项目信息和专家资料，建立比较完善的产业科技合作项目库和专家资料信息库，为联盟成员中的各企业提供最新、最全的科技成果转化信息和行业专家资料。为有效促进人才共享，应充分发挥政府的作用，政府组织专家团队对影响产业发展的重大关键共性技术问题进行分析选择，并积极促成相关领域的科研院所和企业进行交流协商，探讨建立科技创新联合体，提供解决行业关键共性技术问题的途径。科研院所和企业在充分沟通交流后，逐步形成合作共识，自愿建立专利联盟人才共享平台，提升专利联盟的层次和水平。

3. 增强政府政策对专利联盟的引导支持功能

1）强化财税政策扶持作用

各级财税部门要认真落实财税优惠政策，研究制定相关配套政策措施，用足、用好、用活优惠政策，特别是增值税转型政策；认真宣传贯彻并落实专利联盟政策，强化对政策落实情况的监督检查，引导专利联盟的发展；整合原有的相关专项资金，设立专利联盟发展专项资金，主要用于完善专利联盟环境、建立创业投资引导基金、吸引海内外科研机构开展重大核心技术/关键共性技术攻关、为重大高新技术产业化项目/科技成果转化等专利联盟项目提供贴息支持、加快建设专利联盟公共服务体系等工作，引导和扶持企业积极开展专利联盟。

2）建立多元化投融资机制

由于科研院所和中小企业的资金都较为紧张，研发投入不足是影响科研院所和企业合作研发顺利开展的重要原因。要全面推动科研院所与企业的长期研发合作，必须努力拓宽融资渠道，形成融合民间资本、科研院所、政府、金融机构的多元化投融资机制。政府相关部门设立的技术创新和技术改造资金以及中小企业技术创新基金，应重点支持专利联盟项目，引导企业加强与科研院所的合作。对于接受政府经费援助、在项目成熟后获得巨大经济效益的项目，可要求返还引导性资金或超额回报政府的早期援助，以便于政府集中更多的资金支持其他专利联盟项目；对于成功返还引导性投入的企业，政府应将其计入企业信用档案，在研

发项目资助时进行优先考虑。积极促进风险投资市场发展，在明确企业投资主体的基础上，建立地方政府、企业、科研院所和金融机构等共担的风险投资机制，解决"不愿投"、"不敢投"、"无钱投"的问题。对于不同的合作形式，可以采取不同的具体做法，但专利联盟各方包括科研院所都要投入资金，而且要明确具体的比例，对技术、人才以及专利的其他投入等也要折算成具体投入比例进行界定。在此基础上，可以利用股份合作制、股权分配制等制度解决校企合作中利益分配问题。

3）增加政府投入，建立政府参与的专利联盟的体制

推进政府参与的专利联盟战略联盟建设，有利于政府主导作用的发挥，有利于提高政府支持重点产业技术升级的效率。在专利联盟过程中，政府应注重围绕产业自身发展的重大需求，选定关键的技术和领域，选择具有相应优势的科研院所和企业，组建政府参与的专利联盟战略联盟。同时鼓励各地方政府根据区域产业集群的发展特点和需求，针对提升产业竞争力的需要，通过政府的引导和支持，组建跨区域的政府、科研院所和企业的专利联盟战略联盟，以提高区域官产学战略联盟技术合作的针对性和有效性。

4）加强知识产权保护法规的建设

加大政府对知识产权工作的扶持力度，安排专项经费，用于完善浙江省知识产权保护法律法规的建设。定期举办专利技术交流和成果展示，利用有关展览会、博览会、交易会及其他媒介（包括网络方式），扩大知识产权的引进与推广渠道。在专利联盟中，鼓励企业和科研院所建立健全知识产权工作机构，制定相应的规章制度和管理办法，把知识产权工作纳入技术创新的全过程，鼓励、支持专利联盟各方和科技人员充分利用专利文献、申请专利、注册商标、登记计算机软件、登记版权等，依法取得知识产权，减少专利联盟中的知识产权争端。广泛深入地开展知识产权的宣传普及工作，提高专利联盟各方对知识产权的保护意识，不断提高全社会的知识产权保护的法制观念，形成尊重和保护知识产权的良好风尚。

第7章 技术标准联盟的管理特征与创新绩效

7.1 技术标准联盟的参与主体和合作要素

技术标准联盟是多个参与主体的技术合作与竞争过程，在共同的技术开发过程中，参与主体会随着合作的进程而发生改变，联盟的合作要素是联盟成员开展合作的基础。本节借用孙耀吾等（2009）的研究成果来说明技术标准联盟参与主体及要素结构以及参与主体的作用和路径。

7.1.1 技术标准联盟参与主体及要素结构钻石模型

技术标准联盟的参与主体非常广泛，如信息与通信产业的参与主体包括主体制造商、网络运营商、供应商、互补品生产商、内容与服务提供商、基础结构及其他资产提供商、协会与标准组织、相关政府部门以及研究机构等。按照它们在联盟网络中的地位与作用，可大体划分为主导企业，供应商、互补品制造商与用户，以及其他参与主体三个层级。上述主体发起、组织或参与技术标准联盟的力量来自于它们各自所拥有的专有技术、知识产权、生产能力、市场地位、网络能力和政策影响等要素和资源；同时，这些主体和要素还要借助于网络市场和业界信息与协调，所以，市场和行业力量也都是联盟与合作不可或缺的要素。所有这一切共同构成有机的联盟与合作体，它们围绕共同的技术标准化过程，以不同的方式和路径发挥着自己的作用。

波特用由厂商结构、战略与竞争、生产要素条件、需求条件及相关支撑产业等构成的钻石结构描述和解释地理集群和区域经济体系的参与主体、要素联系与竞争力源泉。借鉴波特的竞争力钻石模型，综合参与主体及其要素与资源，我们用一个扩大的钻石模型来概括描述技术标准联盟与合作体系的构成主体、要素及其关系，如图7.1所示。

7.1.2 技术标准联盟主要参与主体的作用及路径

1. 主导企业的战略作用

技术标准联盟中的主导企业是指那些发起技术标准化、拥有基本知识产权或特殊网络地位、能主导和控制标准化过程的产业领袖企业及其群体。它们主要是产业的主导制造商及其战略伙伴，在电信产业中，还包括主要的网络运营商和服

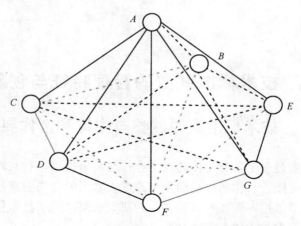

图 7.1　技术标准联盟主体与要素构成钻石模型

注：A 为主导企业结构与战略；B 为知识产权；C 为网络市场；D 为大学与研究机构；E 为供应商与互补品生产商；F 为政府协调与政策；G 为协会和标准组织。灰色实线或虚线表示直接联系；黑色实线或虚线表示间接联系。

资料来源：孙耀吾，2008。

务提供商。在技术标准联盟中，主导企业的战略作用主要通过以下路径表现出来。

第一，主导企业的产品客户基数直接影响到标准的市场前景和竞争成败。高技术产品具有系统性质，网络效应显著，影响甚至决定生产网络的规模与市场的成败。这时，标准往往以模块方式提出，联盟内部合作建立标准，而联盟之间的标准战却依然激烈。所以，主导企业的实力、客户基数和市场规模是一项标准成功建立与采用的前提与基础。

第二，主导企业的知识产权及其战略对技术标准联盟有着重大的影响。如前所述，技术标准联盟与合作的关键内容与环节在于知识产权，尤其是基本知识产权的交叉许可及其所有权配置谈判。基本知识产权不仅是主导企业彼此关注和交易的焦点，代表了它们各自的战略能力，而且在一定程度上，主导企业的研究与开发战略和基本知识产权管理成为塑造整个产业市场结构和标准化联盟网络结构的关键。与此同时，对于知识产权的不同态度和策略有着不同的绩效，不同的基本知识产权战略决定了它们在标准战中的成败。所以，主导企业往往通过提出交叉许可条件、决定成员资格和规定政策条款等来控制和主导合作网络。

第三，主导企业的供应链及互补关系管理也决定了其产品市场的网络、互补品供应网络的规模与稳定性，从而直接影响主导产品各环节的价值创造能力、水平以及相应技术标准的竞争力。

第四，主导企业应该是产业技术和产业发展的领头羊，它们的研究与开发水平、技术创新能力及其产业合作和区域合作战略，将通过技术标准化的水平、绩效及其发展能力，直接推动产业的技术能力与技术进步。

2. 供应商、互补品制造商与用户的网络选择与合作路径

供应商、互补品制造商与用户的网络选择对于技术标准联盟的过程与绩效的影响直接而重要。供应商或网络服务提供商和互补品制造商本身就是产品网络的重要组成部分，影响到有关的技术标准联盟和联盟结构。其作用路径主要包括以下两点。

第一，通过网络效应影响主导产品的市场规模，从而影响技术标准的竞争成败。其中，直接的网络效应主要来自于主导产品自身的模块性和供应链系统性，间接的网络效应则主要来自互补品市场的发展。正是网络效应使系统产品同时具有生产的规模经济和消费的规模经济。而这又与用户的选择和消费者福利联系起来，共同产生网络产品市场的规模收益递增效果，带来所谓标准竞争的赢者通吃现象。

第二，在高技术和复杂技术领域，供应商和互补品生产商构成技术系统和联盟网络竞争力的有机部分，因而直接影响技术标准化的发展。Carlsson 等（2003）、Palmberg（2002）等针对 IT 技术及其产品的市场特点，提出由"技术系统"和"能力组合"（competence bloc）构成一个整体框架，以反映这一产业的技术及其产品的系统性和网络性，由此体现出供应商和互补品生产商等参与技术创新和标准化合作的过程。这里，技术系统是指在某一特定的技术经济领域，由相互作用的参与主体围绕技术的产生、扩散和利用而结成的网络。能力组合则是从产品或市场一侧，相关参与者集群用以选择、认可、扩散和商业化开发利用新的创意或创新的一种共同的基础结构。这种共同的基础结构实际上就是一套技术标准。前者反映创新的供给，突出基础技术体系；后者反映对创新的成功选择，强调市场扩散能力。

作为一个整体的两个部分，"技术体系"引入或体现结构张力的认知维度和组织与制度维度。其中，"认知的能力"是从技术机会的起源和性质角度描述一套互补的技术能力组合，它们共同构成"设计空间"，强调的是不同技术和创新之间的互补性。从组织的角度，企业、大学、其他研究机构、政府、产业组织，直至单个发明者、研究人员、工程师、管理者和官员等，各类参与者构成网络，通过各种关系如共享的组织联系、职业关系、买卖关系和社会联系等维系，共同采取行动，解决相应的问题。从制度的角度，有关的法律、规章制度、规范以及科学的和工程的社团内部的各种关系，都会受到各种人为的政策诸如合适的调节制度、产业和竞争政策、交换获取的标准和规则、广泛的创新以及科学与技术政策的影响。"能力组合"引入或者包含的是结构张力的经济维度，即网络结构的

经济能力，表明参与者的构成及其将技术机会转化为商业机会的功能和能力。这是一个能力体系，其中，顾客定义了创新的长期质量，因为精明的顾客决定了创新在商业上的赢利能力和增长潜力；除了创新者的行为与能力，还有许多其他主体及其能力共同构成网络的能力组合，如风险资本家及可行的投资退出机制、实业家及其产业范围内的生产与销售等。

用户乃至最终消费者虽然很少直接参与技术标准化过程，但是他们却是影响标准化合作绩效的重要因素。上面的分析已经表明了用户通过网络选择，影响产品市场规模和相应的标准的竞争力，这是用户作用于标准化过程的主要方式。由于最终用户的分散性，他们不可能实现每一个个体对产品技术和性能的要求。因而，消费者团体或消费者协会通常能发挥代表作用。通过集体行动，来影响标准化过程中的技术选择。此外，在信息技术条件下，用户需要标准使由不同生产者开发的产品能互相连接，并能在系统之间转换软件、数据和应用软件。然而，正式标准的发展过程并不总会及时考虑用户的需要。成本和复杂性不允许用户在标准发展的长时期内参与进来。而且，当标准以分割的和不完整的方式发展时，用户也难以应用它们。所以，需要研究新的方法和工具，以使用户能实现互用多个生产者提供的系统产品。

3. 其他参与主体的作用与路径

在技术标准化过程中，行业协会或标准化组织、政府、大学和研究机构等其他主体也会以不同的方式和路径发挥各自的作用。例如，行业（贸易）协会在标准的发展与采用过程中起着重要的作用，有时甚至直接成为标准化组织者。行业协会在标准化过程中所起的作用主要包括建立数据库、提供相关信息、执行有关政策、制定合作制度和协会规则、协调成员关系以及处理协会对外关系等。协会在标准化实践中面临的主要问题是专利与知识产权纠纷以及反托拉斯政策的实施。

在技术标准化过程中，当协会及其成员拥有相应的知识产权时，有关的法律问题包括：如果知识产权阻止或明显妨碍了非成员竞争者，那么协会所拥有的知识产权许可就不应该只限于其成员；不能禁止采用行业协会的标准，即使这种标准基于其成员的专有权利，也不能禁止采用等。近年来，许多标准发展组织采用强硬的知识产权公开政策，要求参与标准建立活动的企业公开其专利技术，以确认是否会与现有知识产权产生标准冲突。与此同时，知识产权政策还要求成员企业无偿或以合理的费率，许可其与标准相关的专利。所以，在标准化过程中，协会是协调者、代表，甚至是标准化过程的直接组织者，它们必须考虑采用上述公开和许可政策。此外，当协会的标准或确认程序过于严格或成本过高，以致中小企业竞争者无法承受时，协会还不得不应对反托拉斯法的制裁风险。

政府在技术标准化过程中的作用也不可或缺。首先，产业政策、技术创新政策、知识产权政策和标准化政策都直接引导和规范着企业和产业的标准化活动。进而，在标准化过程中，尤其是重大国际标准的合作过程中，国家力量乃至最高决策层都会支持、干预，甚至直接出现在谈判桌上。其次，政府还会通过一些措施和途径，诸如直接投入 R&D 资金，或其他经济措施支持和鼓励产业与大学的合作等，促进产业、区域和研究领域的互动、合作与整合，间接地推动技术创新和产业技术进步。最后，大学与研究机构参与技术创新和技术标准化的主要方式是与企业的合作 R&D、承担政府研究项目并将成果（如专利技术等）向产业转移以及参与企业的市场研究等。近年来，企业—大学—政府的互动关系研究已经成为技术创新网络研究的重要主题，受到越来越多的关注。

7.1.3　技术标准联盟中的知识产权及其作用机理

1. 知识产权与技术标准的关系

在技术创新过程中，专利等知识产权和标准化都起着重要的作用。从制度上讲，它们有类似之处。例如，本质上，申请专利和标准化都是将技术信息编码化，使其成为明确的、可复制的语言。与此同时，二者的作用机理又是不同的。知识产权是用于保护私有产权的安全，而正式标准服务在于为公共利益广泛扩散技术。更为具体地，一项专利描述的是一种关于产品或过程的技术参数，专利持有人对此拥有有限的权利；而正式的标准规范（formal standard specifications）则由不同的利益集团加以详细阐述，以此为新技术的进一步发展提供共同基础。这种共同的基础包括将各种可能的技术路径减少到最少的标准、能利用网络外部性的兼容性标准，以及促使消费者信任的质量标准。所以，成功的标准化需要将以上两个过程结合与平衡。

在典型的以技术标准作为竞争与合作的基本要素的市场结构中，知识产权本身就是一柄双刃剑：它既能通过激励自身的创新，提高动态的效率，又会通过给创新者带来垄断力量，降低静态的竞争效率。所以，知识产权与技术标准所谓的冲突，更多的是发生在正式标准的建立与执行过程中，这是因为此时不得不运用私有的技术。知识产权与正式标准的这种矛盾源于两种不同的经济机制。知识产权给知识生产者提供暂时的专有权利去开发利用某种新的知识，由此激励知识生产者投资研究与开发。这种产权机制在给知识持有者带来暂时的垄断地位的同时，也限制了这些知识的广泛应用，因为潜在的使用者不得不为获得利用这些知识的许可而付费，否则就不能获得所需的知识。恰恰相反，正式标准的建立是扩散新技术的关键。正式标准使信息可以为任何人所获得，使其成为典型的公共物品。这两个过程的结合既创造了多样性，继而又会由于选择而减少多样性，这本身就是一对矛盾，一种权衡。

尽管存在利益与目标冲突，知识产权所有者实际上很难阻碍或干扰任何既定的标准化过程。众多的法律和经济力量，使通过知识产权垄断的力量来建立或保持市场控制的机会非常有限。从知识产权和标准化实践来看，历史上并非所有的技术都受到知识产权的阻碍。究其原因，主要是：首先，极少有一项单个的或一小套知识产权能涵盖某一整套技术体系。其次，在许多情况下，对于一个知识产权所有者来说，最好的私有经济利益是让技术广泛扩散，既可以是为了公共利益，也可以采用一些其他的商业规则。再次，公共组织、准公共组织、公共基金资助的项目和国有化的产业通常持有许多与技术有关的知识产权，但是，其特殊地位决定了它们把受保护的技术仅仅看成一套技术标准中的一个部分，因而只不过把受保护的技术用于传播而已。最后，即使在今天，有些发明和其他一些潜在的知识产权，无权利要求可言，它们要么是独立存在的，要么属于程序上的东西或过程性知识，不能要求保护。总之，技术知识的广泛扩散意味着，一项知识产权的所有者也许现在享有对一套技术的某一部分的权利，但是却极少有一个所有者拥有一项技术的所有权利，从而可以阻碍标准化过程。当然，为了协调这一过程中的矛盾与利益冲突，相关政策与政府的作用也非常重要。

2. 知识产权是技术标准联盟的基本要素

知识产权是技术标准联盟的基本要素，因为标准的建立与执行过程不得不运用这些专有的技术。技术标准中涉及的知识产权主要包括专利权、实用新型专利、半导体地形学中的专有权利、版权及其有关权利以及工业设计中的权利等，其中专利是主体。专利联营或者广泛许可，是确保技术标准及其产品的互用性的内在要求，这种互用性对于系统产品如 DVD、因特网、电信系统和计算机等都是至关重要的。所以，成功的标准化需要将申请专利与标准化本身两个过程结合与平衡。这是一个围绕知识产权而进行的复杂的合作、竞争与交易过程，其中，制度和政府的组织与协调作用不可或缺，而主导企业的知识产权战略及其行为影响尤为重大。具体地说，知识产权对于技术标准化的这种基本重要性与作用主要体现在三个方面。

1) 知识产权是企业技术标准化战略选择的基本因素

由于知识产权对于标准化的重要性，当企业拥有生产一个系统产品的某些甚至全部部件的资源和能力，其需求又具有网络外部性时，它必须作出的首要的关键决策就是单独行动，利用自己的资源提供整个系统产品，或是通过联盟发展标准。Blind 等（2004）的研究发现，企业研究与开发绩效及其对正式标准化的影响，实际上存在两种对立的趋势。一方面，很明显，标准化过程是内在的研究与开发发展过程的继续，积极开展研究与开发的公司更有可能参与正式的标准化过程，以继续它们以往的研发活动，并使其产品技术或过程技术与其他公司的技术兼容。然而，参与标准化过程也伴随着风险，那就是其他参与者可能将公开的和未被保护的技术知识用于实现它们自己的目的。从这一角度来说，拥有密集的研究与开发活动的公司又可能不愿意加入标准化过程，相反，它们可能会努力独自将自己的产品推向市场，而不依赖标准化的技术投入和与其他竞争者甚至同一产品设计的互补品的共同界面。另一方面，因为不需要任何重要的研发能力就可以整合标准规范，对于只有最少的研究与开发活动的公司来说，它们可以通过进入由研发密集的公司组成的正式标准化联盟，从技术转移中获得利益，以弥补自己的研发不足。所以，它们可能更有动力加入标准化联盟。但无论是有着强大知识产权组合的公司希望独立发起标准化，还是弱小的公司希望通过联盟发展标准，其考虑的基点都是知识产权以及有关的利益。现实中，知识产权的经济性质和单个企业拥有知识产权的不完全性以及公司的多种权衡会促使企业更多地选择合作途径以发展技术标准。

2）知识产权是标准化联盟网络的基础

无疑，在事实标准战中，强大的专利组合是基本的武器，专利是公司赢得市场事实标准的基本要素。例如，从 1994 年 10 月到 1998 年 11 月，围绕着控制浏览器标准发生的两次标准战中，技术诀窍和专利都是基本武器。现实中，无论是标准化发展组织发起的正式标准化，还是在产业联盟内部进行的标准化，都是一种合作形式。这时，知识产权是联盟的基础。在技术标准联盟中，知识产权交叉许可是最重要的联盟形式，但只有拥有与标准有关的知识产权组合的公司才能进入这种战略性技术协议，才能真正主导标准化发展过程。Cisco 公司是近年来高技术领域专利申请与标准化合作的又一个典范。这家专门从事网络、转换和因特网技术开发的公司认为，作为标准合作组织的一部分，促进互用性（协同工作的能力）是开发其产品市场的关键。Cisco 加盟了许多标准组织，诸如 IEEE（the institute of electrical and electronic engineers）和 IETF（the internet engineering task force）等。例如，IETF 网站列出了 Cisco 公司公开的与因特网技术有关的 90 项专利，加盟这一标准化组织的其他主体企业还有 Nokia、Alcatel、Sun、NTT 和 Siemens 等。Cisco 公司最近的专利战略强调与标准组织合作，而不是激进地推行自己的方案。其专利部门的负责人 Robert Barr 表示，公司每年提交申请的专利由 1994 年的 6 项美国专利发展到现在的大约 1000 项，公司使用专利的唯一目的（方法、方向）是保护自己。为了建立和发展它自己的网络设备市场，Cisco 签署了大量的交叉特许协议，在标准组织内部公开其专利。通过这种合作途径，公司的专利支持了其新产品发展的全面业务。而在持续多时的有关 3G 的知识产权谈判中，高通公司能左右大局，也就是因为它掌握全球 CDMA 技术的专利组合。

3）知识产权是决定联盟网络结构的基本力量

在合作谈判中，拥有强大的对某项软件的版权和专利组合的公司拥有战胜竞争对手的明显优势。企业申请专利，拥有知识产权的战略动力就是改善其在合作网络中的地位。专利给它们的持有者带来的谈判实力包括：第一，相对于那些自己不拥有任何知识产权而必须付费的标准潜在用户来说，拥有专利能使公司以较低的价格获得其他知识产权所有者所拥有的有价值的技术知识；第二，可以达成协议，在标准的未来发展方面进行合作；第三，有利于支撑和平衡公司与合作伙伴在知识产权特许方面提出的条件。

3. 技术标准化过程中的基本知识产权

在技术标准联盟中，交叉许可的知识产权可以分为基本的和非基本的两大类，对于后者，可以用其他技术来执行同样的功能，而在合作过程中起关键作用的是基本的知识产权。基本知识产权是指包含在技术标准中的完成某项功能的唯一技术，没有它们，与标准有关的产品就无法制造。所以，它们是技术标准发展与联盟网络的关键要素与瓶颈。某一技术标准中的基本知识产权具有重大的战略意义：基本知识产权的所有权可以增强一个公司在联盟网络中的地位，而这反过来会给它带来更大的市场力量。进一步来说，市场的成功又会由于学习效应和可获得 R&D 投资而提高公司的技术能力，而网络则会继续强化这种技术能力。所以，从联盟和市场成功到知识资本和基本知识产权之间存在相互推动的循环路径。这样的知识产权在标准建立的谈判过程中甚至可能成为一种阻碍发展的手段，即出现所谓知识产权障碍；而在标准建立以后，基本知识产权在技术交换和许可谈判中更是威力巨大。

7.2 技术标准联盟的障碍及管理对策

7.2.1 技术标准联盟的组织特征

创新主体间建立技术标准联盟，既可分享技术成果，缩短创新周期，减少标准化成本和风险，又可扩大标准的使用范围和应用基础，从而扩大标准的影响力。同时创新主体组成联盟更易获得政府在资金、技术、政策方面的支持。国内外学者从组织机制、联盟动因、联盟类型等不同角度对技术标准联盟进行了描述：技术标准联盟是以技术标准形成与发展为目标的合作组织；成员享有的共同技术标准是联盟存在的基础，也是促使创新主体参与战略联盟的重要动因；技术标准联盟是一种典型的契约型联盟，联盟各成员通过谈判达成协议；联盟的结构一般是半开放式的，以鼓励更多厂商采用该标准和投入资源。

综合众多研究者的观点，我们认为技术标准联盟是创新主体为了共享技术成果、降低标准化的成本和风险、围绕关键的核心技术达成协议，从而形成的一种松散的契约型联盟组织机制。技术标准联盟组建的根本目的是通过联盟使标准得到确立和扩散，并通过这个标准来获取利益。通过技术标准联盟的结构图（图7.2）我们可以对技术标准联盟的内涵作进一步了解：按照创新主体是否为联盟内成员，可以划分为联盟内成员和外围成员，联盟内成员按照其所持有专利技术数量的多少和重要程度，又可划分为核心层成员和参与成员。一般而言，技术准盟往往是部分优势成员结成的联盟，外围成员是标准的使用者。技术标准联盟作为一种特殊的战略联盟形式具有以下特征。

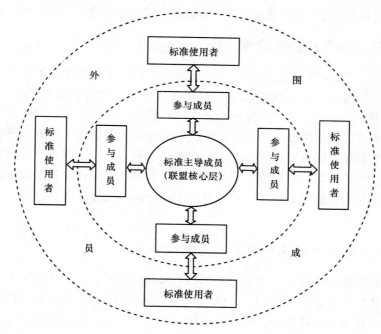

图 7.2　技术标准联盟的结构

（1）结构的半开放性。技术标准联盟的核心层成员仅限于少量成员，这层结构是封闭的，而对于要加入联盟接受该标准的成员来说，联盟又是开放的。因此，联盟应增强其开放性，吸引尽可能多的外围成员使用联盟标准，以扩大标准的应用基础。

（2）松散的契约型联盟。技术标准联盟是介于市场和科层之间的一种组织形式，其治理结构是一种契约型治理结构。成员享有的共同技术标准是联盟存在的基础，是连接联盟成员的纽带，也是促使潜在合作者成立与参与战略联盟的重要动因。

（3）竞争的双重性。联盟间竞争与联盟内竞争并存是技术标准联盟的重要特点。联盟间竞争主要在于争夺更多的支持者，如供应商、客户和提供互补产品与服务的公司。而联盟内竞争则主要发生在当标准已经占据一定的市场时，这时联盟内成员之间会为了产品市场或基于标准的知识产权带来的利益而展开竞争。

（4）网络外部性效应。网络外部性效应分为直接网络效应与间接网络效应。直接网络效应是指一种产品采用者的效用大小依赖于其他采用这种产品的人的数量。间接网络效应则指与主导产品互补的辅助产品的发展会增加主导产品采用者的效用。当一种技术标准得到少数重要成员的采用之后，越来越多的其他创新主体也会不断追捧，直至这种技术标准在市场上获得主导地位。技术标准联盟的这种网络外部性效应是其发展过程中的重要特点，对联盟技术标准的推广具有重要的意义。

7.2.2　技术标准联盟的障碍分析

我国许多产业的技术发展长期落后于国外产业的技术发展，企业多数仅仅是联盟标准的使用者，并无制定标准的发言权，这导致我国企业在 DVD、手机等产业发展中都需要向国外专利拥有企业交纳高昂的专利使用费。同时，众多仅以技术引进和提供本土化服务为基本竞争能力的企业，因受制于国外标准拥有的核心技术和产业标准的控制，面临着十分严峻的竞争压力。当前，我国行业和政府也开始积极组建技术标准联盟，开发具有自主知识产权的核心技术，以改变我国在技术标准竞争中的被动地位。然而基于多种原因，组建技术标准联盟还存在一定的障碍。

1. 难以找到产权技术间的最有效结合点

技术标准联盟内任何一个创新主体都不可能具备所有的基本技术专利，这些专利技术往往为多家创新主体所拥有，一般是将联盟内核心成员不同的技术路线、不同的技术方案在折中、妥协下达成通用标准协议，然后联盟成员把这个通用的技术标准引入市场。但由于联盟内成员不是阶层关系而是契约关系，其决策主体可能来自不同单位，代表不同利益主体，联盟成员往往从自身利益出发进行技术标准战略决策。而在谈判过程中，它们有时为了自身的根本利益，则会有所取舍，作出一些局部的牺牲。例如，在第 15 届商贸联合委员会会议上，为换取美方对华出口高科技产品的让步，放弃无线局域网鉴别和保密基础结构（wireless LAN authentication and privacy infrastructure，WAPI）标准就成为一个谈判的筹码。

而技术领先成员或拥有行业核心技术的成员不可能轻易地放弃它在此产品或工艺上的优势地位，尤其当创新主体谈判力相当时，这易使联盟的标准化工作陷入僵局。例如，在 GSM 标准形成过程中，各个国家在标准问题上都坚持自己的利益。德国和法国强烈地支持由 Alcatel 公司提出的技术标准，以确保自己在该领域处于领导地位。但是其他国家的参与者则支持芬兰的 Ericsson 公司的提案，为此经历了马拉松式的谈判。最终进行了最高层的政治对话和外交谈判妥协，在确保德国和法国供应商在 GSM 中的重要地位的前提下，这两个国家也接受了这种选择。

因此，技术标准联盟形成的过程实际上就是协调参与各方利益的过程，由于难以找到产权技术间的最有效结合点，所以技术标准联盟的诞生往往是一个艰难的过程。另外，技术标准中通常包含多个具有互补关系的专利技术，一项专利技术的改进需要另一项专利技术首先作相应改进，在基本专利基础上开发出的从属专利与基本专利之间也存在着相互制约、相互阻碍的关系。

2. 联盟成员的欺诈和机会主义行为

技术标准联盟是介于市场和计划体制之间的一种准市场式的契约型联盟，技术标准联盟无法像传统阶层组织那样容易实现对个体的直接监督和控制，因此进入技术标准联盟后，各成员既加强合作又彼此防范。首先，成员可能利用其他成员的信息不对称产生欺诈行为。其次，技术标准联盟中许可协议的不完全性容易滋生各成员的机会主义行为。最后，技术标准在整个行业中具有普遍适用性，具有规定技术和行业秩序的公共物品特性。因此，技术标准联盟在发展的过程中便容易陷入集体行动的困境，导致联盟内成员"搭便车"的现象：任何成员都可以免费使用标准，而不管该成员是否对该标准作出过贡献。金德尔伯格（Kindleberger，1983）是最早研究技术标准的经济学家之一，他在说明技术标准是一种公共物品的同时，指出了公共物品所带来的"搭便车"问题。

随着时代的发展，现代知识产权制度日趋完善，通过对联盟中各成员在技术标准中的知识产权，特别是核心专利权的保护，技术标准有了很大程度的私有排他性，在很大程度上可以有效地防止"搭便车"现象。然而，既使一个大集团中的所有人都是有理性的和寻求自我利益的，而且作为一个集团，他们采取行动实现他们共同的利益或目标后都能获益，他们仍然不会自愿地采取行动以实现共同的或集团的利益。因此技术标准联盟中的欺诈和机会主义行为是不可避免的。根据 Olson（1965）的集体行动理论，"搭便车"问题会随着一个群体中成员数量的增加而加剧。因此，随着技术标准联盟的发展，其技术标准被更多的创新主体所采纳，联盟中成员数量不断增加，联盟内成员之间进行直接监督的可能性会降低，欺诈和机会主义行为不易被他人察觉。

3. 专利权与技术标准化之间的冲突

在传统观念下，技术标准与专利权几乎没有关联。但是随着现代经济的发展，技术标准化的一个重要问题是，在技术标准中包含了越来越多的专利技术。尤其在信息产业，一项技术标准往往意味着一个由多种专利技术组成的集合体。根据欧洲电信标准协会的统计，GSM 移动通信标准包含的专利数量在 1998 年是380 项，而到 2004 年已超过 3600 项。我国开发的 WAPI 也包括了许多家生产商、营运商及科研开发单位的技术创新成果。技术标准专利化趋势带来的一个重要问题是，如何处理技术标准的开放性要求与知识产权保护之间的冲突。

一方面，专利技术是一种私有技术，专利人有权决定如何处置其拥有的专利技术，包括是否向外许可。另一方面，在技术标准中，标准技术具有兼容性、通用性、广泛适用性的特点。制定标准的目标是给所有利益相关的团体平等地获取标准的途径，使该标准广为传播，而参与专利联盟的成员，希望实现技术应用的排他性。一旦专利权人拒绝进行技术许可，第三方就不能获得相关技术，最终导致标准无法贯彻实施。专利权与技术标准之间的冲突实质上是某项专利技术的专有权和独占权与在相关领域对该技术进行统一应用和规范管理之间的冲突，是专利权人的私人利益与整个行业的集体利益之间的冲突。要构建技术标准联盟，首先必须解决这个冲突，否则技术标准只是一纸空文，没有任何实际意义。

7.2.3　技术标准联盟的管理对策

技术标准联盟在国外已经非常普遍，而我国技术标准联盟体系的建立尚处于发展阶段，所以我国必须认清形势，积极地组建标准联盟，以使我国企业在世界标准竞争中占据优势。鉴于我国企业普遍缺乏核心专利技术，加之我国许多创新主体还未认识到技术标准联盟的重要作用，本节有针对性地提出了一些管理对策。

1. 选择恰当的联盟核心成员，完善谈判协商机制

在技术标准联盟的形成过程中，为了最小化联盟内成员因技术折中而不可避免产生的"牺牲"，必须找到产权技术间的最有效结合点。一方面，技术标准联盟的结构要求核心成员尽可能少。选择恰当的联盟核心成员，以避免影响决策的效率。这些核心成员必须有一些互补的技术能力，而外围的成员要足够多，以扩大标准的使用范围和安装基础。例如，MPEG-2 标准（活动图像专家组，moving picture experts group）的核心技术仅来源于 10 多家高校和企业，包括著名的美国加州大学、菲利浦、索尼、东芝、法国电信公司、富士通、佳能等。以此为基础，MPEG-2 建立了一个联营性质的专利集合体，汇集了全球 394 项"必要专利"。另一方面，建立完善的谈判协商机制和决策机制。由于联盟成员往往从自身利益出发进行技术标准的战略决策，技术标准联盟需要设计一套合理的决策机制来保证决策的科学性和合理性；在联盟决策过程中，坚持客观、公平、公正的原则，做好各合作成员专利的评估。同时，做好专利持有成员和非专利持有成员的沟通协调工作，兼顾各方利益，化解不同利益群体之间的矛盾，促使其关系趋向和谐统一，最终达成标准联盟。

2. 慎重选择联盟伙伴，加强联盟伙伴关系管理

为有效防止技术标准联盟中"搭便车"行为，我国在技术标准联盟组建过程

中，要慎重选择联盟伙伴，尽可能吸引那些信誉高、管理与组织文化良好的有实力的创新主体参与联盟，只有选择了恰当的联盟伙伴，联盟才有可能成功。技术标准联盟组建后，应建立完善的联盟伙伴关系管理机制，以维持长期的联盟伙伴关系和联盟的稳定发展。首先，建立选择性激励机制，即联盟有权根据其成员有无贡献来决定是否向其提供集体收益。选择性激励手段可以是惩罚，也可以是奖励。未经许可而使用联盟内专利的成员可能面临两种选择：要么停止生产和销售并赔偿损失，要么与专利权企业签订专利许可合同，支付专利许可费。其次，建立和完善联盟内的利益分配机制，协调联盟成员之间的利益关系。对于那些为联盟利益作出贡献的成员，除了使它能获得正常的集团收益外，可以再给它一个额外的收益作为奖励，并且贡献越大，额外奖励越多。而对于搭便车者，应使其得不到收益，甚至对违背集体收益行为的成员作出相应的惩罚。最后，建立声誉信任机制，搭建信息网络，建立联盟成员相互交流、相互依赖的技术共享平台，联盟成员通过互相学习，了解对方的世界观、信念和态度、价值、商业战略和运作方法，逐渐建立起信任和共同的认知基础。以信任为基础的长期合作关系可以使联盟成为一种能够持续谈判的组织，由此可提高技术标准联盟的稳定性，有利于减少联盟成员的欺诈动机和机会主义行为。

3. 开发自主知识产权，完善相关的知识产权政策

自主知识产权是参与技术标准联盟的最重要的谈判力量。由于普遍缺乏核心专利，我国企业必须开发和获得更多与未来主流标准相关的技术专利，争取在技术标准的制定中有更大的发言权。同时，制定和完善与技术标准化相关的知识产权管理机构，明确涉及技术标准的知识产权政策，促进技术标准与知识产权保护的互动。例如，建立"必要专利池"，技术标准体系的管理委员会负责对相关专利技术的技术含量和技术水平进行认定、衡量，并对专利进行集中管理。技术标准使用者向"必要专利池"管理机构提出申请，技术标准联盟按照统一的许可收费制度，进行对外技术许可，或促进体系内部的交叉许可，从而减少技术许可的繁琐过程，实现技术共享。例如，通用移动通信系统（universal mobile telecommunication system，UMTS）标准采取许可费率制度：标准费率按销售额的 0.1% 提取，每个产品形式分类上的累计最高费率为 5%，而且，标准费率按季度审议，以保证所有被许可人承担统一的标准费率。同时，政府、产业联盟和企业都应该强化知识产权意识，完善联盟内监督机制和知识产权信息披露机制，以促进技术标准联盟的形成和发展。

7.3　技术标准联盟冲突管理机制研究

技术标准联盟能够促进创新主体的知识创新，便于概念的理解和接受，提高

责任和激发潜力。然而如同一般组织一样，技术标准联盟存在一些不利因素，可能扼杀创意，出现众多冲突。导致冲突产生的原因是多方面的，如目标、期望、价值观、行为过程、建议的不同，冲突不可避免，技术变化快、市场竞争的全球化、政治的不安定、金融的不可预测（Darling et al.，2001），更使冲突加剧。根据相关研究，可以将技术标准联盟冲突归为以下几种类型。

（1）关系冲突：主要是人际关系的不协调导致技术标准联盟成员之间情感方面的紧张和摩擦，相互之间冷漠，甚至厌恶（Amason et al.，1997；Darling et al.，2001；Karen et al.，2001）。

（2）任务冲突：成员间对技术标准联盟任务的看法和观点不同所产生的冲突，与有些国外学者提出的认知冲突相似，如解决和分析技术标准联盟任务的方法、措施、建议等方面的不同容易产生任务冲突。任务冲突能够激发技术标准联盟成员间的相互讨论，但同时也可能引发与关系冲突相关的人际关系的紧张，并产生消极影响（Amason et al.，1997）；

（3）过程冲突：在技术标准联盟任务和目标的进展中，如何解决任务所产生的争论和冲突与技术标准联盟成员间责、权、利的安排有关。当技术标准联盟对某个成员应该担负的职责存在分歧时，过程冲突就可能发生（Jehn，1999）。

7.3.1　技术标准联盟的冲突特性分析

为有效地分析技术标准联盟的冲突和解决问题，我们根据每个阶段的特点，把技术标准联盟冲突分为五个阶段：联盟意向阶段、计划制订阶段、技术开发阶段、标准制定阶段、标准产业化阶段，并具体分析各阶段冲突的特点。

（1）联盟意向阶段：这是技术标准联盟活动的早期部分，联盟创意的产生、交流和处理（采纳、摒弃、搁置、回收利用）构成了技术活动和项目的起点和创新的火花，将创意转化为实质性合作意味着赋予联盟实质性的组织形式。通过对潜在联盟对象的测试和沟通，检验技术标准联盟活动的联盟意向。联盟采用发散式流程，以获取技术（产品）的创新信息，技术标准联盟意向来自于技术部门、市场部门、生产制造、售后服务、竞争对手、客户的反馈信息，甚至通过引入外部资源（大学、研究机构等），形成虚拟技术标准联盟组织形式。利益和角度的不同，容易导致相互矛盾和缺乏客观的评判标准。不同组织、不同部门产生的不同观念和看法汇集在一起，就会产生任务冲突。同时，由于虚拟技术标准联盟成员间相互陌生，缺乏了解和有效沟通的途径和方式，关系冲突也可能扼杀创新意识。在技术标准联盟的初级阶段，过程冲突表现不是特别明显。

（2）计划制订阶段：联盟决策层对概念进行组合筛选，确定技术标准联盟项目的总体目标和任务，在计划制订阶段进行资源的配置和管理、技术标准联盟的组建、任务细分、时间路标、项目评测数据。在根据项目的需求组建和形成的虚拟合作组织中，成员之间可能相互缺乏了解，价值和观念也不尽相同，有关资源安排和责任的划分将不可避免地产生关系冲突。并且成员间关系困难的状况将加重后期的冲突。有关联盟项目时间路标、资源需求计划制订、责任和权利安排的不一致会导致过程冲突的出现，过程冲突必须控制在一定的水平，管理失效则会对技术标准联盟的后续流程产生负面影响。根据计划制订阶段的工作特点，任务冲突的有效管理比较容易。

（3）技术开发阶段：根据制订的项目计划，技术标准联盟开始实际的合作研发工作，资源的投入显著增加。针对不同的联盟项目，联盟成员会采用不同的技术开发模式，通常通过多个子项目并行展开，以缩短技术开发周期，提高联盟效率。有关项目（任务）解决方案的讨论、不同观念的争论、失调、最终产品内容和决策的分歧将使联盟成员间产生任务冲突，而适度地维持任务冲突有利于最优解决方案和决策的制定；子项目间进展的不协调和沟通的不和谐导致进度失调，容易引起矛盾，过程冲突在所难免；同时，由于这些分歧在导致任务冲突和过程冲突的同时，可能诱发关系冲突，并且三种冲突之间会引起连锁反应。因此在联盟技术开发阶段，任务和过程冲突的管理非常重要。

（4）标准制定阶段：处于技术标准联盟活动的后期，对共享技术进行专利化和标准化。根据标准化技术的验证结果完善核心技术，并完成最终核心技术发布的文档、规范、描叙等相关任务。由于核心技术专利化和标准化的低效，联盟项目的修改和完善过程将加剧任务冲突和过程冲突；同时有关技术标准联盟成员责任和利益安排的矛盾，导致士气的低落，将引发过程冲突。低效的专利化和标准化技术导致成员焦虑、紧张、有挫折感，关系冲突会明显上升。

（5）标准产业化阶段：对标准产业化情况进行跟踪与服务。针对市场和用户的反馈，局部改进产品以增强标准产业化的竞争能力和延长标准的生命周期，并对标准终止提供决策依据和建议。适度的任务冲突有利于提高标准的生命价值。在此阶段，联盟大部分成员正从事新的研发项目，各类冲突大大缓和。在标准产业化阶段，滞后的技术标准联盟绩效通过相关财务数据和指标，能够客观地评测技术标准联盟的绩效，根据标准产业化后的市场反应，利益分配和价值共享等激励措施会影响技术标准联盟成员长期合作的可能性，此时过程冲突表现比较明显。

7.3.2 技术标准联盟冲突管理模型

通过对技术标准联盟冲突特性的分析，可知在技术标准联盟的某些阶段，激发任务冲突和过程冲突，将对技术标准联盟的绩效产生积极的影响。有效地预测和控制冲突的关键在于技术标准联盟价值观和技术标准联盟氛围。Jehn 等（2001）的研究表明，团队的价值观和氛围对团队的绩效非常关键，团队存在自己的工作价值观和文化。他们提出了"价值观一致"的概念：团队成员在价值创新、关心、自主性、适应能力等方面的相似。价值一致促进和谐，减少关系冲突和过程冲突，有利于成员间相互信任、相互了解、相互尊敬。同时由于价值观一致，任务冲突容易表达。有学者的实证研究表明：稳定团队中的任务冲突比经常变化的团队更激烈。Greenfield 等（1999）研究认为，朋友式团队比陌生的团队能更好地分享和综合不同的任务冲突信息，更好地解决复杂的问题。若团队成员具备价值的一致性，团队的工作氛围将更加和谐，使团队冲突向有效的方面转移和发展，能极大地改善 R&D 团队的绩效，并为有效控制和管理冲突提供坚实的基础。在价值一致性和良好氛围的前提条件下，借鉴国内外学者的研究成果，提出技术标准联盟活动冲突管理表（表 7.1）。

表 7.1　技术标准联盟活动冲突管理表

联盟阶段	关系冲突		任务冲突		过程冲突	
	高绩效联盟	低绩效联盟	高绩效联盟	低绩效联盟	高绩效联盟	低绩效联盟
联盟意向	低	高	较高	低	—	
计划制订	低	高	适度	—	低	高
技术开发	低	高	较高	低	低	高
标准制定	低	高	低	高	低	高
标准产业化	低	高	适度		适度	低

"—"表示该冲突对联盟绩效影响不确定或表现不明显。

据此，可以得到以下结论：

（1）关系冲突在技术标准联盟活动的不同阶段对技术标准联盟绩效都将产生负面影响。朋友式、长期合作、稳定的技术标准联盟成员之间相互了解、熟悉、信任，有利于减少成员间的关系冲突。

（2）任务冲突在联盟意向、技术开发阶段显得非常重要，可以综合不同观念和方法，提高决策的质量，增强技术标准联盟的绩效。但是，任务冲突可能阻碍得出一致性的决定和目标而延缓研发方案的实施，由于不同观念和方法不能全部接受会导致决策低效，两者之间的平衡非常重要。然而在标准制定等技术标准联盟后期，由于任务冲突出现太迟、时间路标和进度的压力，很难产生一致性的决策，所以会影响任务的实施，对技术标准联盟的绩效产生负面影响。

（3）过程冲突在计划制订、技术开发和验证发布阶段的影响比较明显，在计划制订阶段，有关资源安排和授权的不同意见会被激烈讨论。在此基础上形成一致性的结论，将有助于形成一个目标清晰、责权利明确的技术标准联盟，能降低后续进程的冲突强度。

（4）高绩效的技术标准联盟在技术开发阶段需要较高的任务冲突，对于其他冲突，在不同的阶段都应当加以控制。

（5）在低绩效的技术标准联盟中，各类冲突值较高，特别是在验证和发布阶段，任务冲突会明显加剧，关系冲突和过程冲突也会上升。

各类冲突在技术标准联盟活动的不同阶段对技术标准联盟绩效的影响是不同的。在建立良好的沟通规范和通信网络的情况下，任务冲突在技术开发阶段适度扩大将有利于决策水平的提高，技术标准联盟的研发绩效会相应改善。然而，任务冲突如果发生在标准制定阶段，对绩效的影响将是负面的。

各类冲突的特性是不尽相同的，可以通过相应的表现方式来评估冲突的类型和强度，并使用量化技术测定冲突指标，根据技术标准联盟冲突管理表，可以科学地分析、控制冲突发生的时间、类型、强度，从而进行有效的冲突管理。技术标准联盟冲突管理模型如图 7.3 所示。

我们认为，有效控制、预测、处理冲突的核心和基础是技术标准联盟的价值一致特性和工作氛围。对价值标准、道德规范、行为方式的认同，有利于创造和谐、积极的技术标准联盟氛围，相互理解，协同处理事务，表达和接受任务冲突，减少人际冲突和低效的过程和任务冲突。技术标准联盟价值和氛围将直接影响关系冲突、任务冲突、过程冲突。同时，关系冲突、任务冲突、过程冲突三者之间是交叉影响的，人际关系的紧张，将直接引起任务冲突、过程冲突的上升，从而导致冲突低效。

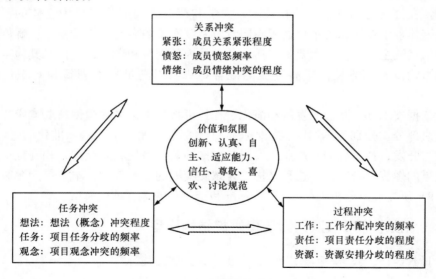

图 7.3　技术标准联盟冲突管理模型

利用技术标准联盟冲突管理模型进行冲突指标评测的关键是沟通程序和规范的制定，以及技术标准联盟成员的理解和接受，所以在技术标准联盟建设之初，对相关沟通标准的讨论和学习是有效管理冲突的前提。

7.4　技术标准联盟创新绩效的螺旋要素分析

美国著名的遗传学家、哈佛大学教授 Richard Lewontin 在《三螺旋：基因、生物体和环境》一书中使用三螺旋阐述基因、组织和环境之间的关系。发现基因、生物体和环境之间是一种"辩证的关系"，三者就像三条螺旋链缠绕在一起，同时都是因和果：基因和环境都是生物体的因，而生物体又是环境的因，因此基因以生物体为中介，又成了环境的因。Etzkowitz 等（1995）首次用三螺旋（triple helix）模型研究国家创新系统中政府、大学与产业之间的关系。他们认为，支持区域创新系统的制度网络化必须形成一个螺旋状的联系模式，这种缠绕在一起的三螺旋结构有三股要素链条：行政链、生产链、技术-科学链。在区域经济发展中，要素之间高度的同步性是三螺旋机制有效运行的必要条件。假如一个或两个螺旋发展较弱，或者不能很好地协同，那么，政府、大学和产业之间的相互作用就会被严重损坏。在这种结构中，三要素有着各自不同的具体群体和目标，但是它们有共同利益，即为它们所处的社会创造价值。这种利益和价值来源于产业、学术界和政府的合作关系，这是三螺旋结构的本质。这种结构的基本特征是要素之间的同步性、边界的流动性、相互作用的复杂性。相对于传统的线性关系，在公共与私营、科学和技术、大学和产业之间的边界成为立体的、流动的，这体现了在知识资本化过程不同阶段制度安排的多元互惠关系。三螺旋结构中的信息流主要包括三大要素或活动各自的内部交流和变化、一方对其他某一方施加影响以及三方功能重叠形成的混合组织，以满足技术创新和知识传输的要求。

依据技术标准联盟的发展和演化过程，可将技术标准联盟创新要素定义为三个组成部分，分别为 R&D、技术标准和产业化过程。在技术标准化的过程中，研究与开发、技术标准与产业化发展三要素的关系呈现相互交织、相互促进、互为因果的螺旋上升结构，这种结构符合螺旋模型的基本特性。本节借用孙耀吾等（2009）研究成果分析 R&D、技术标准和产业化的螺旋结构模型。

7.4.1　技术标准联盟创新要素螺旋结构模型

1. R&D、技术标准、标准产业化的交互关系

在技术标准联盟过程中，R&D 是基础，通过研究与开发，得到新的产品和技术成果；技术标准包含了知识产权的产业通用规范，狭义的技术标准联盟创新要素是将研究与开发的专利技术成果等发展为相关生产共同遵守和执行的规范和标准；标准的产业化是指技术标准的采用、产业链的完善、产品上市、技术扩散与商用化。整个过程都是围绕建立业内创新者普遍接受的技术标准，促进产业的

发展与技术进步。R&D、技术标准及其产业化三要素之间相互影响、相辅相成，如图 7.4 所示。

第一，它们在内容和成效上相互促进。Blind 等（2004）的研究发现，标准化过程是内在的研究与开发发展过程的继续，积极开展研究与开发的公司更有可能参与正式的标准化过程，以继续它们以往的研发活动，并使其产品技术或过程技术与其他公司的技术兼容。研发投入与产出数量和质量的提高引导和促进技术标准在相应的技术轨道内不断完善，并推动着产品市场的发展、产业链的完善与技术扩展，最终围绕标准形成一个产业链生态系统；反过来，成功的产业化促进产品市场竞争，不断引发新的市场需求和商业模式，产生新的研发与标准升级需求。

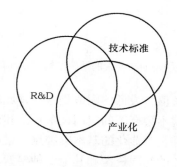

图 7.4　R&D、技术标准、产业化三者交互影响（孙耀吾等，2009）

第二，R&D、技术标准、标准产业化三种要素或活动相互交织。一方面，在研究与开发产生的技术成果中，专利是重要的内容，技术标准发展的过程也就是基本技术的选择与基本专利地位确立的过程；而有些研发成果也可能直接转化为市场产品。另一方面，技术标准建立的目的在于规范系统产品技术要求，开发新的或更大的产业市场，技术标准的发展及其产业化本身就是一个统一过程。在实践中，可能先有技术标准，继而采用和扩散，也可能先有产品，然后将相应技术确立为产业事实标准。

2. 技术标准联盟创新要素三重螺旋结构

在技术标准联盟过程中，R&D、技术标准、产业化要素呈现螺旋结构，如图 7.5 所示。

这一结构的主要内涵与特征是：

首先，R&D、技术标准、产业化分别构成螺旋中的一个链，三者在相互作用中发展，并推动整个技术标准联盟过程螺旋上升。在螺旋结构中，R&D、技术标准、产业化三种要素或活动各自的力量并不是简单地越大越好，而必须是协调的。在一定的空间和时间内，每种力量都会有自己作用的合理区间。可以分别

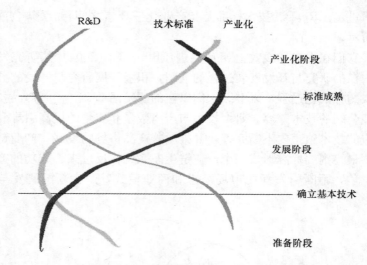

图 7.5　技术标准联盟创新要素的螺旋结构模型（孙耀吾等，2009）

界定为一个最低和最高的阈值。最低的阈值是这一领域的基本突破点，如 R&D，不取得基本技术的突破，就不会有新的应用技术规范和产品；基本技术的确立和系统产品能力则是技术标准及产业化的基本突破点。最高的阈值可理解为最大可能结果，它们由企业或联盟的有限资源和其他 2 种要素的支持和配合决定。在一定时期里，企业或联盟的资源总是有限的，投入其中某一方面过多，其他方面就可能达不到最低的阈值；某个要素力量达到或超过最高阈值后，如果另外 2 个跟不上，不能协调与支撑，整个过程就不能顺利推进，甚至被破坏。这种情况常见于市场需求和网络效应不足，而在 R&D 上大量投入时，基本技术或专利成果由于不能得到市场和产品配套能力的支持，不能完成产业化。WAPI 的停滞直至最终失败是比较典型的例子。同样，如果把标准定得过高，大大超过现实的市场需求及其变革速度，或现有的 R&D 水平有限，以至很长时间内难以推广或普及，都将造成重大损失。

　　其次，螺旋要素具有同步性和作用边界的流动性。一是 R&D、技术标准及其产业化三者之间必须保持一定的步调和均衡性。R&D 投入再多，如果没有技术标准、产业化的同步支持，研发成果也不能形成有效的技术创新；同样，技术标准和产业化也需要其他要素的协同和支撑。技术标准联盟过程在每个阶段都会有一个对应的发展空间，要到达市场应用和技术扩散的"终点"，三者需要协调发展。企业或联盟应据此进行合理的资源配置。二是 R&D、技术标准与产业化之间的相互作用以及交叉与重叠的边界在不同阶段、不同角度会因不同因素的影响而变化，表现出流动性。

　　最后，螺旋体发展的阶段性。尽管三种要素互为因果、相互交织、边界模糊，螺旋体的上升可以始于 R&D、技术标准和产业化的任何一个或多个要素。整个过程的螺旋推进可以大体划分为技术准备与标准形成、技术标准发展和产业市场推广三个阶段。技术标准的准备与形成源于研究与开发、多种技术发展和标准方案的酝酿；发展阶段以基本技术的选择和主导标准的确立为标志；成套设备能力的形成和系统产品面市则标志着标准的成熟与采用、进入了产业化阶段。

7.4.2　技术标准联盟创新要素螺旋结构演进动力与路径

技术标准联盟创新要素三重螺旋体演进的推动力包括来自 R&D 的创新技术推动、产业化与市场需求拉动和技术标准的网络效应。首先是 R&D 的创新技术推动。研究与开发是技术创新的基础。技术的全新突破，开拓出新的技术领域或下一代基本技术，推动和发展新的技术标准，引导新的市场需求，完善和发展新的产业链；技术的开发和成熟，为降低生产成本和大规模生产提供基础，为技术标准联盟创新要素提供技术基础和生产条件。其次是产业化与市场需求拉动。市场需求和产业开发是最好的目标导向，根据市场需求开发产品，有针对性地进行 R&D 活动，提高研发绩效；同时，市场需求的变化促进技术标准的更新与发展，产业链的延伸与开发引领技术标准体系走向完善与成熟。最后是技术标准的网络效应。当一种产品对用户的价值随着采用该产品或可兼容产品的用户的增加而增大时，就表现出网络效应。技术标准确立后便形成一个既定的技术轨道，为规模化生产奠定基础；同时也将相关产业锁定在这个技术轨道内，当达到一定的用户基数时，就会形成一个共生的产业生态网络，用户获得越来越大的价值，企业拥有越来越多的顾客群体，生产者和消费者效用得到提升。技术标准的网络效应引导着相关的专利拥有企业通过合作发展系统技术标准，实现彼此兼容与互通、互联；联盟的共享与交叉许可机制又鼓励联盟和成员企业投入进一步的研究与开发，加快技术创新。

与推动力相对应，技术标准联盟创新要素螺旋体演进的主要路径有三条。一是技术推动型。创新和技术突破开辟新的产品市场，催生新的产业领域。通常，首先是将研发产生的创新成果申请为技术专利，再将专利技术上升为产业技术标准，进而形成系统产品生产能力，产品上市，完善产业链，实现技术扩散，完成产业化过程。二是需求拉动型。先有实用技术和市场产品、拥有市场控制规模的主导企业会努力将自己的技术范式提升为行业事实标准，在业内推行，进而推动未来的研发活动。蓝光 DVD 技术标准化过程体现了这一路径，高清应用导致对大容量光碟的需求，事实标准的推广进一步激发大容量光盘的研发。上述 2 条路径不是截然分开的，它们通常会交叉重叠，技术推动和市场需求共同推动技术标准联盟创新要素螺旋上升，如 AVS（audio video coding standard）、WAPI 都是技术上的突破和市场需求共同推动技术标准发展的产物。三是从技术标准开始，即标准先行的模式。具体路径为以未来 5～10 年的下一代技术、产品或新的产品领域为目标，建立技术标准。为此进行大规模研发投入，并为标准的推广与产业化作准备。这一路径往往具有明确的产业或国家技术发展目标，由政府组织或协调。欧洲通信技术国际标准 GSM 的形成与发展、中国企业主导的 TD-SCDMA 标准联盟过程都体现了这一路径。

当然，现实中的 R&D、技术标准、产业化不是简单的线性关系，而是相互交织在一起，形成一个螺旋结构，三种动力共同产生作用。从而，在总体上演化出由以研究与开发为基础、以专利技术发展为标准，到标准的产业推广与市场化的技术创新与进步的轨迹。在这一基本路径中，技术标准的准备与形成阶段，包括从未来产品或技术标准的概念、草案到基本技术的选择与基本标准的形成。技术推动是这一阶段的核心动力，R&D 投入至关重要。因为技术的突破是概念成为可能的技术标准的前提，此阶段的大部分投入集中在 R&D。在技术标准的发展阶段，主要任务是确立主导产品的基本标准，发展系统产品和模块的系列技术标准，形成系统技术标准规范下的成套生产能力，为产业链开发奠定基础。这时，R&D 投入和产出会增大，出现大量的专门针对标准的研发项目，一些技术成果直接成为标准的一部分，标准体系不断完善和升级；标准的发展要求扩大产业联盟，以形成更大的研发合力，促进市场预期明晰化，加快新产品与相应市场开发准备。由于加入联盟及其网络的企业前期都有大量投入，要收回投资，只能继续投入。它们被锁定在技术标准规定的技术轨道中，被称为锁定企业，技术标准网络效应开始形成。螺旋结构演进到产业化阶段，主要的任务是市场推广和规模化生产。主要动力是市场需求拉动和技术标准的网络效应，R&D 技术推动力的重要性相对降低。经过前两阶段的积累，产业链和产品簇基本形成，此时关注的主要是技术标准的商用与技术扩散，形成和扩大安装基数，锁定用户，不断强化技术轨道和网络效应，并在进一步的研发和市场需求升级中创新标准。在整个过程中，为保持螺旋结构的稳定和有效推进，三种动力的作用须保持均衡，相对同步与彼此协调尤为重要。

第8章 技术标准联盟对创新绩效影响的实证研究

8.1 技术标准联盟的小世界特征分析

宏观网络的理论研究聚焦于网络的小世界特征，认为具有小世界特征的网络能够促进知识和信息的流动，提高创新能力。在对比分析技术标准联盟特征与小世界网络特征的基础上，研究发现，技术标准联盟在集聚系数和特征路径长度搜寻和设计等方面呈现出小世界网络特征。

8.1.1 技术标准联盟的生态特征

培育和建设技术标准联盟，目的在于促进联盟内信息和资源的有效流通，增强联盟成员之间的交互作用。为了解联盟成员间相互联系和作用表现出的结构性特征，从生态学的视角，对技术标准联盟的整体性、多样性、结网群居和稳定性四个特征进行分析。

第一，整体性特征。技术标准联盟是一个富有弹性的代谢性有机整体，以整体的方式不断调节内部的运行机制和同环境的相互关系，保持一种动态的相对平衡。技术标准联盟伙伴是相互联系、相互影响的，其运行是如技术标准联盟一样以整体方式发展的，联盟伙伴的变化可能对整体有很大影响。技术标准联盟的合作伙伴是联盟整体性的基础，各伙伴的性质和行为对联盟整体性的影响是在其相互作用过程中表现出来的。技术标准联盟伙伴之间通过相互联系和相互作用，产生出某种协同效应，形成一定的结构，使得系统在复杂的相互作用中表现出一定的统一性和协同性，从而表现出单个联盟伙伴不具备的功能和作用。把技术标准联盟看做一个整体，了解其整体的结构特性，可以发现系统具有的整体功能和运动规律。

第二，多样性特征。对技术标准联盟而言，多样性意味着技术标准联盟的能量、物质、信息流通和传递的渠道多样，输入输出畅通，调节补偿控制机能增强，同行异化代谢功能健全，系统有序性和稳定性保持更高层次，有利于提高技术标准联盟的可持续性。技术标准联盟的多样性是指联盟伙伴及其活动的多种类；多种产业的联盟伙伴并存；产业内各不同联盟伙伴间联结多类型等。联盟伙伴之间联结的多渠道，使得各种物质、信息和资源在不同联盟伙伴之间顺畅地流动。有效的信息和资源流动是技术标准联盟成功的基础，能够使得联盟内异质性的创新资源和信息得到有效配置和高效率的使用。例如，杭州电子信息产业技术联盟，通过科技服务创新平台建设和科技中介机构的发展，实现了创新主体间多种类的合作和多渠道的沟通，呈现出较强的多样性特征。

第三，结网群居特征。在生态学中，群落是指一定时期内居住在一定空间范围内的生物种群的集合，群落内各种生物之间存在物质循环和能量转移的复杂联系。技术标准联盟是一种特定的创新组织，作为创新组织，它是联盟伙伴在技术标准联盟内的相对集中。罗发友等（2004）认为在技术创新群落形成与演化中，创新单元或联盟伙伴以产业关联为基础，以地理靠近为特征，以设施配套、机构完善为支撑条件，以文化融合为联结纽带，形成本地化的联盟创新网络。例如，北京 IT 产业联盟呈现出明显的区县结构特征，分别集聚分布于海淀、昌平、丰台等区；杭州的软件技术联盟大部分则集聚于高新区，由于地理上的邻近性和根植性，依靠良好的制度环境、科技中介机构和创新平台，已形成了企业与大学、科研机构之间紧密合作的联盟网络。

第四，稳定性特征。技术标准联盟是一个在一定时间和空间内结构和功能相对稳定的系统，而且能通过自我的调节不断地恢复这种稳定和平衡。它通过外部物质、能量和信息的输入保持着非平衡，促使技术标准联盟不断地进化和发展。技术标准联盟不可避免地要承受来自联盟或环境的各种干扰，如市场需求发生变化、技术标准发生变化等，技术标准联盟的结构、状态、行为的抗干扰性等会表现出一定的稳定性。同时技术标准联盟是一个开放的系统，每时每刻都与其他联盟和环境进行物质和信息的交换，优化整合与外部环境的信息交流。在联盟内部，随着信息和资源的流动，不同联盟伙伴能够接触到对它们来说是"非冗余"的和新颖的信息和资源。这内外两方面因素都会引起技术标准联盟的结构和状态的变化，然而正是这种变化和不稳定，推动了整个联盟不断进化和发展，产生持续的技术创新能力。

8.1.2　技术标准联盟生态特征与小世界特征的比较分析

宏观网络的理论研究聚焦于小世界网络的特征，认为具有小世界特征的网络能够促进创新。Watts 和 Strogatz 于 1998 年提出小世界网络（small world network，SWN）模型，并将网络的特征数量化，提出了特征路径长度（characteristic path length）和集聚系数（clustering coefficient）两个指标，指出很多现实的复杂网络既具有类似规则网络的较高集聚系数，又具有类似于随机网络的较短特征路径长度，这一类网络被称为小世界网络。

从现有的文献中，可以看出网络的小世界特征对技术创新的影响主要表现为以下两个方面：①集聚系数。集聚系数反映了网络的局部特征和集团化程度，同时也反映了网络的连通性和传递性。在小世界网络中，不同的集群间是相互连接的。一旦信息在不同集群间流动，其在集群内的流动会变得更为容易和更为有效。网络的集聚性增强了创新主体之间的信任，促进了它们的协作、资源共享和风险共担。从信息扩散的加快和信任的提高两方面看，网络集聚程度的提高有利于促进网络创新业绩的提升。但是，集聚程度过高会给网络带来过多的同质和冗余信息。Uzzi 等（2005）认为集聚系数过高会造成创新主体的孤立性，导致其缺乏对新颖和多样性信息的接触，最终降低创造性。Fleming 等（2007）认为网络的最佳集聚程度依赖于技术变化、知识生成和转移的模式、社会动态等因素。②特征路径长度。特征路径长度反映了网络的全局特征，是反映网络的相对效率的指标。网络特征路径长度较短，意味着网络中任何两个主体拥有的知识和信息，仅仅通过少数的中间人就能到达对方，使得网络中的知识和信息的扩散与流动更为容易，速度更快。从网络中单一节点的角度看，较短的路径长度暗示从网络中其他节点能较容易地得到知识，而从其他较远主体获得的信息通常是新颖的和异质性的，这对创新主体成功地进行技术创新来说十分重要。

技术标准联盟实质上是一个为了实现联盟技术创新、可持续发展的宏观网络，其也应具有集聚系数高和特征路径长度较短的小世界网络特征，图 8.1 将技术标准联盟的特征与小世界网络特征进行了对比分析。

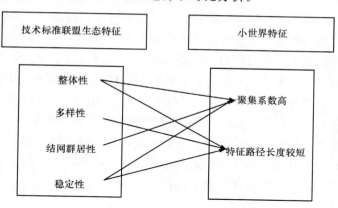

图 8.1　技术标准联盟生态特征与小世界特征的比较

1. 技术标准联盟的集聚程度高

技术标准联盟是相互联系、相互影响的创新主体，联盟组成部分是联盟整体性的基础，联盟组成部分的性质和行为对联盟整体性的影响是在其相互作用过程中表现出来的。联盟企业是技术标准联盟的基本构成要素，联盟企业在技术标准联盟内的相对集中则形成了创新群落。每个技术标准联盟内都可能形成若干个创新群落。由此可以看出，创新群落是技术标准联盟的一种特定的组织形式，是技术标准联盟的重要载体。

技术标准联盟具有结网群居的特征，联盟伙伴之间可以减少运输成本和交易成本，增加与联盟内其他联盟伙伴接触的机会，同时，位于同一个联盟内使得联盟成员间物质与信息能够顺畅流动，增强联盟内的合作关系。在创新群落中，众多以技术创新为纽带相互关联的联盟伙伴聚集在一起，呈现出多样性的特征。联盟伙伴之间可以产生多渠道的联系和多种类的合作，实现信息或资源共享，优势互补，可以有效地克服单个联盟伙伴创新资源不足的缺陷，增强彼此之间的信任和风险的分担，提高整个系统的稳定性。创新群落可以被看做技术标准联盟的一个子网络，创新群落之间互动联结形成了技术标准联盟，所以对于技术标准联盟整体而言，它的集聚系数较高。

2. 技术标准联盟的特征路径长度较短

技术标准联盟的特征路径长度是指在技术标准联盟中，各联盟成员间连接的平均距离，这影响到整个联盟物质、能量和信息的流通效率。物质、能量和信息的良好流通能够使联盟内的创新资源得到有效的配置和高效率的使用，通过技术扩散实现联盟伙伴和创新群落的发展，可以实现联盟技术创新的扩散目的。就联盟内单个联盟成员而言，其路径长度能够反映该联盟伙伴从与它直接或间接相连的联盟伙伴中得到知识或信息的数量和多样性的程度。技术标准联盟具有多样性的特征，表现为系统中联盟伙伴种类的多样性和联盟伙伴之间联结的多样性。这就要求联盟内的联盟伙伴之间建立广泛的联结，且任何两个联盟伙伴通过较少的中间组织就能获得对方传递的信息，而获取的这些信息对于接受者来说具有异质性和启发性，这会对其技术创新起到重要的促进作用。同时，技术标准联盟具有结网群居和稳定性等特征，也要求通过增加创新群落之间的物质和信息的交流、技术创新的合作，增强联盟整体抵抗力。所以，对于技术标准联盟而言，短的特征路径长度有利于联盟整体技术创新效率的发挥，提高物质、能量和信息流动的多样性和顺畅程度，以及增强联盟的稳定性。

8.1.3　小世界特征在技术标准联盟建设中的作用

第一，小世界特征对技术标准联盟的影响表现为集聚系数高对技术标准联盟的影响。一个集聚系数高的技术标准联盟意味着联盟伙伴之间集团化程度高，形成类似群落的网络结构。由于联盟伙伴的集聚加快了联盟内信息流动和技术溢出，各类知识特别是隐性知识可以在联盟内广泛地传播，这有利于各类知识和资源的共享，促进了联盟内以前没有联结的技术领域之间的交流与合作，提高了产生技术突破的可能性。从社会学角度来讲，集群系数的高低决定了联盟内社会资本的多少，拥有较高社会资本的联盟伙伴往往与周边创新主体和联盟伙伴间有较高的信任水平，还可以克服网络内"搭便车"的行为。从创新资源扩散的加快和信任的增强两方面的效果，可以看出集聚程度的增大可以促进联盟伙伴间的联系和合作，提高系统的创新能力。而且，集群系数太高又会导致技术标准联盟产生联盟锁定效应，引起联盟伙伴缺乏获取新颖和多样性知识的途径。技术标准联盟的集聚系数过高，可能导致其结构的僵化，阻碍联盟伙伴之间资源和信息的交流。单个技术创新联盟内的资源和信息都是有限的，联盟伙伴如过分关注于联盟内的资源和信息，会缺乏与对自身创新能力的提高有重要作用的新颖和多样性知识的接触。同时随着集聚程度的提高，联盟的网络形态可能趋于闭合，会减弱联盟伙伴对外部市场变化的应对能力和调节能力。

第二，小世界特征对技术标准联盟的影响表现为特征路径长度较短对技术标准联盟的影响。短的特征路径长度意味着网络中任何两个主体只需通过少数的"中间人"就能到达对方，这使得联盟伙伴从其他联盟伙伴中获取新颖的、异质性的和启发性的信息更为方便。如果没有接触到这些对创新有重要作用的新信息，创新者会缺乏创新能力。从"结构洞"的视角来看，Burt（1992）认为社会网络中的某个或某些个体和另一些个体发生直接联系，但与其他个体不发生直接联系或关系间断，从网络整体上看，好像网络结构中出现了洞穴，即"结构洞"。对技术标准联盟而言，在其所形成的结构洞上搭桥，可以缩短特征路径长度，促进联盟内知识的流动、各种想法的互动和异质性的创新资源的流动与扩散，这使得联盟伙伴拥有获取新知识的途径，有利于增强联盟伙伴间的联系与合作，提高联盟技术创新的能力。

8.2　技术标准联盟伙伴选择与创新绩效的实证

8.2.1　理论分析与假设建立

1. 技术标准联盟伙伴选择维度

Sierra 等（1995）建议用"3C"思想兼容性、能力和承诺来选择伙伴。兼容性是指联盟内各成员在经营战略、经营方式、合作思路以及组织结构和管理方式等诸方面应保持和谐一致；能力包括对市场反应的敏捷性等，合作伙伴必须具备一定的能力，才能够弥补本企业的薄弱环节，应付激烈的竞争局面；承诺主要体现在相互承担一定的义务和责任，以弥补联盟各成员在内部资源与经营目标方面的差距。Limmerick 等（1993）认为战略联盟需要成员在多方面保持协调，有贡献的对称性、技术的兼容性、决策系统和管理风格的互补兼容性以及价值的兼容性等。Brouthers 等（1995）对跨国联盟成功的可能性条件分析后认为，技能的互补、合作文化、兼容的目标和一定程度的风险水平是成功选择伙伴所必须考虑的因素。袁磊（2001）总结了选择合作伙伴的传统方法的缺陷，提出伙伴选择的软硬指标。硬指标包括市场状况、互补性技巧和财务状况等可以在伙伴选择过程中客观评估的一些指标，软指标包括承诺、融洽性和信任等在伙伴选择过程中的主观因素。冯蔚东等（2000）则认为动态联盟的主要影响因素是成本、反应时间和运行风险。郭军灵（2003）提出联盟伙伴选择的一些标准，如联盟成员之间互补性的竞争优势，具有互补性的资产，要能建立一个联盟共同体，潜在联盟成员之间适当的力量平衡和匹配，尽量选择企业文化相类似的联盟伙伴等。易朝辉等（2007）从资源-学习-企业成长的框架分析了战略联盟伙伴选择的标准，认为中国企业的伙伴选择标准取决于国际战略联盟形成的战略动机。华金科等（2007）认为，伙伴的选择是技术标准联盟成功的关键，并将兼容性、信息化、研发能力、市场能力、技术标准能力作为伙伴选择的标准。Nielsen（2007）研究发现联盟成员之间的协同知识、信任、互补性、保护性和文化差异等影响着联盟的绩效。

综合各学者的研究成果，本书将声誉（reputation）、兼容性（compatibility）和技术标准化能力（technological standardization ability）作为技术标准联盟伙伴选择的三个维度，其中兼容性又可称为互补性或相似性，技术标准化能力包括研发能力、市场能力等。

1）声誉

联盟伙伴的声誉是企业选择联盟伙伴和确保联盟成功的重要因素（Granovetter，1985；Jennings et al.，2000）。声誉反映出一个企业在管理、技术水平和资金等方面的状况，良好的声誉可以使企业建立持续的竞争优势（Barney，1991）。Gary 等（1998）认为声誉是企业的利益相关者对企业品性的价值判断，企业同利益相关者之间有效的信息传达能提升企业的声誉。Mudnaney（2003）认为企业声誉是指所有利益相关者对企业的印象总和，是一种能为企业带来价值的资产，包括企业的特性、企业所代表的核心价值以及企业的愿景。企业良好的声誉为它们的可信赖性提供了一个关键性判别指标，联盟伙伴良好的声誉还可以加强联盟各方有效的信息交流，降低在联盟管理中的监控成本和交易成本，从而提高联盟绩效。因此本书将声誉作为伙伴选择的第一个测度指标，其指标体系如表8.1。

表 8.1　声誉指标体系

指标代码	指标描述
Financia	合作伙伴的资金状况良好
Populari	合作伙伴在同行业中拥有较高的知名度
Cus-sati	合作伙伴在同行业中拥有较高的顾客满意度
Service	合作伙伴拥有良好的产品/服务质量
Commerci	合作伙伴有良好的商务信誉（履行合约、交货及时）

2) 兼容性

Lorange (1996)、De Man 等 (2009) 诸多学者认为兼容性是伙伴选择的一个关键因素。Madhok (1995) 指出兼容性反映了伙伴之间目标的互补性，以及运营哲学和公司文化的相似性，可以保证联盟关系的稳定，更好地度过不稳定期。研究者认为战略联盟保持成功的关键因素是联盟伙伴的互动和兼容，需要联盟伙伴的战略协同与文化融合两个基本要素。战略联盟内部合作伙伴之间高度的战略协同是维护联盟持久性的重要基础，联盟要求各方必须拥有互补性资源，由此产生协同效应，获得协作竞争优势。在技术标准联盟中，企业各自的技术必须有一定的兼容性，必须遵守一定的知识产权协议，否则难以协同一致创建技术标准。只有技术标准联盟合作伙伴之间具有兼容性，才能实现不同企业文化的有效磨合，增加合作的收益性和双赢的可能性。因此，本书将兼容性作为技术标准联盟伙伴选择的第二个测度指标，其指标体系如表 8.2。

表 8.2　兼容性指标体系

指标代码	指标描述
Strategy	合作伙伴之间的企业发展战略具有相似性
Resource	合作伙伴之间的技术、资源可以相互补充
Product	合作伙伴之间的产品、市场可以相互兼容
Culture	合作伙伴之间的文化、管理制度可以相兼容

3) 技术标准化能力

技术标准联盟成立的根本目的是实现联盟标准的确立与扩散。企业享有的共同技术标准是联盟存在的基础，也是促使企业参与战略联盟的重要动因。因为技术标准联盟的标准化能力主要依靠联盟成员的标准化能力表现出来，所以联盟伙伴的技术标准化能力是合作的前提条件，可以给联盟带来持续的竞争优势。技术标准化能力集中体现了企业在技术标准联盟中可以发挥的作用，即对技术标准确立与扩散的作用。从我国的技术标准联盟来看，企业在本行业的地位和影响力是其加入联盟的重要条件。因此，本书将技术标准化能力定义为企业在标准竞争中通过其技术实力和市场实力等对技术标准确立与扩散产生推动作用的能力，其测度指标体系如表 8.3。

表 8.3　技术标准化能力指标体系

指标代码	指标描述
Research	合作伙伴的技术研发能力较强
Market	合作伙伴的市场占有率较高
Channel	合作伙伴的渠道开拓和网络能力较好
Position	合作伙伴有较强的行业影响力和话语权
Pub-rela	合作伙伴具有较强的政府公关能力

2. 技术标准联盟绩效维度

Anderson 等（1990）指出，由于企业间合作的动机不一，合作的方式也多种多样，合作成员在合作过程中投入的资源也不尽相同，许多资源如合同、技术诀窍、管理性的建议无法用市场价格来衡量，加之联盟的多维性、流动性、结果的无形性等，对联盟绩效的评价变得较为复杂和困难。因此，理论界和企业界对于战略联盟绩效的评估还没有一个统一的标准，不同的学者从不同的角度提出联盟绩效的考核指标。基本评价可归结为两类：一是衡量联盟合作者是否获取了各自既定的战略目标，主要是倾向于使用双方的战略联盟目标实现程度以及联盟双方对于联盟的满意程度等主观标准。二是衡量联盟合作者是否获取了预期的财务收益，主要倾向于使用收益率、销售增长率等客观标准。基于有些战略联盟并不是为了实现财务绩效，而是拓展企业发展空间，加强伙伴间的学习，提高联盟企业的竞争地位，获得合法性等，现在许多研究认为管理者的评价是一种较好的反映联盟绩效的方式，同时考虑到联盟绩效主观评价与客观评价的相关性，许多学者倾向于使用主观标准来评价联盟绩效（Das et al. ，2000；2003）。

企业组建联盟的动机是实现技术的标准化。企业享有共同技术标准是技术标准联盟存在的前提和基础，是连接联盟成员的纽带。作为一种合作型组织，技术标准联盟不干预企业的具体经营，而是负责制定、维护技术所有者和标准使用者之间的界面联系规则。此时，技术标准联盟不再只是一个交易平台和交易集散地，更是一个合作的平台。这使得在衡量技术标准联盟绩效时，难以使用财务数据进行测度。因此，本书对技术标准联盟绩效的评价主要采用 Das&Teng 的标准，从销售额、运营成本、技术交流学习、降低开发风险等角度对技术标准联盟的绩效进行衡量，其测度指标如表 8.4。

表 8.4　联盟绩效指标体系

指标代码	指标描述
Cost	加入联盟可以降低企业的运营成本
Sale	加入联盟使企业的销售额增加
Venture	加入联盟可以降低企业的技术开发风险
Learn	加入联盟可以增加同行业之间的交流学习

3. 研究假设的建立

Sarkar 等（1998）学者认为伙伴选择是组建联盟的第一步，只有选择合适的伙伴，才能在联盟价值创造的过程中取得成功。Hitt 等（2000）研究认为伙伴选择对于联盟成功的影响是至关重要的，是实现联盟价值的关键一环。一方面，伙伴选择能够在很大程度上影响战略联盟中的联盟关系，从某种意义上讲，伙伴选择的结果从一开始便决定了联盟关系的性质；另一方面，伙伴选择能够对联盟的绩效水平产生很大的影响。

作为伙伴关系的主要内容和参考标准，声誉是一种有价值的、难以模仿的无形资产，它是企业长期优秀的财务、市场和技术等的表现。在技术标准联盟中具有拥有良好声誉的联盟伙伴，一方面有利于影响消费者的预期，扩大标准的使用范围和创建基础，扩大标准的影响力；另一方面可以加强联盟各方有效的信息交流，降低在联盟管理中的监控成本和交易成本，从而提高联盟绩效。因此，在技术标准联盟伙伴选择过程中，联盟伙伴良好的声誉能够确保联盟获得较高的合作绩效。由此，我们提出以下三种假设。

假设 8.1： 技术标准联盟伙伴声誉与联盟绩效正相关。

兼容性反映了技术标准联盟合作伙伴在经营战略、经营方式、合作思路，以及组织结构和管理方式等诸多方面的和谐程度，良好的兼容性能够推动标准联盟的高效运行。联盟合作伙伴之间良好的兼容性意味着合作各方都会努力发挥自身优势以促成联盟目标的实现，因为合作伙伴相信对方是可信赖的，其自身目标的实现与对方目标的实现戚戚相关，并且这种合作关系会在各方不断的相互支持与帮助中得以加强。在技术标准联盟伙伴选择过程中，选择在文化、战略目标、技术等方面存在着较大兼容性的伙伴，可为企业间的协同创新提供合作的基础，同时可以减少技术在标准化过程中产生的冲突，提高联盟绩效。由此，我们提出：

假设 8.2： 技术标准联盟伙伴之间的兼容性与联盟绩效正相关。

技术标准化能力指标体现了技术创新过程与结果、自主与协作的统一，是从研究与开发，到技术成果转化为实用和商业化的专利，再到将专利技术发展为产业标准的技术创新最终成果的发展进程，同时又是一个自主发展与协作共进相互结合、相互推动的过程（孙耀吾等，2007）。在技术标准联盟伙伴选择过程中，技术标准化能力强的企业能够有效地推动联盟自主技术创新水平的提升，推动联盟融入先进技术，赢取市场，获得经济回报。同时选择技术标准化能力较强的伙伴，有利于缩短技术标准化的周期，获得技术和产品市场的先发优势。由此可见，在技术标准联盟中，选择技术标准能力强的联盟伙伴对于提升联盟绩效有积极的促进作用。由此，我们提出：

假设 8.3： 技术标准联盟伙伴的技术标准化能力与联盟绩效正相关。

8.2.2　数据分析与假设检验

1. 调研过程与数据处理

在实证调研前，课题组设计了技术标准联盟关系与联盟绩效测度的初始问卷，并就初始问卷征询浙江省信息技术标准化技术委员会、中国电子技术标准化研究所等技术标准管理和研究部门的意见。根据其意见和建议，对声誉、兼容性、标准化能力和联盟绩效等各变量指标设计的合理性和全面性进行修正，并对技术标准化能力增加一个测量指标，即"合作伙伴有较强的国际化能力（指标代码：Internat）"。

实证调研问卷采用李克特五分制度量法，调研对象以电子信息企业为主，包括已加入或准备加入相关技术标准联盟、具有较强研发能力的企业或组织。通过电子邮件发放问卷和实地调查等方式进行调研，两种方式共发放问卷 205 份，回收问卷 194 份，其中有效问卷 172 份。在数据分析前，采用 50 份问卷进行前测，对各测量题项的信度和效度进行检验，检测数据的有效性。

2. 数据分析与假设检验

采用交叉证实的方法对调查数据进行统计分析，即先用 SPSS 15.0 对变量的指标结构进行探索性因子分析，再利用 LISREL 8.70 对变量的指标结构进行验证性因子分析。交叉证实方法是模糊化潜变量结构、观测变量与潜变量之间的潜在关系，先用探索性分析方法，得到可能的潜变量结构，然后再用另外一个样本进行证实性验证。采用这种方法可以保证量表的有效性和可靠性，较为全面地揭示测度因子之间的相互变动和影响关系。

1) 探索性因子分析

采用有效样本中的 70 份数据进行探索性因子分析。一般而言，KMO 值在 0.7 以上表示变量间具有较强的相关性，可以作探索性因子分析，Bartlett's 球形检验用于检验各变量是否独立，只有拒绝了零假设才能使用探索性因子分析。

通过 SPSS 15.0 数据分析可知，联盟伙伴选择各维度、联盟绩效各指标之间的相关性都较高，其 KMO 值为 0.922，球形检验的 P 值小于 0.001，因此可知对伙伴选择、联盟绩效的指标进行因子分析是可行的。

从表 8.5 可知，在技术标准联盟伙伴选择、联盟绩效的探索因子分析中，共有三个主成分的特征值大于 1，根据研究需要提取四个公因子，其累积解释方差达到了 84.265%。指标 Venture、Learn 的因子载荷低于 0.6 的要求，其他各指标的因子载荷均较理想，说明提取四个公因子是合理的。根据各指标在公因子上的负载情况，将四个公因子分别命名为技术标准能力、声誉、兼容性和联盟绩效。考虑到指标 Venture 和 Learn 对研究的意义，因此暂时保留该指标。

表 8.5 技术标准联盟伙伴选择、联盟绩效的因子载荷

指标	伙伴选择指标	技术标准能力	声誉	兼容性	联盟绩效
Pub-rela	政府公关能力	0.861	0.139	0.187	0.324
Internat	市场、产品国际化能力	0.812	0.148	0.258	0.226
Market	市场占有率	0.805	0.151	0.334	0.356
Research	技术研发能力	0.773	0.442	0.243	0.147
Channel	渠道开拓和网络能力	0.747	0.476	0.208	0.152
Position	同行业中的影响力	0.741	0.428	0.298	0.150
Cus-sati	顾客满意度	0.251	0.871	0.306	0.143
Commerci	产品（服务）质量	0.319	0.861	0.264	0.119
Financia	财务状况	0.171	0.704	0.142	0.423
Populari	国内知名度	0.210	0.684	0.433	0.353
Service	商务信誉	0.385	0.632	0.179	0.352
Culture	企业文化、制度兼容	0.217	0.246	0.888	0.127
Product	产品、市场兼容	0.270	0.150	0.864	0.263
Strategy	发展战略相似性	0.303	0.283	0.755	0.195
Resource	技术、资源互补	0.302	0.396	0.670	0.351
Sale	销售额	0.369	0.280	0.361	0.717
Cost	企业运营成本	0.369	0.472	0.256	0.633
Venture	技术投资风险	0.321	0.355	0.482	0.592
Learn	行业内交流学习	0.322	0.354	0.526	0.561
	特征根	12.346	1.555	1.371	0.738
解释方差/%		64.978	73.164	80.381	84.265

进一步，对各指标的可靠性分析结果表明，只有 Financia（财务状况）的 CITC 值较低（0.674），但也通过了 0.5 的最低要求，虽然删除该指标后 α 值不变，但在理论分析角度来看，该指标对声誉有着重要的影响，因此保留该指标进行数据分析。声誉、技术标准能力、兼容性及联盟绩效的整体 α 值都大于 0.7 的临界水平，符合统计要求。

综上可知，技术标准联盟伙伴选择及联盟绩效的指标体系均具有较高的信度和效度，各测量题项的合理性得到验证，可用于后续的结构模型分析。

2）测量模型分析

测量模型分析的是指标体系内部以及指标体系之间的关系。首先测量模型的拟合度，然后再通过因子载荷情况评价其各个题项的效度。对于拟合效度的评价，采用 χ^2/df 为指标，其值越接近 1，表示样本协方差矩阵和估计的协方差矩阵之间的相似程度越大，模型的拟合性越好，在实际中只要小于3都可以接受。其他常用的拟合优度评价指标，如 GF、AGFI、TLI、CFI、IFI 等越接近于 1，表示模型拟合得越好，一般只要这些指标的值大于 0.9，便被认为模型拟合得比较理想。另外，指标近似误差均方根（RMSEA）值越小，表示模型拟合得越好，当 RMSEA 值小于 0.08 时，则说明模型的拟合比较理想。

因子载荷一方面反映了测量误差的影响，另一方面也表示题项反映潜在变量的程度。足够大的因子载荷，代表题项具有良好的聚敛效度。一般而言，当因子载荷大于 0.71 时，即表明项目具有理想质量。Tabachnica 等（2007）提出了具体标准：因子载荷大于 0.55，也就是该因素可以解释观察变量 30% 的变异量是比较好的状况；但若因子载荷小于 0.32，也就是解释观察变量不到 10% 的变异量时，可考虑删除该题项以提高整个因素的一致性。

从验证模型的数据分析结果看，各指标均达到了较好的状态（CFI＝0.95，GFI＝0.71，AGFI＝0.82，RFI＝0.93），测量模型具有较好的拟合度。从图 8.2

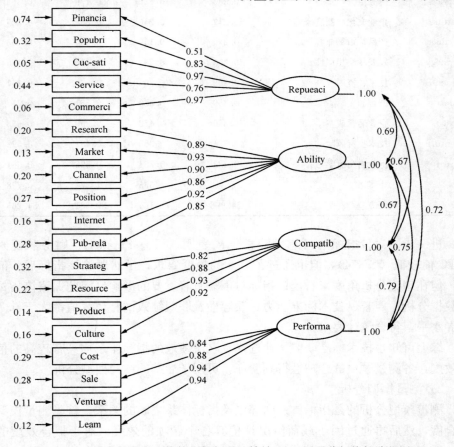

图 8.2　技术标准联盟伙伴选择与联盟绩效 CFA 因子分析终解路径图

也可以看出，各测量指标的因子载荷基本都在 0.63 以上，是非常理想的。虽然指标 Financia 的因子载荷只有 0.51，但也大于 0.45，因此各指标均具有较好的效度。因此，总体上指标体系符合研究要求。

　　3）结构模型分析

　　根据 LISREL 分析中提供的 MI 值和 T 值可知，分析模型不需要进行修正。从结构模型拟合效果分析结果看，各拟合指标分别为 CFI＝0.99，GFI＝0.95，AGFI＝0.86，RFI＝0.96。这说明模型拟合得很好，可以用结构模型进行相关分析。通过 LISREL 中的结构模型路径图，可以得出伙伴选择和联盟绩效之间的关系，以及各变量具体维度之间的影响关系，如图 8.3 所示。

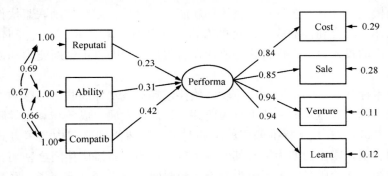

图 8.3　伙伴选择和联盟绩效结构模型标准化路径图

　　结合 LISREL 报表数据及伙伴选择和联盟绩效结构模型路径图，我们对伙伴选择和联盟绩效相关的假设检验总结如表 8.6。

表 8.6　伙伴选择和联盟绩效假设检验结果

假设	假设关系	标准化路径系数	T 值	结论
假设 8.1	声誉-联盟绩效	0.23	3.49	成立
假设 8.2	兼容性-联盟绩效	0.42	6.42	成立
假设 8.3	技术标准能力-联盟绩效	0.31	4.70	成立

　　表 8.6 假设检验结果表明，伙伴选择的三个维度声誉、技术标准能力、兼容性对技术标准联盟绩效均有显著的促进作用，兼容性对联盟绩效的影响作用最显著，技术标准能力的影响程度次之。在实践过程中，伙伴之间的良好兼容性是确保联盟成员技术、产品形成优势互补的关键因素，声誉是确保联盟可持续发展的重要基础，技术标准能力则直接影响着技术标准化的程度和标准的先进性。

8.2.3　基本结论

　　在技术标准联盟管理过程中，需要联盟管理者或联盟主导者能够正视联盟伙伴选择对联盟绩效的影响，从合作伙伴的声誉、技术标准能力和兼容性等多维角度来评判联盟伙伴，提升技术标准联盟的整体创新能力。首先，需要管理者树立起重视联盟伙伴选择的意识，增强联盟伙伴选择的创新意识、市场竞争意识和危机意识，通过动态评判机制引导联盟伙伴加强自身自主创新能力的建设，自觉维护企业以及联盟声誉。其次，联盟的管理者或主导者在技术标准联盟伙伴选择过程中，应该正确处理声誉、技术标准能力和兼容性之间的关系，通过声誉、技术标准能力和兼容性等因素的协同与融合来选择合适的联盟伙伴，而非仅考虑技术能力最强的合作伙伴。再者，在联盟制度的设计上，要以市场为导向，以技术的发展和联盟伙伴的需要为出发点，形成以推动联盟标准形成和应用为主体的技术标准联盟模式，提升联盟伙伴的整体创新能力。最后，需要鼓励联盟伙伴把技术创新投入作为融合和推动联盟发展的有机组成部分，增加 R&D、专利化和标准建设等方面的投入力度，提升联盟伙伴在联盟过程中的自主创新能力和消化吸收能力。

在技术标准联盟的不同发展阶段，伙伴选择对技术标准联盟的影响作用不尽相同。技术标准联盟发展一般可分为萌芽、组建、发展、成熟和衰退等阶段（张琰飞等，2007）。在技术标准联盟的不同时期，联盟间和联盟内竞争方式会有不同程度的表现。联盟初期为了与其他竞争对手抗衡，联盟伙伴间会密切合作争夺客户与市场，此阶段联盟关系最为融洽。当联盟标准占据一定市场，联盟内竞争会逐渐凸显出来，主要表现在联盟内企业的产品竞争和基于标准的知识产权所带来的利益竞争等方面。特别是随着技术标准联盟发展逐渐进入成熟阶段，联盟内的这种竞争关系也会变得更为复杂，此时联盟伙伴选择的优劣会给联盟关系的维护带来极其重要的影响和作用。因此，与一般的战略联盟形式相比，技术标准联盟组建初期的伙伴选择相对而言尤为重要，尤其是联盟伙伴的技术标准化能力、声誉和技术兼容程度等会直接影响着技术标准联盟在发展和成熟等阶段的运营绩效。

8.3　技术标准联盟伙伴关系与创新绩效的实证

Cranovetter（1990）的社会网络"结构洞"理论提出在联盟伙伴之间"搭起某种形式的桥梁"，以此来化解联盟伙伴的紧张关系。Soekijad（2004）以理性决策主体之间的交互影响为研究对象，试图从各种可能的个体策略中，内生出一种治理制度结构来强化联盟伙伴关系。Scott 等（2003）运用知识联盟理论，从实现知识有效价值创造的角度分析战略联盟的伙伴关系问题。王斌（2009）从知识转移存量和知识转移频度二维结构分析战略联盟伙伴关系动态演化，认为联盟伙伴关系通过弱、次弱、强和次强关联四阶段演化，可促进战略联盟的长期稳定运行。技术标准联盟伙伴关系是建立在联盟创新基础上的协同关系，良好的联盟伙伴关系不仅能使联盟成员以较低成本与风险获得互补性资源，而且能使成员有更多的时间与精力专注于提高自身的核心能力。联盟伙伴关系管理是技术标准联盟成败的关键，全面分析联盟伙伴关系对技术标准联盟的顺利组建和长期稳定发展具有重要的意义。

8.3.1　测度指标与研究假设的建立

1. 技术标准联盟伙伴关系测度指标

Monczka 等（1998）认为合作企业之间相互依赖、密切合作、不断提高的信任水平及不断增强的信息共享是联盟伙伴关系的主要特征。Buchel（2003）调查部分财富 500 强公司的首席执行官后，认为导致联盟伙伴关系失败的因素包括：伙伴之间对双方关系亲密程度的界定不清楚、双方收益和风险的共享不平等、成员获得的收益低于所能观察到的它所承担的风险、对联盟管理层的不信任等。瑞格斯比（2003）指出，联盟伙伴必须具备的素质包括：了解和关心联盟的推动力、响应反馈信息并采取行动、灵活善变、相互信赖、相互依赖和默契等。陈琦等（2001）将联盟伙伴关系概括为：高标准的信任与合作、共享信息的高度信赖、不断降低供应品的成本和提高质量的契约关系、超越合同约束等。徐亮等（2006）基于竞合观点，提出了竞争性联盟伙伴关系的几种类型，即竞争主导型、合作主导型以及竞合型。综合当前研究观点，我们认为技术标准联盟伙伴关系的测度指标主要包括：信任（trust）：联盟伙伴关系维持的基础；关系承诺（promise）：增强伙伴关系稳定性的手段；依赖性（dependency）：联盟可持续发展的原动力。

1）信任

许多研究者认为，决定联盟成功与否的一个关键因素是联盟伙伴间的信任程度（De Jong et al. , 2008；Krishnan et al. , 2006）。信任能够增加合作概率和合作质量（Arino et al. , 2001），降低管理成本（Dyer et al. , 2003），减少冲突（Zaheer et al. , 1998），有利于伙伴间学习（Muthuswamy et al. , 2005）。虽然一些研究认为高水平的信任有负面的绩效作用，但联盟伙伴间的信任一旦建立，伙伴必然会认识到合作的成果会远远大于独自开发的收获（Langfred，2004）。技术标准联盟是介于市场和科层之间的一种准市场式的契约型联盟，其决策主体来自不同的利益主体，合作伙伴之间的高度信任和良好的沟通便成为了联盟伙伴关系的基础。而伙伴间的了解程度、合作经历、伙伴间的有效沟通等都可能成为影响联盟伙伴之间信任关系的因素。据此，技术标准联盟伙伴关系中信任的测度指标设计如表 8.7 所示。

表 8.7　信任指标体系

指标代码	指标描述
Communic	联盟伙伴之间能够保持良好的沟通
Cooperat	联盟伙伴以前的合作记录、合作历史较好
Informat	联盟伙伴能够相互提供和分享完整、真实的信息

2）关系承诺

关系承诺是在资源交换过程中，联盟伙伴愿意尽最大努力去维持双方的价值关系、对联盟发展与运行承担责任和义务的度量。关系承诺是反映战略联盟中伙伴关系的一个重要因素，也是伙伴关系中最重要的特征（Sarkar et al.，1998）。Hutt 等（2000）发现，关系承诺中起最重要作用的是高层领导者的行为（包括投资于资源、人际关系的意愿），其次是联盟结果和对于共享目标的联盟成员所作的贡献。从交易角度来看，关系承诺主要包括经济性承诺、情感性承诺和持续性承诺（潘文安等，2006）。经济性承诺是伙伴之间为了自身的利益而愿意尽最大努力去维持双方的价值关系；情感性承诺是成员间为了共同的价值观和情感归属而维持相互关系所作的努力；持续性承诺是指伙伴成员为了追求长期共同目标和利益、减少机会主义所作的努力。本书将关系承诺作为描述技术标准联盟伙伴关系的第二个维度指标，其测度指标如表 8.8 所示。

表 8.8　关系承诺指标体系

指标代码	指标描述
Aspirati	联盟伙伴有较强的联盟合作意愿
Purpose	联盟伙伴清楚地了解联盟合作的目的和意图
Responsi	联盟伙伴会认真履行其在联盟内的责任和义务
Investme	联盟伙伴愿意投入实现联盟目标所需的资源、技术

3）依赖性

战略联盟伙伴的相互依赖是基于各合作伙伴技术互补程度，并且随着贸易对象选择的有效性而变化（Candace et al.，2009）。Sampson（2007）、William 等（2008）认为联盟伙伴之间的相互依赖性在伙伴关系中占据着重要的地位，联盟成员企业之间的相互依赖性可以增强伙伴关系的稳定性。同时，依赖性还反映了合作各方退出联盟时必须付出的成本，即终止成本。如果伙伴双方是依赖的，这种依赖又可以促进达成实现联盟最佳利益的共同承诺，否则伙伴单方权力的使用就会引发不良冲突以及破坏信任（Candace et al.，2009）。因此，本书将依赖性作为技术标准联盟伙伴关系的第三个测度指标，其测度指标如表 8.9。

表 8.9　依赖性指标体系

指标代码	指标描述
Loss	合作关系一旦破裂，合作各方都会受到较大的损失
Patent	联盟伙伴所拥有的核心技术是实现联盟目标所必需的
Value	联盟伙伴拥有的资源对联盟目标的实现价值巨大

2. 研究假设的建立

技术标准联盟伙伴关系是提高和维持创新绩效的关键性因素，在分析和探讨技术标准联盟基本关系的基础上，可建立技术标准联盟伙伴关系与创新绩效的基本假设。其中技术标准联盟绩效指标如表 8.4。

Sarkar 等 (1998) 研究发现，伙伴关系对联盟绩效有着较大的影响作用。许多实证研究更是提出了信任和联盟绩效正相关的证据 (De Jong et al., 2008; Candace et al., 2009)。国内学者刘学等 (2008) 认为，技术的不确定性提高了信任与联盟绩效之间的正相关，在技术高度不确定、创新高的研发联盟中，出资方更需要增进与研发方的信任关系。从联盟伙伴履行各自的义务方面来说，信任使得其他合作者变得可靠，履约的成本降低。就像控制系统是用来提高发生期望行为的可能性的，信任也能够有效提高期望行为的发生概率。信任是联盟绩效最大化的先决条件，只有联盟伙伴形成信任关系，才能保证联盟契约得以有效实施。特别是在联盟合作的知识转移过程中，隐性知识交换并不直接受契约约束，只有在联盟伙伴间形成充分的信任，才会使隐性知识交换和转移变得更为便利和流畅。同时，在联盟成果分配中，只有在联盟伙伴间形成充分的信任，才能确保分配方案在公正、公平的条件下制定和执行，特别是在对公共成果的共享方面。因此，提出假设：

假设 8.4： 技术标准联盟伙伴的信任与联盟绩效正相关。

潘文安等 (2006) 以供应链伙伴企业为研究对象，通过实证分析发现，组织信用和个人信用都与合作绩效之间呈正相关关系，通过关系承诺，组织信用对合作绩效的间接影响大于其直接影响。叶飞等 (2009) 的研究也表明关系承诺对运营绩效有着显著的正向影响，加强关系承诺有助于伙伴间建立亲密的合作关系，进而直接影响运营的绩效。田莉等 (2009) 研究发现，具有较高承诺的团队更可能发掘先前经验中所蕴涵的隐性知识和资源，将经验所带来的优势放大，更好地提升其初期绩效。在技术标准联盟中，联盟伙伴的关系承诺是一种基于信任的承诺，是认真履行联盟职责的表现。作为一种疏松性的契约组织，联盟伙伴的合作可能并不存在非常严格的制度安排和设计，只能依靠联盟成员对联盟的责任、对联盟伙伴的自我承诺来保证联盟的高效运行。只有在联盟伙伴有强有力的联盟意愿、有明确的联盟目的和意图、认真履行其在联盟内的责任和义务，并积极投入实现联盟目标所需的资源和技术时，联盟才能够取得较高的创新绩效。因此，提出假设：

假设 8.5：技术标准联盟伙伴的关系承诺与联盟绩效正相关。

贾生华等（2007）认为企业间的资源依赖性和关系质量分别影响了联盟的潜在价值和潜在价值的实现程度，进而影响联盟绩效。通过对北京市 156 家企业的实证研究表明，企业间资源的结构依赖性、信任、承诺和沟通对联盟绩效有显著影响。在技术标准联盟中，伙伴之间的依赖性与合作创新可促进联盟产生新知识，进而推动技术发展。从某种程度上说，联盟伙伴均有可能被以往技术发展的轨道所影响，联盟伙伴之间的技术和资源依赖可促使大量的联盟内部研发，积累新的技术和知识。通过技术和资源的依赖来开发新技术，可有效地防范联盟技术开发受成员技术轨道的影响，加速联盟伙伴间知识的交换和转移，促使新技术和标准的产生，从而提升联盟的创新绩效。因此，提出假设：

假设 8.6：技术标准联盟伙伴的依赖性与联盟绩效正相关。

8.3.2　数据分析与结论

1. 调研过程与数据处理

在实证调研前，笔者设计出了技术标准联盟伙伴关系与联盟绩效测度的初始问卷。初始问卷征询浙江省信息技术标准化技术委员会、中国电子技术标准化研究所等技术标准管理和研究部门的意见。根据其意见和建议，对信任、关系承诺、依赖性和联盟绩效各变量的指标设计的合理性和全面性进行论证。并对信任增加一个测量指标，即"联盟伙伴的高层领导有着良好的信任关系（Leadersh）"。随后，我们对前期回收的部分问卷进行分析，采用 50 份问卷进行前测，对各题项的信度和效度进行检验和修正，使问卷尽可能全面、简洁且不产生歧义。

调研对象以电子信息企业为主，包括已加入或准备加入相关技术标准联盟、具有较强研发能力的企业或组织。数据收集通过实地调查和电子邮件发放问卷完成，两种方式共发放问卷 205 份，回收问卷 194 份，其中有效问卷 172 份。

2. 数据分析与假设检验

研究仍然采用交叉证实的方法对调查数据进行统计分析，即先用 SPSS 15.0 对变量的指标结构进行探索性因子分析，再利用 LISREL 8.70 对变量的指标结构进行验证性因子分析。

1）探索性因子分析

采用有效样本中的 70 份数据进行 SPSS 分析。一般而言 KMO 值在 0.7 以上就表示变量间具有较强的相关性，可以作探索性因子分析；Bartlett's 球形检验用于检验相关矩阵是否为单位阵，即各变量是否独立，只有拒绝了零假设（相关矩阵是单位阵），才能使用探索性因子分析。

通过 SPSS 数据分析结果可知，联盟伙伴关系、联盟绩效各个指标之间的相关性程度较高，KMO 值为 0.890，球形检验的 P 值小于 0.001，因此本书中对联盟伙伴关系、联盟绩效的指标进行因子分析是可行的。

如表 8.10，在探索因子分析中，共有三个主成分的特征值大于 1，根据研究需要提取四个公因子，其累积解释方差达到了 81.021%。各测量指标的因子载荷均大于 0.6，为较理想状态，说明提取四个公因子较为合理。根据各指标在公因子上的负载情况，将四个公因子分别命名为联盟绩效、关系承诺、信任和依赖性。对指标可靠性的进一步分析表明，指标 Responsi（联盟合作意愿）、Value（资源/市场对联盟的价值）的 CITC 值较低，分别为 0.584 和 0.580，但也通过了 0.5 的最低要求，而且分别删除这两个指标后，α 值没有升高反而降低，因此

表 8.10 技术标准联盟伙伴关系、联盟绩效的因子载荷

指标	联盟伙伴关系指标	联盟绩效	关系承诺	信任	依赖性
Learn	行业内交流学习	**0.858**	0.202	0.234	0.166
Sale	销售额	**0.846**	0.200	0.187	0.198
Venture	技术投资风险	**0.836**	0.256	0.280	0.145
Cost	企业运营成本	**0.812**	0.248	0.194	0.243
Aspirati	联盟合作意愿	0.247	**0.878**	0.213	0.131
Investme	愿意投入资源、技术	0.265	**0.827**	0.213	0.099
Responsi	履行联盟责任和义务	0.264	**0.709**	0.247	0.035
Purpose	了解联盟合作目的	0.068	**0.679**	0.287	0.457
Communic	良好的沟通	0.304	0.163	**0.787**	0.142
Leadersh	高层领导的关系	0.199	0.315	**0.777**	0.266
Informat	信息共享	0.187	0.262	**0.777**	0.260
Cooperat	合作记录/历史	0.315	0.407	**0.685**	0.269
Loss	关系破裂造成损失	0.106	0.251	0.214	**0.847**
Patent	拥有技术专利	0.283	0.256	0.179	**0.826**
Value	资源/市场对联盟的价值	0.354	−0.146	0.347	**0.754**
	特征根	8.093	1.579	1.488	0.994
	解释方差/%	53.951	64.474	74.396	81.021

指标 Responsi、Value 予以保留。信任、关系承诺、依赖性及联盟绩效的整体 α 值都大于 0.7 的临界水平。因此可知，技术标准联盟伙伴关系及联盟绩效的指标体系均具有较高的信度和效度，各测量题项的合理性得到验证，可用于后续的结构模型分析。

2）结构模型分析

对结构模型的拟合分析数据显示各拟合指标尚理想（图 8.4），但 MI 修正系数表明该模型仍有修正空间，即 Performa 至 Dependen 的路径建议应纳入模型中（MI＝11.15）。同时，在实践和理论分析中，我们认为加入绩效对依赖性的路径具有逻辑上的合理性，说明技术标准联盟绩效的好坏对联盟伙伴之间的相互依赖程度有一定的影响，良好的联盟绩效可以促使成员之间保持较高的依赖关系，从而不会轻易退出联盟。因此，在结构方程模型分析中加入 Performa 至 Dependen 的路径，并对修正后的测量模型重新进行检验，修正后模型如图 8.5。

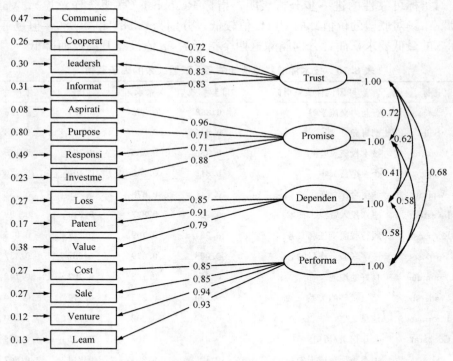

图 8.4 联盟伙伴关系与联盟绩效 CFA 因子分析终解路径图（修正前）

分析结果显示测量模型各拟合指标均在 0.9 以上，RMSEA 值为 0.039，说明修正后的测量模型具有较好的拟合度。而从因子分析终解路径图的修正前后比较分析可以看出，Trust、Promise、Performa 各测量指标的因子载荷没有受到影响；变量 Dependen 三个测量题项的因子载荷有所变动，但均在 0.71 以上。因

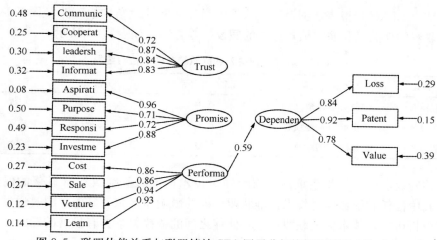

图 8.5　联盟伙伴关系与联盟绩效 CFA 因子分析终解路径图（修正后）

此，模型修正后的各指标均具有较好的效度，总体来看修正后的测量模型符合研究要求。

3）结构模型分析

从修正后的结构模型得到新增因子载荷参数估计结果为 0.32，达到显著水平（$t = 3.46, p = 0.001$）。模型拟合统计显示修正模型的卡方值为 65.81，卡方值减少 11.259（$\mathrm{d}f = 1, P = 0.00$）。拟合效果表明除了 GFI（0.893）值没有达到 0.9 的要求以外，其他指标值均符合要求；而 RMSEA 值为 0.046，小于 0.08；因此该模型拟合性较好，可以利用模型进行相关的分析。在结构方程模型分析中，以报表的形式呈现整体与间接效应的数据，并在非标准化效应中，附上显著性检验（$T > 1.95$）。

因此，通过 LISREL 报表数据及结构模型路径图，我们可以得出伙伴关系和联盟绩效之间的关系，以及变量具体维度之间的影响关系。通过模型运算，可以得到联盟伙伴关系和联盟绩效结构模型标准化路径图 8.6。

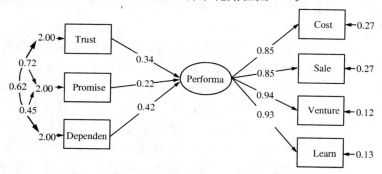

图 8.6　伙伴关系和联盟绩效结构模型标准化路径图

　　结合 LISREL 报表数据及联盟伙伴关系和联盟绩效结构模型路径图 8.5，我们对联盟伙伴关系和联盟绩效相关的假设检验总结，如表 8.11 所示。

表 8.11　联盟伙伴关系和联盟绩效假设检验结果

假设	假设关系	标准化路径系数	T值	结论
假设 8.4	信任-联盟绩效	0.34	3.71	成立
假设 8.5	关系承诺-联盟绩效	0.21	2.55	成立
假设 8.6	依赖性-联盟绩效	0.28	3.83	成立

　　检验表明信任、关系承诺、依赖性对技术标准联盟绩效均有显著的促进作用。其中信任和依赖性对技术标准联盟绩效的影响作用尤为显著，同时通过路径修正分析可知，技术标准联盟绩效对伙伴之间的依赖关系具有显著的影响。因此得到：

结论 8.1：在技术标准联盟伙伴关系中，良好的信任和关系承诺对联盟绩效有着明显的促进作用。信任是联盟获得高绩效的基础，是促进联盟绩效增长的保障；关系承诺是增强联盟伙伴关系稳定性的手段，更是促进联盟可持续发展的关键。

结论 8.2：技术标准联盟绩效与伙伴依赖性之间存在着相互促进的关系。伙伴依赖性能够促进技术标准联盟获得高的创新绩效，而良好的绩效又起着强化联盟伙伴合作预期，增强联盟伙伴依赖程度的作用。联盟绩效与伙伴依赖性的相互作用可以增强技术标准联盟成员间的相互依存程度，推动联盟长期稳定运行。

8.3.3　基本结论

　　首先，信任对联盟绩效的积极作用表明，伙伴间强有力信任关系的维护能够有效提升联盟绩效。在技术联盟过程中，书面契约在一定程度上能够防范联盟成员偷懒和"搭便车"等行为的出现，而信任更能强化联盟成员之间知识的流动和交换，特别是隐性知识。因此，在联盟过程中，需要建立和维持伙伴间良好的信任关系，这样可以有效地提升联盟成员之间创新知识的共享水平，减少"牛鞭效应"，提升联盟的创新绩效。

　　其次，良好的关系承诺能够激励联盟成员为联盟目标的实现而努力。在技术标准联盟活动中，需要伙伴融入联盟，认真执行和完成联盟任务，履行对联盟伙伴的承诺。当然，在一些不对称的联盟中，特别是少数成员主导型的联盟中，由于部分成员在产品、技术或规模等方面的优势，容易产生凭借优势凌驾于联盟规章和职责之上的思想，出现不奉行关系承诺的行为，从而使关系承诺得不到有效的履行。这必然会影响联盟伙伴共担风险的意愿，从而出现危机，加速联盟破裂。因此，在技术标准联盟过程中，需要联盟伙伴协同努力，认真履行和维系关系承诺，以增强联盟的稳定性和可持续性。

最后，通过技术标准联盟开展技术标准的本土化是提升技术层次的重要手段。技术标准的发展是外向型创新主体与本土合作伙伴相互依赖和发展的结果。然而，联盟伙伴的依赖和技术标准发展之间的关系并非单一的依存关系，虽然联盟伙伴间的依赖最初对联盟绩效有积极的影响，但随着联盟伙伴自主开发能力和标准化能力的提升，就会产生消极的影响。特别是联盟强势合作伙伴的能力足以独自开发标准，会使得联盟伙伴依赖成为束缚弱势联盟伙伴的枷锁。因此，本土企业在技术标准联盟过程中，特别是在与强势跨国公司的技术联盟活动中，需要防范过分的伙伴依赖对企业自身发展的束缚。

8.4　技术标准联盟管理的思考

技术标准联盟应该是一个动态的全程管理，技术标准联盟的管理不仅表现出一种静态的结构因素，如联盟的治理模式以及联盟签订的合作协议，更表现为一种动态的行为因素，如联盟过程中不断地协调、沟通与控制。巫景飞（2005）指出，联盟伙伴关系的治理是指，为保证联盟各方的利益，防止单个企业的机会主义行为造成联盟的失败，而采取的一些激励、约束与控制机制。从时间顺序来看，联盟的治理包括事前治理机制与事后治理行为。前者主要包括联盟前伙伴的选择、联盟缔结所选择的治理模式以及合作协议的设计与拟定，而后者则主要包括在联盟过程中的协调沟通、冲突解决与目标控制等（巫景飞，2005）。

伙伴选择、联盟伙伴关系和技术标准联盟绩效三者之间是相互影响和相互作用的。联盟伙伴关系的建立与伙伴选择的好坏直接相关，声誉是伙伴选择的重要指标，兼容性对联盟伙伴关系的维系有重要的影响；而信任、承诺和依赖性则是保持良好联盟伙伴关系的前提和保证。因此，我国技术标准联盟在进行联盟伙伴关系管理时，要注意以下几方面。

8.4.1　选择有良好声誉的联盟伙伴

联盟伙伴关系的建立与伙伴选择的好坏直接相关，对联盟伙伴关系的建立和维系，首先要从联盟伙伴选择开始。伙伴选择不合理，联盟伙伴关系就难以顺利地向前发展，因此，在技术标准联盟组建阶段，要慎重选择联盟伙伴。由于技术标准联盟是介于市场和科层之间的一种准市场式的契约型联盟，无法像传统阶层组织那样容易实现对个体的直接监督和控制，因此成员可能利用其他成员的信息不对称作出欺诈行为（李玉剑等，2004）。为了有效防止联盟成员在联盟中的"搭便车"行为，应尽可能选择那些信誉度较高的企业参与联盟，只有选择了恰当的联盟伙伴，联盟才有可能成功。关于声誉的评价内容包括以下几个方面：商务信誉，包括履行合约情况、交货及时性；产品/服务声誉，包括产品质量、返修率等；供应商声誉；财务状况；顾客满意度等。对于声誉的评定可以利用第三方咨询进行，如依赖专门的信用等级评定机构进行声誉认证，也可以设定一个进入联盟的最低信用度，将一些潜在的危险伙伴及早排除在候选伙伴之外。

8.4.2　联盟伙伴之间要具有兼容性

　　基于我们的研究可以发现，在技术标准联盟中，兼容性与联盟伙伴关系和联盟绩效之间均具有非常高的相关度，因此联盟伙伴关系之间的兼容性对于技术标准联盟而言是非常重要的。在技术标准联盟的形成过程中，联盟内成员企业在技术折中过程中不可避免会有所牺牲。为了使这种牺牲最小化，必须寻找到产权技术间的最有效结合点。一方面，技术标准联盟的结构要求核心企业尽可能少，以避免影响决策的效率；另一方面，核心成员之间必须具有相似性和兼容性。首先，要考虑的是联盟伙伴在企业文化和发展战略方面要相互兼容，只有避免这两个方面的冲突，才能保证联盟伙伴关系稳定。Faulkner（1994）曾提出的选择联盟伙伴的二维模型其实就是探讨联盟伙伴在战略和文化两方面的相似性。其次，联盟伙伴的经营机制和管理风格要具有相似性。这两个方面的相似性有利于联盟的管理以及联盟成员之间的沟通交流和联盟伙伴关系的培育。最后，还必须考察联盟各方在技术、资源以及产品、市场方面的兼容和互补，这是联盟伙伴选择应重点考察的因素。这两方面的相似性可以方便企业发现学习机会，为企业的学习创新提供条件。技术和资源的互补，一方面加强了联盟成员之间的学习，为企业创新提供了可能性；另一方面缩短了研发周期，降低了技术开发成本和开发风险，增强了技术标准化的可能性。产品和市场的互补可以最小化联盟成员因市场的竞争而产生的冲突。

8.4.3　加强沟通与信任，维护联盟伙伴关系

　　在联盟实施的过程中，由于潜在文化的差异、机会主义行为等，联盟伙伴之间发生冲突是不可避免的，联盟企业管理部门之间的协调沟通便成为降低联盟风险、减少联盟冲突的关键。我国企业联盟内部的沟通主要存在于管理部门之间，但由于企业的自主意识比较强以及对联盟方的不信任感，相互之间的沟通相当有限，所以管理部门之间有效的沟通就显得尤为重要。这种沟通可以通过建立声誉信任机制来实现，联盟内部搭建信息网络平台，通过联盟成员之间的交流学习和技术共享，了解对方的企业文化、商业战略和运作方法，使各种文化在联盟中相互渗透，取长补短，逐渐建立起信任和共同的认知基础。

　　要加强高层领导之间的沟通。联盟伙伴高层领导之间的沟通，可以强化联盟的重要地位，提高员工的参与度，其中沟通的内容包括联盟策略的制定，联盟政策的执行以及整体过程的控制。因此，联盟协议的达成并不意味着高层领导沟通

的结束，还需要不断地对联盟计划的执行过程进行督促，经常地进行信息反馈和交流，及时纠正与预期目标的偏差，以使联盟按照联盟计划顺利运行。因此，高层沟通是整个联盟沟通体系的有力保障。

由于自主知识产权是联盟伙伴最重要的谈判力量。因此，应制定和完善与技术标准化相关的知识产权管理机构，明确涉及技术标准的知识产权政策，促进技术标准与知识产权保护的互动。例如，建立"必要专利池"，技术标准体系的管理委员会负责对相关专利技术的技术含量和技术水平进行认定、衡量，并对专利进行集中管理。而在联盟决策过程中，应坚持客观、公平、公正的原则，对各联盟伙伴的技术专利进行评估。做好专利持有成员和非专利持有成员的沟通协调工作，兼顾各方利益，化解不同利益群体之间的矛盾，促使其关系趋向和谐统一，最终达成统一标准。

8.4.4　建立动态的绩效评估体系

在技术标准联盟建立与运行的过程中，绩效机制是作为一个很重要的动力因素而存在的，而联盟伙伴之间因利益分配而导致的绩效冲突也是联盟伙伴关系产生冲突的重要原因。联盟成员之间有关绩效评估的冲突其实就是一个非零和博弈过程。依据联盟实际情况动态地调整，以实现与联盟伙伴预期绩效的大体均衡，是绩效评估的关键，只有实际绩效与预期绩效之间在合理的范围内，才能有效地激发联盟成员的合作积极性，避免联盟冲突。

为了实现利益分配的尽可能均衡，首先，应建立和完善联盟内的利益分配机制，协调联盟成员之间的利益关系，对于那些为联盟利益作出贡献的企业成员，除了使他能获得正常的集团收益外，可以再给他一个额外的收益作为奖励，并且贡献越大，额外奖励越多。而对于"搭便车"者，应使其得不到收益，甚至对违背集体收益行为的成员作出相应的惩罚。其次，建立选择性激励机制，即联盟有权根据其成员有无贡献来决定是否向其提供集体收益。选择性激励手段可以是惩罚，也可以是奖励。未经许可而使用联盟内专利的企业可能面临的选择有两种：要么停止生产和销售并赔偿损失，要么与专利权企业签订专利许可合同，支付专利许可费。最后，为了保证标准联盟整体绩效的最优，要根据联盟成员的资源投入、贡献、预期绩效等情况进行评价，淘汰不符合预期的联盟伙伴，寻找更合适的伙伴，进而提高联盟长期绩效。良好的联盟绩效可以强化联盟伙伴的预期，巩固关系资本，从而为联盟伙伴关系的进一步发展奠定基础。

参 考 文 献

陈劲,陈钰芬.2006.开放创新体系与企业技术创新资源配置.科研管理,27(3):1～8

陈琦,安茜,张文杰.2001.供应链管理中供应商的评价与选择.现代管理,(19):35,36

陈欣.2006.专利联盟研究综述.科技进步与对策,4:176～178

陈新跃,杨德礼,董一哲.2002.企业创新网络模式选择研究.科学管理研究,20(6):13～16

程海芳.2003.基于 M—C 协调战略的虚拟团队之间协调管理方法研究.科技进步与对策,5:
93,94

程铭,李纪珍.2001.创新网络在技术创新中的作用.科学学与科学技术管理,8:52～54

代义华,张平.2005.技术标准联盟基本问题的评述.科技管理研究,1:119～121

党兴华,郑登攀.2007.技术溢出情况下企业创新模式选择的非对称博弈模型研究.科技进步
与对策,24(10):100～102

樊增强.2003.跨国公司技术联盟:动因、效应及启示.中央财经大学学报,10:65～68

方卫华.2003.创新研究的螺旋模型:概念、结构和公共政策含义.自然辩证法研究,
19(11):69～72,78

冯婉玲,雷家骕.2001.高新技术创业管理.北京:机械工业出版社

冯蔚东,陈剑.2000.虚拟企业组织设计过程模型与试应用.计算机集成制造系统,6(3):17～24

冯蔚东,陈剑.2002.虚拟企业中伙伴收益分配比例的确定.系统工程理论与实践,(4):45～49

高莹,黄小原,李意鸥.2007.基于线性矩阵不等式的贷款组合鲁棒优化模型.东北大学学报(自
然科学版),28(1):137～140

顾保国,缪荣.2007.专利联盟:提升我国企业竞争力的重要战略.求是,11:27～29

郭朝阳.2000.冲突管理:寻找矛盾的正面效应.广州:广东经济出版社

郭军灵.2003.技术联盟中合作伙伴的选择研究.科研管理,24(6):109～113

韩大卫.2001.管理运筹学.大连:大连理工出版社

韩凤芹.2004-09-23.促进高技术产业发展的税收政策.经济参考报,第 8 版

洪燕云.2003.R&D 项目投资评价的实物期权方法.数量经济技术经济研究,(3):73～76

华金科,曾德明.2007.技术标准联盟伙伴选择研究.科技进步与对策,24(2):14～16

贾平.2001.企业动态联盟的协调管理研究.科技与管理,(4):23～25

贾生华,吴波,王承哲.2007.资源依赖、关系质量对联盟绩效影响的实证研究.科学学研究,
25(2):334～339

蒋过平.2001.企业战略联盟高失败率原因分析及其成功之路.现代财经,(1):58～60

焦学宁.2002.靠知识产权为生的高通公司——关于技术标准垄断战略.电子知识产权,
(6):21～23

晋盛武,糜仲春.2003.合作研发的组织空间与组织模式研究.科学学与科学技术管理,
(12):9～13

经济合作与贸易组织.2003.OECD科学技术与工业概览.北京:科学技术文献出版社

雷家骕,冯婉玲.2001.高新技术创业管理.北京:机械工业出版社

李大平,曾德明.2006.高新技术产业技术标准联盟治理结构和治理机制研究.科技管理研究,

(10):78~81

李海波,陶章华,郭耀煌.2002. 没有转移支付的"竞争一合作"理想点均衡研究. 管理工程学报,16(2):42~45

李太勇.2000. 网络效应与标准竞争战略分析(上). 外国经济与管理,22(8):7~11

李霄,徐中和.2004. 企业冲突管理的博弈分析. 价值工程,(1):89~92

李新男.2009. 推动产业技术创新战略联盟构建 提升我国自主创新能力. 科技潮,(9):12~15

李焱焱,叶冰,杜鹃,等.2004. 产学研合作模式分类及其选择思路. 科技进步与对策,(10):98~99

李玉剑,宣国良.2004. 专利联盟:战略联盟研究的新领域.中国工业经济,(2):48~54

李玉剑,宣国良.2005. 战略联盟的资源基础理论实证研究. 科技进步与对策,(7):961~965

李垣,张完定.2002. 管理者激励组合的理论探讨. 管理工程学报,(3):26~30

李再杨,杨少华.2003.GSM:技术标准化联盟的成功案例. 中国工业经济,(7):89~95

梁静,余丽伟.2000. 网络效应与技术联盟. 外国经济与管理,22(4):17~21

梁潇.2008. 螺旋创新模式中信息流主体研究. 情报科学,26(1):115~119

林润辉,李维安.2000. 网络组织——更具环境适应能力的新型组织模式. 南开管理评论,(3):4~7

刘景江,陈劲,许庆瑞.2001.R&D项目管理的模式及其高标定位研究. 科研管理,22(3):83~90

刘丽华.2005. 中小企业合作伙伴利益分配问题研究. 现代管理科学,(3):38~39

刘林青,谭力文,赵浩兴.2006. 专利丛林、专利组合和专利联盟. 研究与发展管理,18(4):83~89

刘卫民,陈继祥.2004. 创新网络、复杂性技术及其激励性政策研究. 中国科技论坛,(5):56~59

刘学,王兴猛,江岚,等.2008. 信任、关系、控制与研发联盟绩效——基于中国制药产业的研究. 南开管理评论,11(3):44~50

刘学,项晓峰,林耕,等.2006. 研发联盟中的初始信任与控制战略:基于中国制药产业的研究. 管理世界,(11):90~100

吕坚,孙林岩,范松林.2005. 网络组织类型及其管理机制适应性研究. 管理科学学报,8(2):61~67

吕铁.2005. 论技术标准化与产业标准战略. 中国工业经济,(7):43~49

罗发友,刘友金.2004. 技术创新群落形成与演化的行为生态学研究. 科学学研究,22(1):99~103

罗荣桂,李文军.2004. 基于技术合作的企业技术创新能力强化研究. 研究与发展管理,16(3):40~46

骆品亮,陆毅,王安宇.2002. 合作R&D的组织形式与虚拟研发组织. 科研管理,23(6):67~73

马连杰,张子刚.2000. 虚拟企业的协调管理. 经济论坛,(14):15,16

马林芝.2009. 基于自主创新上的专利池研究. 合肥工业大学硕士学位论文

马新建.2002. 冲突管理:基本理念与思维方法的研究. 大连理工大学学报(社会科学版),23(3):19~25

潘文安,张红.2006. 供应链伙伴间的信任、承诺对合作绩效的影响. 心理科学,29(6):1502~1506

秦吉波.2004. 高新技术企业R&D绩效测度与控制研究. 湖南大学博士学位论文

秦琴.2004. 企业网络组织初探. 经济师,(4):163~164

青平.2002. 现代企业的新型管理模式:冲突管理. 科技进步与对策,(10):51~53

邱皓政,林碧芳.2009.结构方程模型的原理与应用.北京:中国轻工业出版社

任磊.2001.高科技企业协作 R&D 的博弈模型与政府政策.湖南大学硕士学位论文

任声策,宣国良.2006.专利联盟中的组织学习与技术能力提升——以 NOKIA 为例.科学学与科学技术管理,(9):96～102

瑞格斯比 A.2003.发展战略联盟.北京:机械工业出版社

沈灏,李垣.2010.联盟关系、环境动态性对创新绩效的影响研究.科学管理,31(1):77～83

生延超.2010.从联盟创新到自主创新:后发技术赶超方式的演变.科技与经济,23(1):20～24

史会斌,王龙伟,李垣.2009.企业家导向对联盟绩效影响的实证研究.管理学报,6(10):1368～1376

苏敬勤.1999.产学研合作创新的交易成本及内外部化条件.科研管理,20(5):68～72

宿洁,刘家壮.2001.多阶段资产投资的动态规划决策模型.中国管理科学,9(3):55～61

孙国强,王博钊.2005.网络组织的决策协调机制:分散与集中的均衡.山西财经大学学报,27(2):77～81

孙耀吾.2008.高技术企业技术创新网络.北京:知识产权出版社

孙耀吾,贺石中.2006.从技术标准到知识产权:虚拟网络的基本要素研究.软科学,20(6):1～5

孙耀吾,胡林辉,胡志勇.2007.技术标准化能力链:高技术产业技术能力研究新维度.财经理论与实践,28(6):95～99

孙耀吾,曾科,赵雅.2008.基于专利组合的高技术企业技术标准联盟动力与策略研究.中国软科学,(11):123～132

孙耀吾,赵雅,曾科.2009.技术标准化三螺旋结构模型与实证研究.科学学研究,27(5):733～742

谭静.2000.论企业标准联盟的动机.决策借鉴,(5):7～9

唐杰,方海峰,杨沿平.2007.我国汽车产业可持续发展面临的主要问题及对策研究.上海汽车,(4):12～16

唐杰,杨沿平.2005.提高我国汽车产品自主开发能力的产业政策分析.汽车研究与开发,(2):13～16

田莉,薛红志.2009.创业团队先前经验、承诺与新技术企业初期绩效.研究与发展管理,21(4):1～8

涂俊,吴贵生.2006.重螺旋模型及其在我国的应用初探.科研管理,27(3):75～80

王安宇.2002.合作研发组织模式选择与治理机制研究.复旦大学博士学位论文

王安宇,司春林.2007.于关系契约的研发联盟收益分配问题.东南大学学报(自然科学版),37(4):700～705

王安宇,赵武阳.2008.国内技术联盟研究新进展.研究与发展管理,20(3):58～64

王斌.2009.基于知识转移的战略联盟伙伴关系动态演化机理研究.研究与发展管理,21(4):85～90

王大洲.2001.企业创新网络的进化与治理:一个文献综述.科研管理,22(5):76～103

王飞绒,陈劲.2010a.技术联盟与创新关系研究述评.科研管理,31(2):9～17

王飞绒,陈劲.2010b.技术联盟与企业创新绩效:基于组织间学习的视角.北京:科学出版社

王国顺,袁信.2007.软件外包产业技术标准战略联盟治理研究.科技进步与对策,24(7):65～68

王琦,杜永怡,席酉民.2004.组织冲突研究回顾与展望.预测,23(3):74～80

王章豹.2000.产学研合作:模式、走势、问题与对策.科技进步与对策,(3):115～117

魏江.2006.知识学习与企业技术能力增长.北京:科学出版社

巫景飞.2005.企业战略联盟:动因、治理与绩效.复旦大学博士学位论文

吴德勤.2001.纳什均衡的内涵、问题和前景.上海大学学报(社会科学版),8(1):73～78

吴其伦,卢丽娟.2004.项目团队的协调管理:信任与合作.科技进步与对策,(12):98～100

吴彤,曾国屏.2000.自组织思想:观念演变、方法与问题.//许国志,顾基发,车宏安.系统科学
    与工程研究.上海:上海科技教育出版社

吴文华,张琰飞.2006.技术标准联盟对技术标准确立与扩散的影响研究.科学学与科学技术
    管理,(4):44～47

席酉民,王洪涛,唐方成.2004.管理控制与和谐管理研究.管理学报,1(1):4～9

夏先良.2004.私有协议与标准化的知识产权政策.中国工业经济,(1):12～20

徐亮,龙勇,张宗益.2006.竞争性战略联盟伙伴间的竞合关系选择.现代工业工程与管理研讨
    会会议论文集

徐亮,张宗益,龙勇.2008.合作竞争与技术创新:合作是中介变量吗? 科学学研究,26(5):1105
    ～1113

徐明华,陈锦其.2009.专利联盟理论及其对我国企业专利战略的启示.科研管理,30(4):162～
    167

薛澜,胡钰.2003-05-14.我国科技发展的国际比较及政策建议.科技日报,第5版

严清清,胡建绩.2007.技术标准联盟及其支撑理论研究.研究与发展管理,19(1):100～104

杨武,李志超.2007.基于资源依赖理论的企业技术标准战略联盟机制与模式研究.中国青年
    科技,(6):26～36

叶飞,徐学军.2009.供应链伙伴关系间信任与关系承诺对信息共享与运营绩效的影响.系统
    工程理论与实践,29(8):36～47

叶林威,戚昌文.2003.技术标准——专利战的新武器.研究与发展管理,15(1):54～59

易朝辉,夏清华.2007.国际战略联盟条件下的中国联盟伙伴选择标准.科学学与科学技术管
    理,(12):187～192

易建新.2001.纳什均衡和经济理论的发展.广东行政学院学报,13(2):77～82

袁磊.2001.战略联盟合作伙伴的选择分析.中国软科学,(9):25～29

袁亚湘,孙文瑜.2003.最优化理论与方法.北京:科学出版社

原长弘,刘凌,王晓云.2006.国内技术联盟学术研究脉络:1995～2004.科学学研究,24(4):559～562

曾德明,彭盾.2009.专利联盟的效率边界.科技进步与对策,26(17):126～129

曾德明,彭盾,张运生.2006.技术标准联盟价值创造解析.软科学,(3):5～8

曾德明,任磊,宁枫.2000.高科技产业企业的协作研发与政府政策.系统工程,(5):59～63

曾德明,王晓靖.2004.高新技术企业R&D控制模式有效性的实证研究.研究与发展管理,16
    (3):34～39

曾德明,吴颖华.2002.企业网络的形成及其结构的动态模型研究.武汉理工大学学报(信息与
    管理工程版),24(1):78～81

曾德明,周青,朱丹,等.2005.企业混合R&D模式的比较研究.管理科学,18(1):15～19

曾德明,朱丹,彭盾,等.2007.技术标准联盟成员的谈判与联盟治理结构研究.中国软科学,(3):16~21

张联庆.2004.论专利权交叉许可及专利池许可模式的反垄断规制——美国的理论与实践.对外经济贸易大学硕士学位论文

张千帆,张子刚,张敬.2004.网络组织中的协调管理模式研究.科技进步与对策,(6):48~49

张维迎.1998.博弈论与信息经济学.上海:三联书店

张琰飞,吴文华.2007.信息产业技术标准联盟发展阶段理论研究.科学学与科学技术管理,(10):15~19

张子刚,张晓新.1999.系统论与协调管理.武汉大学学报(自然科学版),(4):15~17

郑德渊,伍青生,李湛.2000.企业 R&D 项目的实物期权评价方法.研究与发展管理,12(4):27~30

周寄中,侯亮,赵远亮.2006.专利、技术联盟和创新体系的关联分析.管理评论,18(3):30~34

周青,曾德明,朱丹.2008.企业 R&D 网络化博弈与投资决策分析.管理工程学报,22(1):24~28

周青,曾德明,朱丹,等.2005.企业 R&D 网络化的动态博弈模型.预测,24(3):61~65

朱玲,许为民.2004.网络组织:21 世纪的新型组织模式.科技进步与对策,(2):138~140

朱晓薇,朱雪忠.2003.专利与技术标准的冲突及对策.科研管理,(1):140~144

朱雪忠,詹映,蒋逊明.2007.技术标准下的专利池对我国自主创新的影响研究.科研管理,28(2):180~186

朱允卫,易开刚.2007.我国实施 WAPI 标准面临的困境及启示.科研管理,(2):187~191

朱振中,吴宗杰.2007.专利联盟的竞争分析.科学学研究,25(1):110~115

Ahmed P K. 1998. Benchmarking innovation best practice, benchmarking for quality. Management & Technology,5(1):45~58

Amason A C,Sapienza H J. 1997. The effects of top management team size and interaction norms on cognitive and affective confilict. Journal of management,23(4):495~516

Amir R. 2000. Modelling imperfectly appropriable R&D via spillovers. International Journal of Industrial Organization,18:1013~1032

Amir R,Wooders J. 1999. Effects of one-way spillovers on market shares,industry price,welfare and R&D cooperation. Journal of Economics & Management Strategy,8(2):223~249

Anderlini L, Lanni A. 1996. Path dependence and learning from neighbors. Games of Economic Behavior,13 :141~177

Anderson J C, Narus J. 1990. A model of distributor firm and manufacturer firm working partnerships. Journal of Marketing,54:42~58

Anthony R N. 1998. Management Control Systems. New York:McGraw-Hill

Antoncic B, Prodan I. 2008. Alliances,corporate technological entrepreneurship and firm performance:testing a model on manufacturing firms. Technovation,28:257~265

Ari A, De la Torre J, Ring P. 2001. Relational quality: managing trust in corporate alliances. California Management Review,44(1):109~131

Arino A. 2003. Measures of strategic alliance performance:an analysis of construct validity. Journal of International Business Studies,34:66~79

Arndt O,Sternberg R. 2000. The firm or the region: what determines the innovation behavior of

European firms? Economic Geography,77:365~382

Aumann R J, Myerson R B. 1988. Endogenous Formation of Links between Players and of Coalitions: An Application of the Shapely Value. The Shapely Value. New York: Cambridge University Press

Baker W. 1992. Network and Organizations. Boston: Harvard Business Press

Bala V, Goyal S. 2000. A non-cooperative model of network formation. Econometrica, 68 (5):1181~1231

Baptista R. 1996. Research round up: industrial clusters and technological innovation. Business Strategy Review,7(2):59~64

Barney J B. 1991. Firm resources and sustained competitive advantage. Journal of Management,17: 99~120

Beath J A. 1990. Innovation, intellectual property rights and the uruguay round. The World Economy,13(3):411~426

Bertsimas D,Sim M. 2004. The price of robustness. Operations Research,52(1):35~53

Besen S M,Farrell J. 1994. Choosing how to compete: strategies and tactics in standardization. Journal of Economic Perspectives,2:117~131

Bettis P A, Bradley S P, Hamel G. 1992. Outsourcing and industrial decline. Academy of management Executive,6(1):7~22

Bierly P E, Coombs J E. 2004. Equity alliance, stages of product development and alliance instability. Journal of Engineering and Technology Management,12:191~214

Blind K,Thumm N. 2004. Interrelation between patenting and standardization strategies: empirical evidence and policy implications. Research Policy,33(10):1583~1598

Brenner T. 2004. Local Industrial Clusters. In: Existence, Emergence and Evolution. New York: Routledge

Brouthers K D,Brouthers L E, Wilkinson T J. 1995. Strategic alliances: choose your Partners. Long Range Planning,28(3):18~25

Brown L D, Covey J G. 1987. Development organizations and organization development: implications for a new paradigm. //Pasmore W, Woodman R. Research in Organization Change and Development. Greenwich:JAI Press

Buchel B. 2003. Managing Partner Relationships in Joint Ventures. MIT Sloan Management Review,Summer

Burt R S. 1992. Structural Holes: The Social Structure of Competition. Cambridge: Harvard University Press

Butera F. 2000. Adapting the pattern of university organization to the needs of the knowledge economy. European Journal of Education,35(4):403~419

Candace E Y,Thomas A T. 2009. The evolution of trust in information technology alliances. Journal of High Technology Management Research,20:62~74

Carlsson B,Eliasson G. 2003. Industrial dynamics and endogenous growth. Industry & Innovation, 10 (4):435~455

Casella A. 1996. On market integration and the development of institutions: the case of international commercial arbitration. European Economic Review, 40(1): 155~186

Cassiman B, Veugelers R. 1999. R&D cooperation and spillovers: some empirical evidence. CEPR discussion paper 2330.

Cauley De la Sierra M C. 1995. Managing Global Alliances: Key Steps for Successful Collaboration. Reading MA: Addison-Wesley

Cavone A, Chieea V, Manzini R. 2000. Management styles in Indu strial R&D organizations. European Journal of Innovation Management, 3(2): 59~71

Chesbrough H W, Teece D J. 1996. When is virtual virtuous? Organizing for innovation. Harvard Business Review, January-February: 65~73

Chesbrough H W. 2003. The new business logics of open innovation. HBS newsletter, (2): 1~5

Chiesa V. 1996. Development of a technical innovation audit. Journal of Production Innovation Management, 13: 105~136

Child J. 1972. Organization structure, environment and performance: the role of strategic choices. Sociology, 6: 1~22

Choi J P. 1993. Cooperative R&D with product market competition. International Journal of Industrial Organization, 11: 553~571

Choi J P. 2003. Patent Pools and Cross—Licensing in the Shadow of Patent Litigation. http:/www.msu.edu/choijay[2005-10-15]

Cohen W, Levinthal D. 1989. Innovation and learning: the two faces of research and development. The Economic Journal, 99: 569~596

Cooke I. 1996. Introd-uction to Innovation and Technology Transfer. Boston: Artech House

Coombs R, Andrew Mc M, Roger P. 1998. Toward the development benchmarking tools for R&D projects management. R&D Management, 28(3): 75~186

Costa O L V, do Val J B R, Geromel J C. 1997. A convex programming approach to h2—control of Markovian jump linear systems. International Journal of Control, 66: 557~579

Cozzi G. 1999. R&D cooperation and growth. Journal of Economic Theory, 86: 17~49

Cumming B S. 1998. Innovation overview and future challenges. European Journal of Innovation Management, 1(1): 21~29

Cusmano L. 2002. Knowledge creation by R&D interaction: role and determinants of relational research capacity. Mimeo: Harvard University an University of Toulouse

Dacin M T, Hitt M A. 1997. Selecting partners for successful international alliances: examination of U. S. and korean firms. Journal of World Business, 32(1): 3~16

Darling J R, Walker W E. 2001. Effective conflict management: use of the behavioral style model. Leadership and Organization Development Journal, 22(5): 230~242

Das T, Teng B S. 2003. Partner analysis and alliance performance. Scandinavian Journal of Management, 19: 279~308

DasT K, Teng B S. 2000. Instabilities of strategic alliances: an internal tensions perspective. Organization Science, 11(1): 77~101

De Bondt R, Veugelers R. 1991. Strategic investment with spillovers. European Journal of Political Economy, 7: 345~366

De Jong G, Woolthuis K. 2008. The institutional arrangements of innovation: Antecedents and performance effects of trust in high-tech alliances. Industry and Innovation, 15: 45~67

De Man A P, Nadine R. 2009. Alliance governance: balancing control and trust in dealing with risk. Long Range Planning, 42: 75~95

Debresson C, Amesse F. 1991. Networks of innovation: a review and introduction to the issue. Research Policy, 20: 363~379

Delapierre M, Mytelka L. 1998. Blurring boundaries: new interfirm relationships and the emergence of networked, knowledge based oligopolies. //Colombo M G. The Changing Boundaries of the Firm. London: Routledge Press

Dess G, Beard D W. 1984. Dimensions of organization task environments. Administrative Science Quarterly, 29: 52~73

Dolan R J, Matthews J M. 1993. Maximizing the utility of customer product testing: Bets test design and management. Journal of Product Innovation Management, 10: 318~330

Doz Y L, Olk P M, Ring P S. 2000. Formation processes of R&D consortia: which path to take? Where does it lead? Strategic Management Journal, 21(3): 239~266

Doz Y. 1996. The evolution of cooperation in strategic alliances: initial conditions or learning processes. Strategic Management Journal, Summer Special Issue, 17: 55~83

Drazin R, Van de Ven A H. 1985. Alternative forms of fit in contingency theory. Administrative Science Quarterly, 30: 514~539

Dyer J, Chu W. 2003. The role of trustworthiness in reducing transactions costs and improving performance: Empirical evidence from the United States, Japan and Korea. Organization Science, 14: 57~68

D'Aspremont C, Jacquemin A. 1988. Cooperative and non-cooperative R&D in duopoly with spillovers. American Economic Review, 78: 1133~1137

D'Aveni R A. 1994. Hypercompetition: Managing the Dynamics of Strategic Maneuvering. New York: Free Press

Ebersole T J, Guthrie M C, Goldstein J A. 2005. Patent pools as a solution to the licensing problems of diagnostic genetics. Intellectual Property & Technology Law Journal, 17 (1): 6~13

Economides N. 1996. The economics of networks. International Journal of Industrial Organization, 14(2): 23~31

Etzkowitz H, Leydesdorff L. 1995. The triple helix of university-industry-government relations: a laborator for knowledge based economic development. EASST Review, 14(1): 14~19

Farrell J, Gallini N. 1988. Second-sourcing as commitment: monopoly incentives to attract competition. Quarterly Journal of Economics, 103: 673~694

Farrell J, Saloner G. 1986. Installed base and compatibility: innovation, product pronouncements and predation. American Economic Review, 76: 940~955

Faulkner D. 1994. International Strategic Alliance: Cooperating to Compete. New York: McGraw-Hill Book Company

Faulkner T W. 1996. Applying options thinking to R&D valuation. Research Technology Management, (5-6): 50~56

Fichman M, Levinthal D A. 1990. Honeymoons and the liability of adolescence: a new perspective on the duration dependence in social and organizational relationships. Academy of Management Review, 16: 442~465

Fleming L, King C, Juda A. 2007. Small worlds and regional innovation. Organization Science, 18 (6): 938~954

Freeman C. 1991. Networks of innovation: a synthesis of research issues. Research Policy, 20(5): 499~514

Galbraith J K. 1952. American Capitalism: The Concept of Countervailing Power. Boston: Houghton Mifflin

Gandal N, Scotchmer S. 1989. Coordinating Research Through Research Joint Ventures. Stanford University: Hoover Institution

Gassan O, von Zedwitz M. 1999. New concepts and trends in international R&D organization. Research Policy, 28: 231~250

Goldstein J A, et al. 2005. Patent pools as a solution to the licensing problems of diagnostic genetics, United States and European perspectives. Drug Discovery World, Spring: 86~91

Goodman L E, Dion P A. 2001. The determinants of commitment in the distributor manufacturer relationship. Industrial Marketing Management, 30: 287~300

Goold M, Campbell A. 1998. A desperately seeking synergy. Harvard Business Review, 9-10: 131 ~143

Goyal A K, Moraga-Gonzalez J L. 2003. Hybrid R&D. Tinbergen Institute Discussion Paper TI 2003-041/1, The Netherlands, June

Goyal S, Janssen M. 1997. Non-exclusive conventions and social coordination. Journal of Economic Theory, 77: 34~57

Goyal S, Joshi S. 2003. Networks of collaboration in oligopoly. Games and Economic Behavior, 43 (1): 57~85

Goyal S, Moraga-Gonzalez J. 2001. R&D networks. Rand Journal of Economics, 32(4): 686~707

Granovetter M. 1985. Economic action and social structure: The problem of embeddedness. American Journal of Sociology, 91(3): 481~510

Grant R M. 1998. Contemporary Strategy Analysis. 3rd ed. Malden: Blackwell

Graves D W, Piercy N F. 1994. Relationship marketing and collaborative networks in service organizations. International Journal of Service Industry Management, 5(5): 39~53

Gray E R, Ballmer J M T. 1998. Managing corporate image and corporate reputation. Long Range Planning, 31: 695~702

Greenfield D W, Johnson R K. 1999. Assemblage structure and habitat associations of western Caribbean gobies. Copeia, (2): 251~266

Gulati R. 1998. Alliances and networks. Strategic Management Journal,19:293~317

Gulati R. 1999. Network location and learning: The influence of network resource and firm capabilities on alliance formation. Strategic Management Journal,20:397~420

Hagedoorn J, Schakenraad J. 1992. Leading companies and networks of strategic alliances information technologies. Research Policy,21(2):163~190

Hagedoorn J. 2002. Interfirm R&D partnerships:an overview of major trends and patterns since 1960. Research Policy,31(4):477~492

Haken H. 1983. Synergetics,An Introduction:Nonequilibrium Phase Transitions Self-organization in Physics,Chemistry and Bilology. Frankfurt:Springer

Hambrick D C, Mason P A. 1984. Upper echelons: The Organization as a reflection of its top managers. Academy of Management Review,9:193~206

Hamel G,Prahalad C K. 1994. Competing for the future. Boston:Harvard Business School Press

Hamel G. 1991. Competition for competence and interpartner learning within international strategic alliances. Strategic Management Journal,12(1):83~103

Harbison F,Mayers C. 1959. Management in the Industrialized World. New York:McGraw-Hill

Henriques I. 1990. Cooperative and noncooperative R&D in duopoly with spillovers:comment,in the American economic review. American Economic Association,80(3):638~640

Hippel E. 1988. The Sources of Innovation. New York:Oxford University Press

Hitt M A, Dacin M T, Levitas E et al. 2000. A. Partner selection in emerging and developed market contexts: resource based and organizational learning perspectives. Academy of Management Journal ,43:449~467

Hoang H,Kothaermel F T. 2005. The effect of general and partner specific alliance experience on joint R&D project performance. Academy of Management Journal,48:332~345

Hutt M D, Stafford E R. 2000. Defining the social network of a strategic alliance. Sloan Management Review,41(2):51~63

Imai K, Baba Y. 1991. Systemic Innovation and Cross-border Networks: Transcending Markets and Hierarchies to Create a New Techno-economic System. Paris:OECD

Inkmann J. 2000. Horizontal and vertical R&D cooperation. Center of Finance and Econometrics at the University of Konstanz discussion paper 02/2000

Jackson M O, Wolinsky A. 1996. A strategic model of social and economic networks. Journal of Economic Theory,71:44~74

Jehn K A. 1999. Managing conflict in a diverse workplace. Managerial Excellence Through Diversity,5:166~184

Jehn K A. 2001. A qualitative analysis of conflict types and dimensions in organizational groups. Administrative Science Quarterly,42:530~557

Jehn K A, Mannix E A. 2001. The dynamic nature of conflict:a longitudinal study of intragroup conflict and group performance. Academy of management Journal,11:231~254

Jennings D F, Artz K, Gillin L M. 2000. Determinants of trust in global strategic alliances: Amerada and the Australian biomedical industry. Competitiveness Review,10(1):25~44

Johnson P. 2001. The wonderland of virtual teams. Journal of Workplace Learning, (7):98~108

Jorde T, Teece D. 1990. Innovation and cooperation: implications for competition and antitrust. Journal of Economic Perspectives, 4(3):75~96

Kaiser U. 2000. A simple game-theoretic framework for studying R&D expenditures and R&D cooperation. ftp://ftp. zew. de/pub/zew~docs/dp/dp0122. pdf[2004-05-13]

Kale P, Dyer J H, Singh H. 2002. Alliance capability, stock market response, and long term alliance success: the role of the alliance function. Strategic Management Journal, 23(8):747~767

Kamien M I, Muller E, Zang I. 1992. Research joint ventures and R&D cartels. American Economic Review, 85(5):1293~1306

Kamien M, Zang I. 2000. Meet me halfway: research joint ventures and absorptive capacity. International Journal of Industrial Organization, 18:995~1012

Kaplan R S, Norton D P. 1992. The balanced scorecard: measures that drive performance. Harvard Business Review, (1-2):71~80

Katsoulacos Y, Ulph D. 1998. Endogenous spillovers and the performance of research joint ventures. The Journal of Industrial Economics, 4:333~357

Katz M Z, Ordover J A. 1990. R&D cooperation and competition. Brooking Papers on Economic Activity, Special Issue:139~191

Katz M. 1986. An analysis of cooperative research and development. Rand Journal of Economics, 17:527~543

Katz M, Shapiro C. 1985. On the licensing of innovations. Rand Journal of Economics, 16(4):504~520

Keil T. 2002. Deface to standardization through alliances lessons from blue tooth. Telecommunication Policy, 26:205~213

Kerssens-van Drongelen I C, Bilderbeek J. 1999. R&D performance measurement: more than choosing a set of metrics. R&D Management, 1:35~46

Kessler E H, Bierly P E, Gopalakrishnan S. 2002. Internal vs. external learning in new product development: effect on speed, cost and competitive advantage. R&D Management, 3:213~223

Kim C, Song J Y. 2007. Creating new technology through alliance. Technovation, 27:46~470

Kindleberger C P. 1983. Standards as public, collective and private goods. Kyklos, 3:377~396

Kraatz M. 1998. Learning by Association? Interorganizational networks and adaptation to nvironmental change. Academy of Management Journal, 41:621~643

Kranton R E, Minehart D F. 2001. A theory of buyer-seller networks. American Economic Review, 91:485~508

Krishnan R, Martin X, Noorderhaven N. 2006. When does trust matter to alliance performance? Academy of Management Journal, 49(5):894~917

Lambe C J, Spekman R. 1997. National account management: large account selling or buyer-seller alliance? Journal of Personal Selling and Sales Management, 17(4):61~74

Lambert D M, Cooper M C. 1997. Supply Chain management: more than a new name for logistics. The International Journal of Logistics Management, 8(1): 1~13

Langfred C W. 2004. Too much of a good thing? Negative effects of high trust and individual autonomy in self-managing teams. Academy of Management Journal, 47: 385~399

Lea G, Hall P. 2004. Standards and intellectual property rights: an economic and legal perspective. Information Economics and Policy, 16(1): 67~89

Lee J, Paxson D. 2001. Valuation of R&D real American sequential exchange options. R&D Management, 31(2): 191~201

Lerner J, Strojwas M, Tirole J. 2002. The Structure and Performance of Patent Pools: Empirical Evidence. Mimeo: Harvard University an University of Toulouse

Lewontin R. 2000. The Triple Helix: Gene, Organism, and Environment. Cambridge, Mass: Harvard University Press

Limmerick D, Cunnington B. 1993. Managing the New Organization-A Blue Print for Network and Strategic Alliances. Business &Professionals Publishing

Lorange P. 1996. Interactive strategies alliances and partnerships. Long Range Planning, 29(4): 581~584

Luehrman T A. 1997. What's it worth: A general managers guide to valuation. Harvard Business Review, (5-6): 105~115

Lundval B A, Borras S. 1997. The globalising learning economy: implications for innovation policy, European commission. Targeted Socioeconomic Research, EUR 18307

Madhok A. 1995. Opportunism and trust in joint venture relationships: an exploratory study and a model. Scandinavian Journal of Management, 11: 1~5

Maillat D. 1993. Innovation Networks and Territorial Dynamics : A Tentative Typology. // Borje. Patterns of Network Economy. New York: Springer-Verlag

McCutchen W W, Swamidass P M, Teng B S. 2008. Strategic alliance termination and performance: the role of task complexity, nationality, and experience. Journal of High Technology Management Research, 18: 191~202

McGrath R G, Nerkar A. 2004. Real options reasoning and a new look at the R&D investment strategies of pharmaceutical firms. Strategic Management Journal, 25(6): 1~21

Merges R P. 1999. Institutions for Intellectua Property Transactions: The Case of Patent Pools Boalt Hall School of Law Working Paper, University of California, Berkeley

Miles R E, Snow C C. 1992. Causes of failures in network organizations. California Management Review, (Summer): 53~72

Monczka R M, Trent R J, Handfield R B. 1998. Purchasing and Supply Chain Management. Boyce Brand: South-western College Publishing

Mudnaney S. 2003. Corporate reputation: a global crisis. Public Eye, 18: 187~189

Mulvey J M, Vanderbei R J, Zenios S A. 1995. Robust optimization of large-scale systems. Operations Research, 43(1): 264~281

Muthuswamy S, White A M. 2005. Learning and knowledge transfer in strategic alliances: a social exchange view. Organization Studies,26(3):415~442

Myer S C. 1984. Financial theory and financial strategy. Interfaces,14:126~137

Narula R. 2002. R&D Collaboration by SMEs: some analytical issues and evidence'. //Contractor F, Lorange P. Cooperative Strategies and Alliances. Amsterdam:Pergamon Press

Nelson R R,Winter S. 1982. An Evolutionary Theory of Economic Change. Cambridge: Harvard University Press

Nielsen B B. 2007. Determining international strategic alliance performance: a multidimensional approach. International Business Review,16:337~361

Nonaka I,Takeuchi H. 1995. The Knowledge Creating Company:How Japanese Companies Create the Dynamics of Innovation. New York:Oxford University Press

Nooteboom B. 1999. Inter-firm Alliances:Analysis and Design. London:Routledge

Olson M L. 1965. The Logic of Collective Action:Public Goods and the Theory of Groups. Cambridge, Mass:Harvard University Press

Ouchi W G. 1979. A conceptual framework for the design of organizational control mechanisms. Management Science,25(9):883~848

Palmberg C. 2002. Successful Innovation:The Determinant of Commercialization and Break-Even Times of Innovations. Espoo:VTT Publications

Parkhe A. 1993. Strategic alliance structuring:a game theory and transaction cost examination of inter-firm cooperation. The Academy of Management Journal,36(4):794~829

Patricia N. 2004. Knowledge acquisition, knowledge loss and satisfaction in high technology alliances. Journal of Business Research,57(6):610~619

Podolny J M, Page K L. 1998. Network forms of organization. Annual Review of Sociology, 24:57~76

Porter M E. 1980. Competitive Strategy:Techniques for Analyzing Industries and Competitors. New York:Free Press

Porter M E. 1998. Clusters and the new economics of competition. Harvard Business Review,(11-12):77~90

Powell W W. 1990. Neither market nor hierarchy:network forms of organization

Qin C Z. 1996. Endogenous formation of cooperation structures. Journal of Economic Theory,69: 218~226

Ren L Q. 2004. Management of technical innovation in Chinese state-owned enterprises:Case study from a stakeholder perspective. Netherlands:University of Twente Thesis

Robert S,Vanda S,Peter D S . 1999. Promotion of inventiveness in developing countries through a more advanced patent administration. Journal of Law and Technology,39:473

Rothwell R. 1992. Successful industrial innovation:critical success factors for the 1990s. R&D Management,22(3):221~239

Rugman A,Cruz J R D. 1996. The theory of the flagship firm in Innovation and International Business,1996. In:Proceedings of the 22nd Annual Conference of the European International Business Academy,Vol. 2,Institute of International Business,Strockholm

Sahinidis N V. 2004. Optimization under uncertainty: state of the art and opportunities Computers and Chemical Engineering, 28(6):971~983

Sakakibara M. 2002. Formation of R&D consortia: industry and company effects. Strategic Management Journal, 23:1033~1050

Saloner G. 1990. Collusive price leadership. Journal of Industrial Economics, 39(9):93~110

Sampson R C. 2005. Experience effects and collaborative returns in R&D alliances. Strategic Management Journal, 26:1009~1031

Sampson R C. 2007. R&D alliances and firm performance: The impact of technological diversity and alliance organization on innovation. Academy of Management Journal, 50:364~386

Sarkar M B, Aulakh P S, Cavusgil S T. 1998. The strategic role of relational bonding in interorganizational collaborations: an empirical study of the global construction industry. Journal of International Management, 4(2):85~107

Scott F, Stuart D, Stephanie J W, et al. 2003. Knowledge sharing: context, confusion and controversy. International Journal of Project Management, 21(3):177~187

Seabright M A, Levinthal D, Fichman M. 1989. Role of individual attachments in the dissolution of inter organizational relationships. Academy of Management Journal, 35:122~160

Shachar J, Zuscovitch E. 1990. Learning patterns within a technological network. //Bankbaar J G, Schenk H. Perspectives in Industrial Organization. London: Kluwer Academic

Shah P A, Pickett J A, Vandenberg J D. 1999. Responses of Russian wheat aphid to aphid alarm pheromone. Environ Entomol, 28:983~985

Shapiro A M. 2000. Future trends in islet cell transplantation. Diabetes Technology & Therapeutics, 2(3):449~452

Shapiro C. 2001. Navigating the patent thicket: cross licenses, patent pools, and standard setting. NBER Conference on Innovation Policy and Economy

Sierra M, Cauley D. 1995. Managing Global Alliances: Key Steps for Successful Collaboration. New York: Addison-Wesley

Soekijad M. 2004. Condition for knowledge sharing in competitive alliances. European Management Journal, 21(5):578~587

Soyster A L. 1973. Convex programming with set-inclusive constraints and applications to inexact linear programming. Operations Research, 21(5):1154~1157

Spencer W, Grindley P. 1993. Sematech after five years: high-technology consortia and U. S competitiveness. California Management Review, 2:9~32

Suzumura K. 1990. Strategic information revelation. Review of Economic Studies, 57:25~47

Suzumura K. 1992. Cooperative and noncooperative R&D in an oligopoly with spillovers. The American Economic Review, 82(5):1307~1320

Swann G M P. 2000. The Economics of Standardization: Final Report for Standards and Technical Regulations Directorate. London: DTI

Tabachnick B G, Fidell L S. 2007. Using Multivariate Statistics. Boston: Allyn and Bacon

Teece D, Pisano G, Shuen A. 1977. Dynamic capabilities and strategic management. Strategic

Management Journal,18(7):509~533

Thamhain J. 2003. Managing innovative R&D teams. R&D Management,33(3):299~311

Tidd J, Bessant J, Pavitt K. 2001. Managing Innovation: Integrating Technological Market and Organizational Change. Chichester:John Wiley & Sons Ltd

Uzzi B,Spiro J. 2005. Collaboration and creativity: the small word problem. American Journal of Sociology,(2):447~504

Uzzi B. 1997. Social structure and competition in interfirm networks: the paradox of embeddedness. Administrative Science Quarterly,42:35~67

Venkatraman M. 1990. Opinion leadership, enduring involvement and characteristics of opinion leaders: a moderating or mediating relationship? Advances in Consumer Research,17:60~67

Verspagen B,Duysters G. 2004. The small world of strategic technology alliances. Technovation,(24): 563~571

Volberda H W. 1996. Toward the flexible form: how to remain vital in hyper competitive environments. Organization Science,7(4):359~374

Vonortas N S. 1989. The Changing Economic Context: Strategic Alliances Among Multinationals. Center for Science and Technology Policy,Rensselaer Polytechnic Institute

Voss C A,Chiesa V,Coughlan P. 1994. Developing and testing benchmarking and self-assessment frameworks in manufacturing. International Journal of Operations & Production Management, 14(3):83~100

Whittington R. 1991. Changing control strategies in industrial R&D. R&D Management,9-10: 20~22

Zaheer A, McEvily B, Perrone V. 1998. Does trust matter? Exploring the effects of inter organizational and interpersonal trust on performance. Organization Science,9:141~159

Zirulia L. 2004. The Evolution of R&D Networks. Research Memoranda 007, Maastricht: MERIT,Maastricht Economic Research Institute on Innovation and Technology